現代名著譯叢㉞

論小說與小說家

Virginia Woolf 著　瞿世鏡譯

譯者前言

　　維吉尼亞・伍爾夫（Virginia Woolf, 1882-1941）是享有世界聲譽的英國女作家，「意識流」小說的代表人物之一。其父萊斯利・斯蒂芬（Leslie Stephen, 1832-1904）是著名的傳記作家和文學批評家，他的原配夫人是小說家薩克雷（William Makepeace Thackeray）之女，維吉尼亞是他的續弦夫人裘麗亞・德克華斯所生。斯蒂芬對子女的教育極為重視，因此，維尼吉亞不僅英文很有根柢，而且博覽群書，精通拉丁文，有高度的文化素養與審美觀念。斯蒂芬經常在家裡招待文藝界的名流，或邀請他們到他的海濱別墅避暑。每逢周末，他家中總是高朋滿座、群賢畢集。哈代、羅斯金（John Ruskin）、梅瑞狄斯（George Meredith）、亨利・詹姆士、埃德蒙・戈斯（Edmund William Gosse）等著名作家，都是他的座上嘉賓。維吉尼亞自幼耳濡目染，得益匪淺。後來她能卓然成家，與家學淵源不無關係。

　　1904年斯蒂芬病故，維吉尼亞全家遷居倫敦的文化中心布羅姆斯伯里地區。維吉尼亞有乃父遺風，交遊甚廣，通過她的

兄長索比・斯蒂芬，結識了許多青年學者，與小說家愛・摩・
福斯特（E. M. Forster）、詩人托・斯・艾略特、美術家羅杰・
弗賴伊（Roger Fry）、文學批評家德斯蒙德・麥卡錫（Desmond
MacCarthy）、經濟學家凱因斯、青年作家莫蒂默等時相過從，
她家成了學者文人薈萃之所。維吉尼亞經常與這些友人探討文
學、藝術、哲學諸方面的問題，後來人們就把他們稱為布羅姆
斯伯里集團（Bloomsbury group）。由於維吉尼亞平時所交往
的都是學術界的精華，在互相切磋之下，她形成了別致的創作
風格，藝術水準極高，但是陽春白雪，難免曲高和寡。

　　1912年，維吉尼亞與布羅姆斯伯里集團的倫納德・伍爾夫
（Leonard Sidney Woolf）結為伉儷。倫納德是經濟學家和政論
家，很有文學修養。1917年，伍爾夫夫婦創辦了霍加思出版社
（Hogarth Press），介紹了詩人艾略特、小說家福斯特、傳記
作家斯特雷奇（Lytton Strachey）、短篇小說家曼斯菲爾德和
維吉尼亞本人的作品。這些年輕的文壇新秀，後來都成為蜚聲
宇內的名家，可見這兩位出版家的藝術鑒賞能力，的確不凡。

　　維吉尼亞・伍爾夫的處女作《遠航》於1915年問世，從此
開始了她的創作生涯。她的作品有《夜與日》、《雅各之室》、
《達羅威夫人》、《普通讀者》、《到燈塔去》、《奧蘭多》、
《海浪》、《歲月》、《幕間》等。維吉尼亞是一位嚴肅的藝
術家，孜孜不倦地在理論和創作兩個方面探索改革小說形式的
各種可能性。維吉尼亞本來就患憂鬱症，殫精竭慮地寫作，使
她的神經衰弱更加嚴重。1941年，《幕間》初稿完成，她對自
己探索實驗的成果感到不滿，德國法西斯的飛機又炸毀了她在

倫敦的住宅和出版社，她精神上深受刺激，遂於蘇塞克斯的羅得米爾投河自盡。

在本世紀的上半葉，「意識流」小說在西方成了一個很有影響的文學流派，其代表人物是法國的普魯斯特、愛爾蘭的喬伊斯、英國的伍爾夫和美國的福克納。目前，作為一個流派雖然它已不復存在，但它的一些表現手法已被各種流派的作家廣泛採用，並且擴散到電影、戲劇等各個領域，因此，它是我們研究西方現代文化難以迴避的課題。法國著名作家莫洛亞說：「時間是唯一的批評家，它有著無可爭辯的權威：它可以使當時看來是堅實牢靠的榮譽化為泡影；也可以使人們曾經覺得是脆弱的聲望鞏固下來。」伍爾夫逝世之後，她的著作仍陸續發表或再版，評論界與學術界對她的興趣也持久不衰。1969至1972這三年之間，關於伍爾夫的專論和專著僅僅在美國就發表了一百多篇（部）。對於這樣一位被時間和歷史所肯定的作家，我們不能不認真地加以研究。

如果我們要研究伍爾夫，那麼除了她的小說之外，還必須兼顧她的理論，因為她不僅是有成就的小說家，也是著名的評論家。她是《泰晤士報文學副刊》、《耶魯評論》、《紐約先驅論壇報》、《大西洋月刊》等重要報刊雜誌的特約撰稿者，在一生中共寫過三百五十餘篇論文、隨筆和書評。在她死後，倫納德‧伍爾夫把這些文章收入四卷本的《伍爾夫文選》。伍爾夫的評論範圍極廣，但以小說評論為主。她以小說家的身分來討論小說藝術，對於此中甘苦自有深切的體會，因此往往能夠抓住關鍵的問題、發表獨到的見解、避免浮泛的空論。甚至

一些不太喜歡「意識流」小說的讀者，對於伍爾夫的評論文章，也很歡迎，因為這些文章寫得親切、生動，可以幫助他們更深入地領會和欣賞小說的藝術。對於文藝理論和小說創作的研究者而言，它們更是很有價值的參考資料，可以幫助他們了解西方現代小說與傳統小說的區別，了解西方現代小說的特徵和侷限性，以及小說體裁發展變化的各種可能性。因此，我選譯了伍爾夫論小說和小說家的一部分文章，以饗讀者。

本書選譯的文章大致可以分為幾種類型。開頭的兩篇，是提綱挈領之作。《普通讀者》說明了伍爾夫所採用的批評方法和態度。她不是以學者、教授的身分來高談闊論，而是以普通讀者的身分和我們促膝談心，以娓娓動聽的言辭為我們指出一部作品、一位作家或一種流派的長處、缺陷或問題。《論現代小說》則表明了她的基本傾向。她指出，現代小說的重心必須轉移，從見物不見人的「物質主義」轉向強調心理活動的「精神主義」，從外部世界的反映轉向意識結構的表現。

第二組的四篇文章，是對英國婦女小說的探討。伍爾夫不僅是現代主義的信徒，而且是女權主義的先驅。她的民主思想使她對於受壓迫的窮人和婦女深表同情。她在文章裡論述了幾位女作家所取得的輝煌成就，也指出了她們的局限性。一方面，她為婦女作家所受到的不公正待遇發出不平之鳴；另一方面，她又充滿信心地預言：一旦婦女獲得了她們一直被剝奪的基本權利，她們必將涉獵更為廣泛的文學領域，寫出質量更佳的小說。

第三組的六篇文章，是伍爾夫對十八至二十世紀不同流派的幾位英國作家的評論。人們往往認為，現代派作家對現實主

義文學是一筆抹殺的。然而，事實並非如此。伍爾夫對現實主義作家狄福（Daniel Defoe）和哈代評價極高，對現代派作家勞倫斯和喬伊斯卻不無微詞。她所反對的並非現實主義，而是物質主義或自然主義。從這一組論文中，我們可以清楚地看出伍爾夫充分尊重本國文學傳統的態度。

第四組論文表明，伍爾夫不僅善於繼承本國的傳統，而且從俄國、法國、美國的優秀作家那裡吸取了豐富的營養。她認為，俄國小說家的目光能夠穿透血肉之軀，把靈魂揭示出來，同時，他們又向人生提出了一些難以解答的重大問題，使俄國小說具有一種開放性的結尾，給讀者留下了思考的餘地。此外，伍爾夫在現代小說中發現了一種觀察角度和透視方法的重大變化。傳統的小說家站在一種「全知全能」的角度，給我們提供一幅客觀世界的肖像，這是一種反映客觀真實的透視方法。法國的普魯斯特和美國的亨利・詹姆士並不給我們提供客觀世界的直接圖像，而是給我們一種客觀世界在人物意識屏幕上的投影，一種內心的記憶、感覺或印象，這是一種表現主觀真實的透視方法。

第五組文章涉及伍爾夫對傳統的小說創作方式的批評，對現代主義小說成就的估價，以及對未來小說發展方向的預測。西方評論家普遍認為，伍爾夫闡述她的現代主義觀點的三大論文是《論現代小說》、《貝內特先生與布朗夫人》、《狹窄的藝術之橋》。我國的學者往往反覆引述前面兩篇論文中的某些觀點，而忽略了後面那篇重要的論文。伍爾夫在《狹窄的藝術之橋》這篇論文中指出，由於時代的變化，傳統的小說形式已

不適於表現現代人的心靈，未來的小說可能是一種綜合性的文學形式，一種詩化的、非個人化的、帶有戲劇性的小說。如果把這篇論文和前面幾組論文聯繫起來看，我們就不難發現，伍爾夫是從伊麗莎白時代的詩劇、英國的傳統小說以及俄國、法國、美國的心理小說中受到了啟發，才提出她對未來小說發展方向的這些設想的。換言之，伍爾夫的現代小說理論，絕非無源之水、無本之木，而是在新的社會歷史條件下對於西方傳統文化的某種繼承和發展。

伍爾夫寫的隨筆和書評，要比論文多幾倍。對理論問題的論述，短小精悍的書評當然不及長篇論文來得全面、深刻。但伍爾夫的書評寫得活潑、風趣，其中有許多形象化的比喻，對一部作品，不論批評或讚揚，總是持之有故、言之成理，使人覺得親切、生動而有說服力。我們在最後選譯了兩篇書評，窺一斑而知全豹，我們或許可以借此領略伍爾夫書評的特殊風味。

本書以介紹伍爾夫評論小說和小說家的論文為主，因此，有些著名的論文沒有入選。例如，《給一位青年詩人的信》，是討論詩歌的，《斜塔》所討論的不是小說創作本身，而是作家處境的變化以及由此引起的不滿和內疚的心情，像這樣的論文，我們就捨棄了。《論斯特恩》是一篇重要的論文，但斯特恩（Laurence Sterne）的小說尚未翻譯過來，而且伍爾夫在其他論文中已多次論及這位作家；《論屠格涅夫的小說》也是一篇很好的論文，屠格涅夫嚴肅認真的創作態度、優美動人的散文風格以及完美的結構形式，對伍爾夫是有影響的，然而，這影響與托爾斯泰、契訶夫、杜思妥也夫斯基的影響是不能相提

並論的，因此，像這樣的論文，我們也割愛了。儘管如此，我可以說，伍爾夫論述小說藝術的比較主要的論文，我基本上已作了介紹。

　　此外，書後附錄了譯者論述伍爾夫小說理論的文章，把散見於伍爾夫各篇論文和日記中的主要論點條分縷析、加以歸納，使讀者對於伍爾夫的小說理論能夠獲得一個比較清晰、完整的概貌，留下比較深刻、持久的印象。

　　伍爾夫素以文風優美著稱。某蒂默說：「誰也沒有寫過伍爾夫那樣好的散文。」這或許並非溢美之辭。然而，伍爾夫喜歡寫極長的句子，句法結構複雜，用詞又往往偏於冷僻。要翻譯這樣的文字，的確令人感到棘手。首先，優美的風格在譯文中難以傳達，這一點伍爾夫本人在〈俄國人的觀點〉一文中已經論及。至於很長的複合句，如果把它肢解成簡單句，讀起來固然省力，但這就變成中國式的句法，一點也不像伍爾夫的文章。因此，譯者盡可能地保留原來的句子結構，這樣讀起來的確比較費勁，但是或許可以比較忠實於原文。

瞿世鏡

目　次

普通讀者[*]

約翰生博士①的《格雷生平》中有一句話，很可以寫在那些夠不上稱為圖書室卻擺滿了書籍以供私人閱讀的房間裡：「……我很高興與普通讀者們意見一致；因為，在所有那些微妙的高論和鴻博的教條之後，詩壇的榮譽桂冠，最終還得取決於未經文學偏見汙染的讀者們的常識。」這常識把詩壇榮譽的品質解釋明白；它使它們的目的顯得崇高；它把大人物的②嘉許認可給予那種耗時甚久而往往未能留下真正實質成果的尋求探索。

正如約翰生博士所含蓄地指出的那樣，普通讀者不同於批評家和學者。他所受的教育稍遜，大自然也沒有如此慷慨大度地給予他優秀的天賦。他是為了個人的興趣而閱讀，不是為了傳授知識或糾正他人的見解。最重要的是：他在一種本能的指

＊本文系伍爾夫論文集《普通讀者》的序言。
①塞繆爾・約翰遜（1709-1784），英國著名學者、作家、文學批評家，第一部《英語詞典》的編纂者。
②伍爾夫言下之意，普通讀者正是決定詩壇榮譽的大人物。

引之下，用他所能獲得的無論什麼夾七雜八的原料，為他自己創造出某種完整的東西——一幅人物的肖像，一個時代的速寫，或關於寫作藝術的一種理論。他一面閱讀，一面不停地搭起一些東倒西歪、搖搖晃晃的理論結構，看上去頗像那種可以引起愛慕、歡笑和爭論的真實對象，從而給他以暫時的滿足。作為一位批評家，他的缺陷是顯而易見的，因為他只是匆忙地、粗略地、表面地瀏覽，一會兒抓住這首詩歌，一會兒抓住那部古籍殘篇，只要它能為他的目的服務，並且使他的結構成形，他就不管是何處找到的，也不管其性質如何；然而，如果他正如約翰生博士所指出的那樣，在最後分配騷壇令譽方面有一些發言權，那麼也許還值得把他的一些想法和意見寫下來，儘管它們本身並無多大意義，但它們還是對一種如此重大的結果③作出了貢獻。

---

③重大的結果指決定詩壇的榮譽。這裡所謂詩壇是泛指文壇而言。

論現代小說 *

　　對現代小說作任何考察，即使是最隨便、最粗略地瀏覽一番，我們也難免會想當然地認為：這門藝術的現代實踐，是在過去的基礎之上的某種改進。可以這樣說，使用簡單的工具和原始的材料，菲爾丁[1] 成績斐然，珍·奧斯丁更勝一籌，但是，把他們的各種機會和我們的相比，不啻有天淵之別！他們的傑作，確實有一種奇特的簡樸風格。把文學創作和某種過程——例如汽車製造過程——相比擬，乍看似乎還像，仔細端詳就不恰當了。在已往幾個世紀中，雖然在機器製造方面我們已經學會了不少東西，在文學創作方面我們是否有所長進，可還是個疑問。我們並未比前人寫得更高明。只能這樣說：我們不斷地偶爾在這方面、偶爾在那方面稍有進展；但是，如果站在足夠

---

* 此文發表於1919年，後來收入伍爾夫的論文集《普通讀者》（*The Common Reader*）。

[1] 亨利·菲爾丁（Henry Fielding, 1707-1745），英國現實主義小說之父，其作品有《大偉人江奈生·魏爾德》、《湯姆·瓊斯》等。

的高度來觀察一下整個進展過程的軌跡，它就帶有一種循環往
復的趨勢。無庸贅述，我們沒有權利認為自己（即使是暫時地）
處於那種優越的地位。站在平地上，擠在熙熙攘攘的人群之中，
塵霧瀰天、雙目難睜，我們懷著豔羨的心情，回顧那些比我們
更幸福的戰士，他們的仗已經打贏，他們的戰果如此輝煌，我
們不禁竊竊私議：他們的戰鬥或許不如我們的激烈吧。這可要
由文學史家來裁決，由他來說我們究竟是處於一個偉大的散文
小説時代的開端，中間，還是末尾；因為，我們置身於山下平
原，視野必然不廣。我們只知道：某種讚賞或敵對的態度，會
激勵我們；某些道路通向肥沃的原野，其他道路則通向不毛的
荒原和沙漠；而對此稍加探討，似乎還值得一試。

　　我們並非與古典作家們爭論。如果說我們是和威爾斯先生
（H. G. Wells）、貝內特先生、高爾斯華綏先生[2] 爭論，其部
分原因，是由於他們人還在世，因此他們的作品就有一種仍舊
鮮活、呼吸猶存、經常呈現的缺陷，使我們敢於放肆地任意對
待它們。確實如此，我們對於這三位作家的許多貢獻表示感謝；
而另一方面，我們對哈代先生和康拉德先生，卻是無比感激，
對《紫色的土地》、《綠色的大廈》和《遙遠的地方與往昔的
歲月》的作者赫德森先生[3] ，我們也是如此，不過程度要淺得

---

[2]威爾斯（H. G. Wells, 1866-1946），貝內特（Arnold Bennett, 1867
　-1931），高爾斯華綏（JohnGalsworthy, 1867-1933），英國小説家。
[3]威廉・亨利・赫德森（W. H. Hudson, 1841-1922），英國小説家。

多。威爾斯先生、貝內特先生和高爾斯華綏先生曾經激起過不少希望，又不斷地令人失望。因此，我們主要是感謝他們向我們揭示了他們原來可能做到而沒有做到的事情，並且感謝他們指明了我們肯定不能做、然而也許同樣肯定不想做的事情。一言半語，概括不了我們對他們作品的指責和不滿；這些作品卷帙浩繁、品質不一、精粗雜陳，既令人欽佩，又叫人失望。如果我們想用一個詞兒來說明我們的意思，我們就會說，這三位作家是物質主義者。他們之所以令我們失望，因為他們關心的是軀體而不是心靈，並且給我們留下了這樣的感覺：英國小說

好還是（盡可能有禮地）背離他們，大步走開，即使走到沙漠裡去也不妨，而且離開得越快，就越有利於拯救英國小說的靈魂。單用一個詞兒，自然不可能一語中的、一箭三雕。就威爾斯先生而論，物質主義這個詞兒顯然偏離目標甚遠。然而即使如此，這個評語也令人想起攙混在他的天才中的致命雜質，想起和他的純淨的靈感混合在一起的那一大塊泥巴。在那三人中，也許正因為貝內特先生是技藝超群的能工巧匠，他也就成了最糟糕的罪魁禍首。他寫起書來鬼斧神工、結構緊湊，即使是最吹毛求疵的批評家，也感到無懈可擊、無隙可乘。甚至在窗扉之間都密不透風，在板壁上面也縫隙全無。然而——如果生命卻拒絕在這樣的屋子裡逗留，那可又怎麼辦？寫出了《老婦譚》④，創造了喬治・肯南和埃德溫・克萊漢厄⑤以及其他

---

④《老婦譚》是貝內特的著名小說。

⑤肯南和克萊漢厄都是貝內特小說中的人物。

許多人物的那位作家，可以聲稱他已經克服了這種危險。他的人物過著豐衣足食的、甚至令人難以想像的生活。但是，還得要問一問：他們究竟是怎樣生活的？他們又為什麼要生活？我們好像覺得，他們甚至會拋棄了在五鎮⑥精心建造的別墅，把越來越多時間花在火車的頭等軟席車廂裡，手按各種電鈴和按鈕，風塵僕僕地漫遊四方；而他們豪華旅行的目的地，也變得越來越明確，那就是在布賴頓⑦最好的旅館裡大享其清福。可不能這樣來評論威爾斯先生，說他之所以被稱為物質主義者，是因為他太喜歡把他的故事編寫得紮實緊湊。他太富於同情心了，不允許自己花太多時間把各種東西搞得整整齊齊、紮紮實實。他是一位純粹出於菩薩心腸的物質主義者，把應該由政府官員來做的工作承擔了起來，過多的理想和事實占據了他的心房，使他無暇顧及或者往往忽視他的人物是多麼生硬粗糙。如果說威爾斯的塵世和天堂，不論現在和今後，都只是他的瓊和彼得⑧的居住之處，難道還有比這句話更厲害的批評嗎？無論他們的創造者慷慨地賦予他們什麼制度和理想，他們低劣的本性，不是總會使之黯然失色嗎？雖然我們深深地敬仰高爾斯華綏先生的正直和仁慈，在他的作品中，我們也還是找不到我們尋求的東西。

---

⑥五鎮是貝內特小說中的地名，指英格蘭中部五個製造陶瓷的市鎮。
⑦布賴頓是英國南部著名海濱浴場所在地。
⑧瓊和彼得是威爾斯寫的同名小說中的人物。

如果我們把一張物質主義的標籤貼到所有這些書本上去，我們的意思是說，他們寫了些無關緊要的事情；他們浪費了無比的技巧和無窮的精力，去使瑣屑的、暫時的東西變成貌似真實的、持久的東西。

我們必須承認，我們是有點兒吹毛求疵。更有甚者，我們還發現，要說明我們苛求的究竟是些什麼東西，以便使我們的不滿情緒顯得公平合理，是相當困難的。在不同的時候，我們的疑問以不同的形式出現。但是，當我們隨手丟下一部剛看完的小說，這個疑問又極其固執地重新湧上心頭，我們長嘆一聲——這究竟是否值得？其目的意義究竟何在？會不會是這樣的情況：由於人類的心靈好像常常會有的那種小小的失誤，當貝內特先生拿著他無比精良的器械走過來捕捉生活之時，他的方向也就偏離了一二英寸？結果，生活溜走了；而也許沒有了生活，其他都不值一談。不得不借助於這樣一個比喻，無異於坦率地承認，我的見解有點含糊曖昧；但是，如果我們不提生活而像批評家們習以為常地那樣來談論現實，我們也不見得使情況更好一些。既然承認所有的小說評論都有點含糊曖昧，我們不妨冒昧地提出這種觀點：對我們來說，當前最時髦的小說⑨形式，往往使我們錯過、而不是得到我們所尋求的東西。不論我們把這個最基本的東西稱為生活還是心靈，真實還是現實，它已飄

---

⑨伍爾夫所謂時髦小說，是指威爾斯、貝內特、高爾斯華綏等寫的小說。而不是指現代派作品。

然而去，或者遠走高飛，不肯再被我們所提供的如此不合身的
外衣所束縛。儘管如此，我們仍舊堅持不懈地、自覺地按照一
張設計圖紙，來依樣畫葫蘆地構造我們三十二章的長篇巨著，
而這張圖紙卻和我們心目中所想像的東西越來越不相像。為了
證明作品故事情節確實逼真而花的大量勞動，不僅是浪費了精
力，而且是把精力用錯了地方，以至於遮蔽了思想的光芒。作
者似乎不是出於他的自由意志，而是在某種奴役他的、強大而
專橫的暴君⑩的強制之下，給我們提供情節，提供喜劇、悲劇、
愛情和樂趣，並且用一種可能性的氣氛給所有這一切都抹上香
油，使它如此無懈可擊，如果他筆下的人物都活了轉來，他們
會發現自己的穿著打扮直到每一粒鈕扣，都合乎當時流行的款
式。專橫的暴君的旨意得到了貫徹，小說被炮製得恰到好處。
然而，由於每一頁都充斥著這種依法炮製的東西，有時候——
隨著歲月的流逝，這種情況越來越經常地發生——我們忽然感
到片刻的懷疑，一陣反抗情緒油然而生。生活難道是這樣的嗎？
小說非得如此不可嗎？

　　往深處看，生活好像遠非「如此」。把一個普普通通的人
物在普普通通的一天中的內心活動考察一下吧。心靈接納了成
千上萬個印象——瑣屑的、奇異的、倏忽即逝的或者用鋒利的
鋼刀深深地銘刻在心頭的印象。它們來自四面八方，就像不計
其數的原子在不停地簇射；當這些原子墜落下來，構成了星期

---

⑩指傳統的清規戒律的束縛。

一或星期二的生活，其側重點就和以往有所不同；重要的瞬間不在於此而在於彼。因此，如果作家是個自由人而不是奴隸，如果他能隨心所欲而不是墨守成規，如果他能夠以個人的感受而不是以因襲的傳統作為他工作的依據，那麼，就不會有約定俗成的那種情節、喜劇、悲劇、愛情的歡樂或災難，而且也許不會有一粒鈕扣是用龐德街⑪的裁縫所慣用的那種方式釘上去的。生活並不是一副副勻稱地裝配好的眼鏡⑫；生活是一圈明亮的光環，生活是與我們的意識相始終的、包圍著我們的一個半透明的封套。把這種變化多端、不可名狀、難以界說的內在精神──不論它可能顯得多麼反常和複雜──用文字表達出來，並且盡可能少攙入一些外部的雜質，這難道不是小說家的任務嗎？我們並非僅僅在籲求勇氣和真誠；我們是在提醒大家：真正恰當的小說題材，和習慣賦予我們的那種信念，是有所不同的。

無論如何，我們是企圖用諸如此類的方式，來說明幾位青年作家的品質，這種品質使他們的作品和他們前輩的著作迥然相異，而詹姆斯・喬伊斯先生⑬，是這批青年作家中的佼佼者。他們力求更加接近生活，更真誠地、更確切地把引起他們興趣的、感動他們的東西保存下來。為了做到這一點，他們甚至不惜拋棄一般小說家所遵循的大部分常規。讓我們按照那些原子

---

⑪龐德街是倫敦時裝店集中的街道。

⑫原文為 gig lamps，是俚語，指眼鏡。

⑬詹姆斯・喬伊斯（1882-1941），愛爾蘭著名小說家。

紛紛墜落到人們心靈上的順序把它們記錄下來；讓我們來追踪
這種模式，不論從表面上看來它是多麼不連貫、多麼不一致；
按照這種模式，每一個情景或細節都會在思想意識中留下痕迹。
讓我們不要想當然地認為，在公認為重大的事情中比通常以為
渺小的事情中含有更豐富充實的生活。無論什麼人，只要他閱
讀過《一個畫家青年時代的肖像》⑭，或者閱讀過《小評論》
雜誌上現在刊登的、更有趣得多的那部作品《尤利西斯》⑮，
他就會甘冒風險提出一些諸如此類的理論，來說明喬伊斯先生
的意圖。從我們這方面來說，眼前只有一個不完整的片斷就妄
加議論，是要擔點風險，而不是確有把握的。然而，不論全書
的整個意圖是什麼，它毫無疑問是極端真誠的；而按此意圖創
造出來的成果，雖然我們可能認為它晦澀難解或令人不快，卻
無可否認是重要的。和我們稱之為物質主義者的那些人相反，
喬伊斯先生是精神主義者。他不惜任何代價來揭示內心火焰的
閃光，那種內心的火焰所傳遞的信息在頭腦中一閃而過，為了
把它記載保存下來，喬伊斯先生鼓足勇氣，把似乎是外來的偶
然因素統統揚棄，不論它是可能性、連貫性，還是諸如此類的
路標，許多世代以來，當讀者需要想像他摸不到、看不見的東
西時，這種路標就成了支撐其想像力的支柱。例如，在公墓中

---

⑭《一個畫家青年時代的肖像》是喬伊斯的著名小說。
⑮《尤利西斯》是喬伊斯的著名小說，伍爾夫撰寫此文時，這部小說
　正在雜誌上連載，尚未完成，故云：「片斷」。

的那個場面，它那輝煌的光彩，它那粗俗的氣氛，它的不連貫性，它像電光一般突然閃現出來的重大意義，毫無疑問確實接近於內心活動的本質。無論如何，只要你初次閱讀它，就難以不把它譽為傑作。如果我們要求的是生活的本來面目，那麼我們在這兒的確找到了它。如果我們想說此外我們還盼望什麼別的東西，如果我們想說出為什麼如此有創造性的作品還是難以和《青春》⑯ 或《卡斯特橋市長》⑰ 相比擬，老實說，我們發現還得搜索枯腸。我們用上面那兩部作品來比較，因為我們必須舉出最高級的範例。喬伊斯的作品不能和上述名篇相媲美，是因為作者的思想相對而言比較貧乏，我們當然可以簡單地就這麼說，並且就此敷衍過去。但是，還是有可能把這個問題稍為進一步探索一下。我們是否可以用這種感覺來進行類比：我們覺得自己待在一間狹窄而明亮的房間裡，感到侷促閉塞而不是開闊自由，因為我們不僅受到作家思想上的而且也受到他寫作方式上的限制。不正是這種寫作方式，把創造力抑制住了嗎？不正是由於這種寫作方式，我們既不歡樂，又不舒暢，被集中限制於一個自我，儘管這個自我的感覺細緻入微，它從來不包含或創造超出它本身之外的任何東西？也許帶點教誨意味，由於側重描述卑微猥瑣之處，不是產生了一種乾癟枯燥、孤獨褊狹的效果嗎？或者僅僅是由於人們，特別是現代的人們，對這

---

⑯《青春》是康拉德的短篇小說。

⑰《卡斯特橋市長》是哈代的長篇小說。

種獨創性的任何努力，感覺到它的缺點要比說出它的長處容易得多嗎？無論如何，置身於事外來考察各種「方式」，乃是一種錯誤。如果我們是作家的話，能夠表達我們想要表達的內容的任何方式，都是對的；如果我們是讀者的話，能夠使我們更接近於小說家的意圖的任何方式，也都不錯。這種方式的長處，是使我們更接近於我們打算稱之為「生活的本來面目」的那種東西。閱讀一下《尤利西斯》，不是會使人想起，有多少生活被排斥了、被忽視了嗎？翻開《特立斯頓・香弟》⑱或者《潘登尼斯》⑲，不是令人大吃一驚，因而相信生活不僅還有別的方面，而且是更重要的方面嗎？

　　無論它可能是什麼情況，當前小說家面臨的問題，我們假定還是和過去一樣，是要想方設法來自由地描述他所選擇的題材。他必須有勇氣公開聲明：他感興趣的不再是「這一點」而是「那一點」；而他必須單單從「那一點」選材，來構成他的作品。對現代人來說，「那一點」——即興趣的集中點——很可能就在心理學曖昧不明的領域之中⑳。因此，側重點馬上和以往稍有不同，而強調了迄今為止被人忽視的一些東西。一種不同形式的輪廓，立刻就變得很有必要了；對此，我們感到難以掌握，我們的前輩感到難以理解。除了現代人之外，或者說

⑱⑲前者是英國小說家勞倫斯・斯特恩（Laurence Sterne, 1713-1768）的主要作品；後者是薩克雷（1811-1863）的著名小說。
⑳指潛意識的發掘和心理隱曲的披露。

除了俄國人之外，沒有人會對契訶夫自己命名為《古雪夫》的
那個短篇小說中安排的情景感到興趣。一些俄國士兵在一艘運
送他們回國的輪船上病倒了。作者給我們描寫了他們零星的談
話和思想的片斷。然後，其中有個士兵死了，他的屍體被搬走
了。那談話又進行了一段時候，直到古雪夫本人也死了，看上
去「活像一條胡蘿蔔或白蘿蔔」，被扔進海中。作者把重點放
在出乎意料的地方，以至於起初好像簡直看不到什麼重點。後
來，眼睛逐漸適應昏暗朦朧的光線並且能夠分辨室內物體的形
態，我們就看出這個短篇是多麼完美、多麼深刻，而契訶夫按
照他自己心目中想像的情景，多麼忠實地選擇了「這一點」、
「那一點」以及其他細節，把它們綜合在一起，構成了某種嶄
新的東西。但我們可不能說「這一點是喜劇」或「那一點是悲
劇」；我們也拿不準這是否能稱為短篇小說，因為，根據我們
學過的概念，短篇小說必須簡明扼要、有個結論，而這篇作品
卻有點兒撲朔迷離、未下結論。

　　對現代英國小說最膚淺的評論，也幾乎不可避免地要涉及
俄羅斯的影響。而如果提起了俄國人，很可能會令人感覺到，
除了他們那種小說之外，要撰文評論任何其他小說，都是白費
時間。如果我們想了解靈魂和內心，那末除了俄國小說之外，
我們還能在什麼別的地方找到能與它相比的深刻呢？如果我們
對我們自己的物質主義感到厭倦的話，那麼他們的最不足道的
小說家，也天生就有一種對人類心靈的自然的崇拜。「要學會
使你自己和人們血肉相連、情同手足……但是，不要用頭腦來
同情——因為這還容易做到——而是要出自內心，要熱愛他們。

^㉑ 」同情別人的苦難,熱愛他們,努力去達到那值得心靈竭力追求的目標,如果這一切都是神聖的話,那麼在每一位俄國作家身上,我們好像都看到這種聖徒的特徵。正是他們身上那種超凡入聖的品質,使我們對自己缺乏宗教熱忱的淺薄猥瑣感到不安,並且使我們的不少小說名著相比之下顯得華而不實、玩弄技巧。如此胸懷寬大、富於同情心的俄國人的思想結論,恐怕不可避免是極端悲傷的吧。其實,我們可以更精確地說:俄國人的思想並無明確的結論。他們給人以一種沒有答案的感覺;如果誠實地觀察一下人生,那麼生活提出了一個又一個問題,這些問題是不可能得到解答的,而只是一個接一個地在耳邊反覆回響著,直到故事結束了,那沒有希望得到解答的疑問,使我們充滿了深深的、最後甚至可能是憤怒的絕望。也許他們是正確的。毫無疑問,他們看得比我們遠,而且沒有我們那種遮蔽視線的巨大障礙物。但是,也許我們也看到了一些他們沒有看到的東西,不然的話,為什麼他們這種抗議之聲和我們的憂鬱情緒融合在一起呢?這種抗議之聲,是另一種古老文明的聲音。這種古老文明傳播過來,好像已經在我們身上培養起一種去享受、去戰鬥而不是去受苦、去理解的本能。從斯特恩到梅瑞狄斯的英國小說,證明了我們的民族天性喜愛幽默和喜劇,喜愛人間的美,喜愛智力的活動,喜愛肉體的健美。把這兩種南轅北轍極端相反的小說進行一番比較,想要推論演繹出什麼

㉑托爾斯泰語。

結果來，是徒勞無功的，除了確實使我們充分領會一種藝術具有無限可能性的觀點，並且提醒我們，世界是廣袤無垠的，而除了虛偽和做作之外，沒有任何東西——沒有一種「方式」，沒有一種實驗，甚至是最想入非非的實驗——是禁忌的。這就是這番比較演繹出來的結論，此外再也沒有別的了。所謂「恰當的小說題材」，是不存在的。一切都是恰當的小說題材；我們可以取材於每一種感情、每一種思想、每一種頭腦和心靈的特徵；沒有任何一種知覺和觀念是不適用的。如果我們能夠想像一下小說藝術像活人一樣有了生命，並且站在我們中間，她肯定會叫我們不僅崇拜她、熱愛她，而且威脅她、摧毀她。因為只有如此，她才能恢復其青春，確保其權威。

論珍‧奧斯丁[*]

　　如果卡桑德拉‧奧斯丁小姐能夠隨心所欲，那麼除了珍‧奧斯丁的小說之外，我們就很可能再也得不到什麼關於她的資料了。只有在寫給她姐姐卡桑德拉的書信裡，珍‧奧斯丁才毫無拘束地吐露心曲，只有對她的姐姐，她才傾訴她心中的希望，以及她一生中唯一重大的失望（如果關於她失戀的謠傳是確鑿有據的話）；但是，當卡桑德拉‧奧斯丁小姐年事已高，她妹妹與日俱增的聲譽使她懷疑，總有一天陌生人會來祈求而學者們會來探討她妹妹的書信，於是她焚燒了──對她本人而言，這是很大的犧牲──可以滿足他們好奇心的每一封信，僅僅豁免了她認為過於瑣細不足以引起人們興趣的那一部分。

　　因此，我們對於珍‧奧斯丁的了解，僅僅來自閒言碎語，

---

[*] 本文選自伍爾夫論文集《普通讀者》。
珍‧奧斯丁（1775-1817），英國小說家。主要作品有《傲慢與偏見》、《愛瑪》、《理智與情感》、《諾桑覺寺》等。

幾封書信，和她的小說。至於閒言碎語，如果它能超越它的時代而留存至今，那就斷然不可鄙視；只要略為重新整理，它就能很好地適合於我們的目的。例如，小菲拉德菲婭・奧斯丁這樣評論她的堂姐：「珍一點也不漂亮，非常一本正經，不像一個十二歲的小姑娘，……珍有點兒想入非非、矯揉造作。」還有米特福德夫人，她在奧斯丁家的姑娘們小時候就認識她們，她認為珍「是她記憶之中最俊美，最嫻靜，最裝模作樣，並且像花叢中翩然飛舞的蝴蝶一般尋求丈夫的姑娘。」此外還有米特福德夫人那位不知名的朋友，「她現在拜訪了她，並且說奧斯丁已經僵化成為曾經存在過的最呆板拘泥、沈默寡言的獨身者，在社會上，人們對於她並不比對一根撥火棍或火爐柵欄更為重視，直到《傲慢與偏見》問世，才表明了在這個冷漠矜持的外殼裡蘊含著多麼珍貴的寶藏……。現在情況已經大不相同了，」那位善良的夫人接著說：「她仍然是一根撥火棍——然而是一根令人生畏的撥火棍……。她是一位才智不凡的人，一位人物性格的描繪者，然而她卻默默無言，這真是可怕！」另一方面，當然還有那些奧斯丁們，這是一個難得沈湎於自我誇耀的家屬，但是盡管如此，他們都說她的兄弟們「非常喜歡她，並且十分為她自豪。由於她的天才、美德和動人的風度，他們對她愛慕依戀，並且人人都喜歡在後來想像他自己的侄女或女兒和那位親愛的姐妹珍有相似之處，但他們又從不企望能夠看到完全可以與她媲美的人物。」嫵媚動人而又刻板拘泥，受到家屬的寵愛而又被陌生人所畏懼，說話尖刻而又心腸柔軟——這些矛盾的因素決不是水火不能相容的，而當我們轉向她的小

說，我們就會發現，在那兒我們也被作者身上同樣的複雜性所
困惑。

首先，被菲拉德菲婭認為簡直不像個十二歲孩子的那位一
本正經、想入非非、矯揉造作的小姑娘，不久就成了一篇令人
驚訝的、並不幼稚的短篇小說《愛情和友誼》的作者，雖然說
來令人難以置信，它是奧斯丁十五歲時寫的。它顯然是為了給
教室裡的同學們消遣而寫的；在這部小說集裡的另一個短篇，
是帶著一種嘲弄的嚴肅口吻獻給她的兄弟的；還有一篇則由她
的姐姐用水彩清晰地畫出一些人物頭像作為插圖。這是一些開
開玩笑的遊戲文章，人們會覺得它們是家庭中的財富；其中穿
插著諷刺，這些諷刺是擊中要害的，因為所有年輕的奧斯丁們
全都嘲笑那些「長吁短嘆、暈倒在沙發裡」的高雅的女士們。

當珍高聲朗讀對於他們全都非常厭惡的那種惡習的最後一
段諷刺之時，兄弟姊妹們必定忍俊不禁。她寫道：「失去奧古
斯塔斯的痛苦使我以身殉情，致命的暈厥奪去了我的生命。你
要千萬小心不可暈厥，親愛的勞拉，……。只要你高興，你盡
管可以常常發狂，但是萬萬不可昏倒，……。」她匆匆忙忙繼
續寫下去，能寫多快就寫多快，快到簡直顧不上拼寫正確與否，
敘述勞拉與索菲婭、菲蘭德與古斯塔夫斯以及駕著一輛公共馬
車隔天往返於愛丁堡和斯特林之間那位紳士令人難以置信的冒
險故事，敘述保存在寫字台抽屜裡的財產失竊的經過，描繪那
些飢腸轆轆的母親和扮演麥克佩斯的兒子。毫無疑問，這個故
事必定引起了教室裡同學們的哄堂大笑。然而，這位十五歲的
姑娘，坐在公共客廳的隱蔽角落裡寫作，並非為了博得兄弟姊

妹們一笑，也不是為了家庭中的消遣娛樂，這是顯而易見的。她是在為每一個人寫作，為無足輕重的小人物寫作，為我們的時代寫作，為她自己的時代寫作；換言之，甚至在那麼小的年齡，珍・奧斯丁就在寫作了。人們聆聽著故事，注意到那些句子的節奏、勻稱和嚴密。「她不過是一位脾氣溫和的、有教養的、樂於助人的年輕婦女；就此而論，我們幾乎不可能不喜歡她——但她不過是一個受人輕視的對象而已。」她寫出這樣的句子，是想要使它在聖誕節的假期過去之後仍然保留在人們的記憶之中。生氣蓬勃，流暢自如，妙趣橫生（而這種漫無邊際的逗趣近乎荒唐）——《愛情和友誼》就是由這一切所構成的；然而，這個永遠不會消失在其他聲調中的音符，這個響徹整部作品的清晰而尖銳的音調，又是什麼？這是一片笑聲。這位十五歲的姑娘在歡笑，在這個世界上她自己的角落裡歡笑。

　　十五歲的姑娘們總是在歡笑。賓尼先生在餐桌上拿鹽代替了糖，她們就笑了。湯姆金斯老太太一屁股坐在椅子裡那隻貓身上，她們幾乎要笑死了。但過了一會兒，她們又哭了。她們沒有固定的容身之所，從那個角度，她們可以在人類的天性中看到某種永遠是可笑的東西，在男男女女身上看到某種永遠會激起我們諷刺的品質。她們並不懂得，格雷維爾夫人怠慢別人而可憐的瑪麗亞受到冷遇，這都是在每一個跳舞會上必然會發生的永恆的特徵。但是，珍・奧斯丁出生以來就懂得了這一點。守護在搖籃上方的仙女之一，必定在珍出生之時就帶著她飛越了整個世界。當珍又被放回搖籃後，她就不僅知道了這個世界看上去像什麼樣子，而且已經選定了她自己的王國。她作出了

保證：如果她能夠統治這片領土，她就不會去貪圖別的東西。
於是，在十五歲的時候，她就對別人很少抱有幻想，而對她自
己則完全不抱幻想。不論她寫什麼東西，她總是加以潤飾，面
面俱到，並且把它在宇宙之中——而不是牧師的住宅之中——
的關係安排停當。她是非個人的；她是不可思議的。當作家珍・
奧斯丁在那本書中最傑出的那段速寫裡記下了格雷維爾夫人的
一小段談話之時，其中絲毫沒有牧師的女兒珍・奧斯丁對於她
曾經受到的冷遇表示憤怒的痕跡。她的目光直接投向它的目標，
而我們明確地知道，在人類天性的地圖上，這個目標是在何處。
我們之所以能夠知道，是因為珍・奧斯丁信守她的誓言；她從
不超越她自己的疆界。她從來不曾，甚至在感情衝動的十五歲
也不曾，在羞愧之中洩漏了自己的祕密，在一陣憐憫之中刪除
了諷刺的描寫，或者在狂想的迷霧之中模糊了故事的輪廓。她
似乎曾經說過，激情和狂想——她用手杖一指——在那邊全都
終止，而她的領土的疆界是完全清晰的。然而，她也並不否認
明月、山巒和城堡的存在——存在於她的領土之外。她甚至還
寫過一部她自己的傳奇小說。這是為蘇格蘭的皇后而寫的。奧
斯丁確實對她非常仰慕。她把她稱為「世界上首屈一指的人物
之一」，並且說「她是一位迷人的公主，她當時唯一的朋友是
諾福克公爵，而公爵目前的朋友是惠特克先生、勒弗羅伊夫人、
奈特夫人和我本人。」說了這些話，她的熱情就被限制在一定
的範圍之內，並且歸結為一陣歡笑。回想對比一下年輕的勃朗
娣姊妹不久以後在她們北方的牧師住宅裡用什麼詞兒來描寫韋
林頓公爵，是非常有趣的。

　　這位一本正經的小姑娘成長了。她成了米特福德夫人記憶之中「最俊美、最嫻靜，最裝模作樣，像翩然飛舞的蝴蝶一般尋求丈夫的姑娘」，並且附帶著又成了一部名為《傲慢與偏見》的小說的作者，這部小說是她躲在房間裡，在一扇吱吱嘎嘎的房門的掩護之下悄悄地寫成的，寫成之後卻在抽屜裡放了好多年沒有發表。人們認為，此後不久她就開始寫作另一部小說《華生一家》，由於某種原因，她對這部作品很不滿意，沒有寫完就擱下了。一位偉大作家的二流作品是值得一讀的，因為它們為他的傑作提供了最好的批評資料。在這兒，奧斯丁在寫作中所遇到的困難更加令人矚目，而她用來克服這些困難的手段也沒有那麼巧妙地被掩蓋起來。首先，開頭幾章呆板而枯燥，這證明了奧斯丁屬於這樣一種類型的作家，這些作家在他們的初稿中直截了當地把事實攤出來，然後一再回過頭去加以修飾，賦予血肉，渲染氣氛，借此把事實掩蓋住。怎樣才能做到這一點——怎樣才能有所抑制而又有所增添，需要通過什麼精巧的藝術手腕——這我們可說不上來，但是，這個奇蹟已經被創造出來了；十四年家庭生活枯燥無味的歷史，已經被轉化成另外一種精巧細膩、流暢自如的樣式介紹出來；我們永遠也不會想到，珍·奧斯丁曾經為此強迫她自己在這些篇頁上一再揮筆修改，作了多麼艱苦的準備工作。在這兒，我們終於理解，珍·奧斯丁畢竟不是魔術師。和其他作家一樣，她必須創造出某種氣氛，在這種氣氛之中，她自己特殊的天才方能結出碩果。在這兒，她正在摸索；在這兒，她要我們等待。突然間，她成功了；現在事物終於能夠按照她所喜歡的方式呈現出來。愛德華

茲一家正要去參加舞會。湯姆林森家的馬車正在奔馳過去；她可以告訴我們：「他們給了查爾斯一副手套，並且叫他把手套戴著別脫下來」；湯姆・馬斯格雷夫拿著一桶牡蠣躲到一個遠遠的角落裡，他實在舒服極了。她的天才是自由而活潑的。我們的知覺立刻就變得敏銳了；我們被那種只有奧斯丁才能給我們的特殊的深度迷住了。這特殊的深度是由什麼構成的呢？它的構成因素是鄉村小鎮中的一次舞會；幾對男女在會場裡相遇並握手言歡；他們吃了一點東西又喝上幾杯；至於在這過程中突然發生的變化，無非是一位青年被一位年輕的女士所冷落，而他又得到另一位年輕女士的青睞。沒有什麼悲劇，也沒有英雄主義。然而，由於某種原因，這個小小的場景是活躍的，和它外表上的莊重是完全不相稱的。奧斯丁使我們看到，如果愛瑪在舞會上有如此的舉動，她是多麼體貼，多麼溫柔，被多麼真摯的感情所鼓舞，那麼在那些更為沉重的人生危機之中，奧斯丁本人也會顯示出這種真摯的感情；當我們注視著愛瑪，這一切不可避免地會浮現在我們的眼前。因此，珍・奧斯丁是一位比外表上看來具有更深刻感情的大師。她刺激我們的想像力，讓我們自己去補充她沒有寫出來的東西。從外表上看來，她提供的不過是一樁細節，然而，在這樁細節之中，包含著某種在讀者的頭腦中可以擴展的因素，她把外表瑣細的人生場景的最持久的形式賦予這種因素。她總是把重點放在人物身上。她使我們去猜測，當奧斯本爵士和湯姆・馬斯格雷夫在兩點五十五分來拜訪，此時瑪麗正好把盤子和刀盒拿進來，愛瑪會作出怎樣的舉動？這是一個極端尷尬的場面。那兩位青年男子，是習

慣於文雅得多的禮儀的。愛瑪很可能會表明她自己是缺乏教養的、庸俗的、不足取的人物。那段迂迴曲折的對話，使我們懸慮不安、如坐針氈。我們的注意力一半放在目前，一半放在將來。最後，愛瑪的舉止如此得體，證明我們完全可以對她寄予高度的希望，於是我們深受感動，好像我們親眼目睹了一椿極其重要的事情。在這兒，在這段未經潤飾的、重要的附屬情節裡，確實包含著珍‧奧斯丁偉大品質的所有要素。它具有文學的永恆品質。把表面上的生動活潑、栩栩如生棄而不顧，仍然有一種對人類價值的精微細緻的鑒別能力存在著，它為我們提供了一種更深刻的樂趣。如果把這一點也棄而不顧，人們就能夠帶著極大的滿足細細品味那種更抽象的藝術；在那個舞會場景中，人物的情緒是如此變化多端，各個部分的比例是如此勻稱協調，這使人們能去欣賞那更抽象的藝術，就像欣賞詩歌，僅僅是欣賞它本身的美，而不是把它當作一個把故事引向某個方向的環節來欣賞。

但是，人們的閑言碎語說珍‧奧斯丁呆板拘泥、沉默寡言——「是人人畏懼的一根撥火棍」。這一點，在小說中亦可見到迹象；奧斯丁可以非常冷酷無情；在所有文學家中，她是一位始終不渝的諷刺家。《華生一家》文筆生硬的開頭幾章，證明了她不是多產的天才；她沒有艾米莉‧勃朗娣那種天賦——只要把大門打開，讓別人感覺到她的存在，就可以贏得人們的好感。她謙卑而愉快地收集樹枝和稻草作為建築巢穴的材料，並且把它們整整齊齊地排列在一起。那些樹枝和稻草本身是有點兒枯燥而沾了點塵土的。它們構成了巨大的邸宅和小小的房舍，茶

話會、宴會和偶爾舉行的野餐；生活局限於有價值的社會關係
和恰當的經濟收入的範圍之內，在這個範圍裡，有泥濘的道路，
濕漉漉的腳板，而那些女士們則很容易疲勞厭倦；有一點兒原
則和影響支撐著這個世界，此外還有生活在農村的中產階級上
層家庭通常都很欣賞的教育。罪惡、冒險和激情被摒棄於這個
世界之外。然而，這一切平凡單調、微不足道的事物，她什麼
也沒有迴避，什麼也沒有忽視。她耐心而精確地告訴我們，書
中的人物如何「一路上毫不停留地來到了紐伯里，在那兒，一
頓把中飯和晚飯合在一起的美餐結束了他們一天的享樂和疲勞」。
她並非僅僅在口頭上尊重傳統；除了接受傳統觀念之外，她還
信仰它們。當她描繪埃德蒙・伯特倫那樣的牧師，或者特別是
當她描繪一位水手之時，他神聖的職務似乎妨礙了她，使她不
能自由地運用她的主要工具──她的喜劇天才，因此就很容易
陷入這樣的局面：她發表了一通冠冕堂皇的頌詞，或者作了一
些就事論事的描寫。然而，這些不過是例外而已；在大部分情
況下，她的態度令人想起那位無名女士的驚歎：「她是一位才
智不凡的人，一位人物性格的描繪者，然而她卻默默無言，這
真是可怕！」她不想改造什麼，也不想消滅什麼；她默默無語；
而那確實是可怕的。她一個接著一個地創造出她的傻瓜、道學
先生和世俗之徒，創造出她的柯林斯先生們、沃爾特・埃利奧
特爵士們和貝內特夫人們。她用鞭子一般的詞語驅策著他們，
使他們圍成一個圓圈；這根詞語的鞭子在他們身邊飛舞，剪下
了他們永恆的身影。於是他們就留在那兒；沒有為他們找任何
藉口，也沒有對他們表示憐憫。當她把朱莉婭和瑪麗亞・伯特

倫這兩個人物處理完畢,他們什麼痕迹也沒留下;伯特倫夫人
「坐在那兒喊著柏格,試圖阻止它跑到花圃裡去」,這就是她
留下的印象。奧斯丁作出了一種神聖的公正判決:格蘭特博士
起初喜歡嫩鵝肉,最後,「一個星期之內參加了三次豐盛的學
院授職宴會,終於患了中風,一命嗚呼」。有時候,她的人物
被塑造出來,似乎只是為了讓珍·奧斯丁去享受割下他們腦袋
那種最高的樂趣。她十分滿意;她心滿意足;在一個為她提供
了如此美妙的樂趣的世界裡,她不願更動任何人頭上的一根頭
髮,或者移動一塊磚頭,一葉青草。

我們也實在不願意。因為,即使強烈的虛榮心引起的苦悶
或精神上的憤怒引起的激動慫恿我們去改進一個充滿著怨恨、
褊狹和愚蠢的世界,這個任務也超出了我們力所能及的範圍。
人本來就是如此——那位十五歲的姑娘了解這一點;那位成熟
了的婦女證明了這一點。就在此刻,某一位伯特倫夫人正在阻
止柏格跑到花圃裡去;她叫查普曼去幫助芬尼小姐,然而太晚
了一點。奧斯丁的鑑別能力是如此完美,她的諷刺挖苦是如此
恰當,雖然這種諷刺始終存在,我們卻幾乎沒有注意到它。沒
有一處描述褊狹的筆觸、沒有一點涉及怨恨的暗示來使我們從
專心致志的閱讀中驚醒。歡愉的心情和我們閱讀的樂趣奇異地
融合在一起。美的光輝照亮了那些愚蠢的人物。

事實上,那種難以捉摸的品質往往是由迥然相異的部分構
成的,需要一種特殊的天才來把這些不同的部分結合在一起。
珍·奧斯丁的聰明才智是和她的完美趣味交相輝映的。她筆下
的傻瓜就是一個傻瓜,勢利之徒就是勢利之徒,因為這樣的人

物和她心目中頭腦清醒、理智健全的典範是格格不入的，甚至在她使我們歡笑之時，也清清楚楚地向我們傳達了這樣的信息。沒有任何小說家更充分利用了對人類各種價值的完美無瑕的直覺。她揭示出偏離了仁慈、忠誠、真摯這些英國文學中最討人喜歡的品質的離經叛道的因素，這些是違背無瑕的心靈、忠實的趣味和近乎嚴峻的道德的。她完全就是運用這種手段來描繪瑕瑜互見的瑪麗・克勞福德。她盡可能輕快自如、興致勃勃地讓瑪麗去喋喋不休地反對那位牧師，或者去贊同一位有一萬英鎊年俸的準男爵；但是，奧斯丁不時彈起她自己的調子，雖然聲音並不響亮，卻是完整的曲調，於是儘管瑪麗・克勞福德的饒舌仍然使我們覺得有趣，但聽上去卻顯得平淡無奇了。因此，她筆下的場景具有一種深度、美感和複雜性。從這種對比之中，產生了一種美感，甚至一種莊嚴，不僅和她的聰明才智同樣卓越，而且是它的不可分離的組成部分。在《華生一家》中，她讓我們預先領略了這種力量；她使我們感到驚奇：為什麼一個普普通通的出於善意的舉動，經她加以描繪，會變得如此富有意義？在她的傑作之中，這種天賦發展到完美的程度。在這兒，沒有什麼東西是不恰當的。中午時分，在諾桑普頓，一位遲鈍的青年男子和一位相當孱弱的年輕婦女在樓梯上交談，他們為了要參加宴會，正在到樓上去換裝，女傭們打他們身邊走過。然而，他們的談話突然由平凡瑣細變為富有意義，而對於他倆說來，這就成了他們一生之中最值得懷念的時刻。它本身充滿著意義；它光芒四射、鮮豔奪目地浮現在我們眼前；它是深刻的、顫動的，它在那兒寧靜地懸浮了一秒鐘；接著，那個女傭

人打他們身旁經過，於是這一滴匯集了人生所有幸福的水珠輕輕地墜落，重新成為日常生活漲落不已的潮流的一部分。

帶著這種深入事物內部的洞察力，珍・奧斯丁選擇了日常生活、社交聚會、野餐和鄉村舞會的平凡瑣事作為她的寫作題材，還有什麼比這更加自然的呢？沒有什麼攝政王①和克拉克先生提出的「改變她的寫作風格的建議」可以誘惑她；沒有什麼傳奇、冒險、政治或陰謀可以與她在鄉間住宅的樓梯上見到的景象相比。攝政王和他的圖書館員的確碰上了可怕的障礙；他們正在試圖動搖一顆不易腐蝕的良心，干擾一種正確無誤的判斷。那位十五歲就寫出了如此優美句子的姑娘從未停止寫作，她從來不是為攝政王或他的圖書館員寫作，她是為整個世界寫作。她明確地了解她的力量究竟是什麼，了解這樣的力量適合把什麼題材作為一個最終標準很高的作家應該處理的題材。有些印象存在於她的領域之外；有些情緒依靠她本身的才智是無法用任何誇張或技巧來加以包含容納的。例如，她無法使一位姑娘熱情洋溢地談論軍旗和教堂。她不能全心全意地浸沉於一個浪漫的瞬間之中。她有各種辦法回避激情的場面。她以她自己的旁敲側擊的辦法來接近自然美。她描寫美麗的夜色之時，一次也沒有提到空中的明月。儘管如此，我們讀到「萬里無雲的夜空的光輝和樹木的濃蔭所形成的對比」這幾個勻稱的短語

---

①攝政王指英王喬治四世，生於1762年，於1820-1830年擔任英國國王，在他登上王位之前，於1811-1820年曾任攝政王。

之時，立即就感到夜色的確像她所說的那麼「莊嚴、寧靜、可愛」，很簡單，那夜晚的確就是如此。

她的各種天賦異常完美地處於平衡狀態。她完成的小說沒有一部是失敗的，她所寫的章節中幾乎沒有什麼低於她的平均水準的例子。然而，她畢竟只有四十二歲就死了。她在她的能力發展到頂峰之時逝世了。她仍然隨時可以發生變化，那些變化常常會使一個作家創作事業的最後階段成為最饒有興味的階段。她是生氣蓬勃的，不可抑制的，她天賦的創造力具有偉大的生命力，毫無疑問，如果她活下去，她會寫出更多作品，於是人們不禁要考慮，她是否會使用不同的方式來寫作。她的疆界是明確的；明月、山巒和城堡在她的疆域之外。但是，她是否有時也受到誘惑，要暫時超越她的疆界？她是否開始以她自己輕快而卓越的方式去籌劃一次小小的探索性的航程？

讓我們以她最後一部完整的小說《勸導》為例，借此推測如果她活下去的話可能會寫出來的作品。《勸導》中有一種特殊的美和特殊的單調。這種單調乏味往往是兩個不同的時期之間的過渡階段的標誌。那位作家有點厭倦了。對於她的世界中的各種活動方式，她已經太熟悉；她不再帶著新鮮的感覺去記錄它們。她的喜劇中有一種刺耳的調子；這使人想起，她幾乎已經不再覺得一位沃爾特爵士的虛榮或一位埃利奧特小姐的勢利是有趣的了。那諷刺是生硬的，那喜劇是粗糙的。她不再帶著如此新鮮的感覺意識到日常生活的有趣可笑。她的思想並不是完全集中於她所觀察的對象上。然而，當我們感覺到珍‧奧斯丁過去曾經這樣做，而且做得更好，我們同時也會感覺到她

正在試圖去做某種她從未嘗試過的事情。《勸導》中有一種新
的因素，也許就是那種品質使休厄爾博士[2] 激動並且堅持說它
是「她作品中最美的一部」。她開始發現，這個世界比她過去
所想象的更廣闊、更神秘、更浪漫。我們覺得，她對於安妮的
評論也適用於她本人：「在少年時代，她不得不小心謹慎，當
她年事漸長，她學會了一種浪漫的態度——這是一個不自然的
開端的自然的後果。」她經常詳細地描述自然的美麗動人和令
人感傷之處，在她慣常描述春天的地方，她詳細地描述了秋天。
她談到「鄉村的秋季給人的影響是如此甜蜜而又悲傷」。她描
繪了「枯黃的秋葉和凋謝的樹籬」。她注意到「人們並不因為
曾經在一個地方遭受過痛苦而減輕對於它的依戀」。但是，並
不僅僅是由於一種對於自然的新的感受，才使我們覺察到奧斯
丁的變化。她對生活本身的態度也改變了。在這本書的大部分
篇幅裡，她通過一位書中婦女的眼光來觀察人生，這位婦女本
身是不幸的，她對別人的幸福和不幸有一種特殊的同情，到了
最後，奧斯丁不得不在沉默之中評價這種特殊的同情。因此，
和通常的情況相比，她的觀察較少注意到事實而更多地注意到
感情。在那個音樂會場景中，以及在關於婦女愛情的堅貞這段
著名的談話裡，有一種已經表達出來的情緒，不僅證明了一種
傳記上的事實，說明珍·奧斯丁曾經戀愛過，而且證明了一種
美學上的事實，說明她已不再害怕去表達這種情緒。人生的經

---

②威廉·休厄爾（1794-1866），英國著名科學家、哲學家，著有《
　歸納科學的歷史》等書。

歷，如果是一種嚴肅的經歷，必須深深地沉沒在記憶之中，讓時間的流逝來使它淨化，然後她才能允許自己把它在小說中表現出來。然而，到了1817年，她已準備就緒了。從外表上看，處於她的情況之下，還有一種變化也是迫在眉睫的。她的聲譽的增長曾經是非常緩慢的。奧斯丁‧利先生寫道：「我懷疑，是否有可能舉出另一位著名的作家，他的個人事跡也是如此完全地隱藏於一片朦朧之中。」只要奧斯丁再活上幾年，這一切都會發生變化。她會在倫敦生活，參加晚宴和午宴，與知名人士會見，結識新的朋友，閱讀書籍，到處旅行，把積累起來的許許多多對於人生的觀察帶回那平靜的村舍，在閑暇之中盡情享受。

這一切對珍‧奧斯丁尚未寫出的另外六部小說將會發生什麼影響？她決不會去描寫罪惡、激情或冒險。她決不會由於出版商的糾纏不休或朋友們的恭維奉承而不假思索地變得馬虎潦草、言不由衷。但是，她一定會了解更多東西。她的安全感一定會動搖。她的喜劇必然會受到損害。她必定會減少她對人物對話的信賴（這在《勸導》中已見端倪），而更多依靠沉思反省來給我們一種對她人物的認識。在幾分鐘的閑聊裡，那些了不起的小小的對話為我們總結了我們要永遠了解一位克羅夫特海軍上將或一位馬斯格羅夫太太所必須的一切情況，那種速記式的、可能擊中要害也可能偏離目標的表達方式曾經包含容納了許多人物分析和心理描寫的章節，而現在要用這種方式來表達她目前所理解的人類本質的複雜性，就顯得太過粗糙而無濟於事了。她必定會發明創造一種新的方式，它像原來的方式一

樣清晰明瞭、從容自若，但是更深刻、更含蓄，她要使用這種
方式，不僅為了表達人們已經說出來的事情，而且為了表達他
們尚未吐露的內心隱曲，不僅為了刻畫人的面貌，而且為了寫
出人生的真諦。她會站在離開她的人物更遠一些的地方，更多
地把他們當作群體而不是當作個體來觀察，她的諷刺不再像過
去那樣滔滔不絕，而是變得更加嚴厲、更加苛刻。她會成為亨
利‧詹姆斯和普魯斯特的先驅——但是我們已經說得夠多了。
這些空洞的推測是徒勞無益的；那位女性之中最完美的藝術家，
那位寫出了不朽傑作的作家，「在她剛剛開始對她自己的成功
感到自信的時候」，與世長辭了。

《簡‧愛》與《呼嘯山莊》[*]

夏洛蒂‧勃朗特① 誕生至今已有一百年之久，現在她已成為那麼多傳奇、愛戴和文學的中心，然而，在這一百年中，她只不過活了三十九年。要是她能活到普通人的壽命，那麼關於她的那些傳奇將會大不相同，此事想來真是不可思議。她或許會像她同時代的某些名人那樣，成為人們在倫敦或別處經常遇見的人物，成為無數畫面和軼事的主題，成為許多小說（也可能是回憶錄）的作者，當她離去之時，我們沉浸在對於她中年時期顯赫聲譽的回憶之中。她或許會生活富裕，一帆風順。然而，事實並非如此。當我們想起她時，我們不能不想起在我們現代世界中時運不濟的某一個人；我們不得不回顧前一世紀五十年代，想起荒野的約克郡沼澤地帶一所遙遠的教區牧師住宅。

＊此文寫於1916年，收入伍爾夫的論文集《普通讀者》。

①夏洛蒂‧勃朗特（1816-1855），十九世紀英國著名的文壇三姐妹中的大姐。主要作品有《簡‧愛》、《謝利》等。

在那教區牧師的住宅裡，在那荒野的沼澤地帶，她不幸而又孤獨，永遠處於貧困和精神奮發的狀態之中。

這些情況既然影響了她的性格，很可能在她的作品中也留下了它們的痕迹。我們設想，一位小說家必定會使用許多很不經久耐用的材料，來建立他的小說結構，這些材料起初給它以現實感，最後卻使它被沒用的廢料所拖累。當我們又一次翻開《簡・愛》，我們無法壓抑那種懷疑：我們將會發現，她想像中的世界和那荒野的教區牧師住宅一樣，是古老的、維多利亞中期的、不合時尚的，那種地方只有好奇者才會涉足，只有虔誠者才會保存。我們懷著這樣的心情翻開了《簡・愛》，僅僅讀了兩頁，所有的疑慮就從我們的頭腦裡一掃而光。

猩紅色帘幕的褶皺阻擋了我右邊的視野；左邊是明亮的玻璃窗，它雖然保護著我，卻不能把我和十一月的那個陰暗的日子隔離開來。當我一頁頁地翻閱我的書本，我不時停下來思索那個冬日下午的情景。在遠方是一片白茫茫的雲霧；在近處是淫漉漉的草地和風吹雨淋的灌木，下不完的雨水在一陣長長的狂風哀號聲前面瘋狂地掠過。

再沒有什麼比那荒野的沼澤本身更不經久，再沒有什麼比那陣「長長的狂風哀號聲」更趨時髦。也再沒有什麼比這種興奮狀態更加短命。它促使我們匆匆忙忙浮光掠影地讀完整部作品，不給我們時間去思考捉摸，也不讓我們的目光離開書頁。我們是如此地專心致志，如果有人在房間裡走動，他的行動似乎不是發生在房間裡面，而是在遙遠的約克郡。作者攫住我們

的手，強迫我們沿著她的道路前進，迫使我們去看她所看到的
東西，她可從來也沒有離開過我們，或者讓我們把她給忘了。
最後我們終於沉浸在夏洛蒂‧勃朗特的天才、激情和義憤之中。
不同尋常的臉龐、輪廓紮實的人物、性情乖僻的容貌在我們面
前一閃而過；然而，那是通過她的眼睛，我們才看到了他們。
她一旦離去，我們就休想再找到他們。想起了羅切斯特，我們
就不得不想起簡‧愛。想起了荒野沼澤，簡‧愛又浮現在我們
眼前。想起那個會客室②，甚至那些「似乎印上了色彩鮮豔的
花環的白色地毯」，那個「灰白色的巴黎式樣的壁爐台」，它
上面鑲嵌著的波希米亞玻璃花飾發出「紅寶石顏色」的光彩，
還有那房間裡「雪與火交相輝映的混合色彩」——要是沒有簡‧
愛的話，這一切又算得了什麼？

---

②夏洛蒂和艾米莉‧勃朗特具有非常相似的色彩感覺。「……我們看
　到——啊！它是多麼美麗！———個鋪著猩紅色地毯的光彩奪目的
　地方，桌布和椅套也是猩紅色的，潔白的天花板鑲著金邊，在天花
　板的中央，用銀鏈吊著一大束玻璃墜子，被那些光線柔和的小蠟燭
　照得閃爍不已」（《呼嘯山莊》）。「然而，這不過是一間非常漂
　亮的會客室，在它的裡面有一間閨房，兩個房間都鋪著白色的地毯，
　在地毯上似乎印著色彩鮮豔的花環；兩個房間的天花板都是雪白的，
　在那上面壓鑄著白色的葡萄和蔓葉的圖案，在天花板的下面，猩紅
　色的睡椅和臥榻與它形成色彩豐富的對比，而鑲嵌在灰白色的巴黎
　式樣的壁爐台上的那些花飾，是用紅寶石顏色的波希米亞閃光玻璃
　做的；在兩扇窗戶之間，幾面大鏡子反映出那雪與火交相輝映的混
　合色彩。」（《簡‧愛》）——作者原注

　　作為一個人物而言，簡・愛的缺陷並不難找。她總是當家庭女教師，又總是要墜入情網，在一個畢竟大多數人既非教師又非情人的世界裡，這可是一種嚴重的局限性。和簡・愛這個人物的這些局限性相比較，一部珍・奧斯丁或托爾斯泰作品中的人物，就會呈現出許許多多不同的方面。他們活著，而且通過他們對於真實地把他們反映出來的許多不同人物的影響，使他們本身又複雜化了。不論他們的創造者是否守護著他們，他們到處走動，而他們所生活的世界，對我們說來，既然他們已經創造了它，這就似乎是一個我們自己可以去拜訪的獨立的世界。托馬斯・哈代在其個性的能力和視野的狹窄方面，和夏洛蒂・勃朗特更為相近。然而，他們在其他方面的差異是巨大的。當我們閱讀《無名的裘德》之時，我們並不匆匆忙忙把它看完，我們沉思默想，我們離開了正文，隨著枝蔓的思想線索飄流開去，在人物的周圍建立起一種詰問和建議的氣氛，對於這一點，他們自己往往是意識不到的。既然他們是簡單淳樸的農民，我們就不得不讓他們去面對著命運和那具有最大內涵的疑問，結果在一部哈代的小說中，最最重要的人物，似乎往往就是那些沒名沒姓的人。這種獨特的能力，這種思索推理的好奇心，夏洛蒂・勃朗特是絲毫也不沾邊的。她並不企圖解決人生的問題；她甚至還意識不到這種問題的存在；她所有的一切力量，由於受到壓抑而變得更加強烈，全部傾注到這個斷然的聲明之中：「我愛」，「我恨」，「我痛苦」。

　　那些自我中心、自我限制的作家們，自有一種力量去摒棄那種更加廣泛、寬容的觀念。他們的印象，在狹隘的牆壁之間

被緊緊地束縛住了，並且被打上了深深的印記。從他們頭腦中
產生的東西，無不打上他們的印記。他們向其他作家所學甚微，
而被他們所採納的成分，他們又不能消化吸收。看來哈代和夏
洛蒂·勃朗特似乎都在一種拘謹而有教養的報刊文字的基礎之
上建立了他們的風格。他們的散文的主要成分是笨拙而難以駕
馭的。然而，通過艱苦的勞動和最頑強的整體性，他們把每一
種思想加以推敲斟酌，直到它征服了文字，使之與它本身化為
一體，他們為自己鑄造出一種完全合乎他們思想模式的散文，
而且它有一種獨特的美感、力量和敏捷。夏洛蒂·勃朗特至少
沒有從廣泛的閱讀中得到什麼好處。她從來也沒有學會職業作
家的行文流暢，或者獲得任意堆砌和支配文字的能力。她寫道：
「我永遠也不能從容自如地與強有力的、考慮周全的、溫文爾
雅的頭腦交往，不論對手是男是女。」這似乎很可能出自在外
省雜誌上投稿的頭面作家的手筆；但她集中了火力，增加了速
度，接下去用她自己權威性的聲音說道：「直到我已越過了傳
統的保留態度的外圍工事，跨過了自信心的門檻，在他們內心
的爐火旁邊贏得一席之地。」就在那兒，她坐了下來，正是那
內心之火的紅色的、閃爍的光芒，照亮了她的書頁。換言之，
我們閱讀夏洛蒂·勃朗特的作品，並非由於她對人物細緻入微
的觀察——她的人物是生氣勃勃、簡單粗糙的；並非由於她書
中的喜劇色彩——她的書是嚴厲、粗獷的；亦非由於她對人生
的哲學見解——她的見解不過是一位鄉村牧師女兒的見解；我
們閱讀她的作品，是為了它的詩意。或許所有那些具有與她同
樣不可抗拒的個性的作家都是如此，結果他們就像我們在真實

的日常生活中所説的那樣，他們只要把門打開，使別人感覺到
他們的存在，他們就贏得了人們的好感。在他們的心中，有某
種桀驁不馴的、凶猛可怕的力量，永遠在和那已被人們所接受
的事物的秩序作鬥爭；這使他們渴望馬上有所創造，而不是耐
心地袖手旁觀。正是這種渴望創作的熱情，抗拒了一部分黑暗
的陰影和其他次要的障礙，避開了普通人的日常行為而迂回曲
折地前進，並且使它自己與他們更加難以表達的種種激情結成
了同盟。這使他們成為詩人，或者，要是他們情願用散文來寫
作的話，使他們不能容忍它的限制約束。正是為了這個原因，
艾米莉③ 和夏洛蒂姊妹倆總是求助於大自然。她們倆都感覺到，
需要有某種更強有力的象徵，它比語言或行動更能表達人類天
性中巨大的、潛伏的種種激情。夏洛蒂最優秀的小説《維列蒂
》，正是以對於一場暴風雨的描寫來結尾的。「夜幕低垂，天
空昏暗───一艘破船從西方駛來，雲彩變幻成種種奇異的形態。」
她就是這樣借助於大自然，描述了一種非此不足以表達的心境。
然而，對於大自然，她們姊妹倆都不如桃樂賽・華滋華斯④ 觀
察得那麼精確，也不如丁尼生⑤ 描繪得那麼細膩。她們抓住了
大地上和她們自己的感情或她們賦予書中人物的感情最為接近

---

③艾米莉・勃朗特（1818-1848），英國作家。夏洛蒂・勃朗特之妹，
　主要寫詩，但以小説《呼嘯山莊》成名。
④桃樂賽・華滋華斯（Dorothy Wordsworth, 1771-1855），英國作家。
　著名的桂冠詩人威廉・華滋華斯之妹。
⑤丁尼生（1809-1892），英國著名詩人。

的那些方面，因此，她們筆下的風雨、沼澤和夏季可愛的天空，並非用來點綴一頁枯燥文字或表現作者觀察能力的裝飾品——它們使那種情緒繼續發展，顯示了作品的意義。

　　一部作品的意義，往往不在於發生了什麼事情或說了什麼話，而是在於本身各不相同的事物與作者之間的某種聯繫，因此，這意義就必然難以掌握。對於像勃朗特姊妹那樣的作家，則情況尤其是如此。這是帶有詩人氣質的作家，她要表達的意義和她所使用的文字不可分離，而那意義本身，與其說是一種獨特的觀察，還不如說是一種情緒。《呼嘯山莊》是一部比《簡‧愛》更難理解的作品，因為艾米莉是一位比夏洛蒂更偉大的詩人。當夏洛蒂寫作之時，她以雄辯、華麗而熱情的語言來傾訴：「我愛」、「我恨」、「我痛苦」。她的經驗雖然更為強烈，卻和我們本身的經驗處於同一個水平上。然而，在《呼嘯山莊》中，卻沒有這個「我」。沒有家庭女教師。也沒有雇用教師的主人。有愛，然而卻不是男女之愛。艾米莉是被某種更為廣泛的思想觀念所激動。那促使她去創作的動力，並非她自己所受到的痛苦或傷害。她朝外面望去，看到一個四分五裂、混亂不堪的世界，於是她覺得她的內心有一股力量，要在一部作品中把那分裂的世界重新合為一體。在整部作品中，從頭至尾都可以感覺到那巨大的抱負——這是一場戰鬥，雖然受到一點挫折，但依然信心百倍，她要通過她的人物來傾訴的不僅僅是「我愛」或「我恨」，而是「我們，整個人類」和「你們，永恆的力量……」這句話並未說完。她言猶未盡，這也不足為奇；令人驚奇的卻是她完全能夠使我們感覺到她心中想說而未

說的話。它在卡瑟琳・歐肖那句半吞半吐的話中湧現出來:「如果其他一切都毀了而他留了下來,我將繼續生活下去;如果其他一切都留下而卻把他給毀了,整個宇宙將會變成一個極其陌生的地方;我就似乎不再是它的一部分了。」她在死者面前所說的話中,這種思想觀念又一次迸發出來:「我看到一種無論人間還是地獄都不能破壞的安息,我感覺到對那永無止境的、毫無陰影的來世生活的一種保證——他們已進入了永恆的來世——在那兒,生命無限地綿延;愛情無限地和諧;歡樂無限地充溢。」正是對於這種潛伏於人類本性的幻象之下而又把這些幻象升華到崇高境界的某種力量的暗示,使這部作品在其他小說中間顯得出類拔萃、形象高大。然而,對於艾米莉・勃朗特來說,僅僅寫幾首抒情詩,發出一陣呼聲,表達一種信念,是遠遠不夠的。在她的詩歌中,她已徹底做到了這一切,而她的詩歌或許會比她的小說留傳得更久。但她是詩人兼小說家。她必須使她自己承擔一種更為艱巨而徒勞無功的任務。她必須面對其他各種生存方式的事實,和關於客觀事物的機械論作鬥爭,以可以識別的形態來建立農莊和房舍,並且報導在她本身之外獨立生存的男男女女的言論。於是我們達到了這些情緒的頂峰,並非借助於誇張或狂放的言詞,而是通過聽到一位坐在樹枝上搖晃的小姑娘獨自吟唱古老的歌謠,看到荒野的羊群在嚙草,聽見柔和的風輕輕地吹過草地。那個農莊中的生活,以及它的一切荒唐無稽的傳說,就赫然呈現在我們眼前了。她給了我們充分的機會,使我們可以把《呼嘯山莊》與一個真實的山莊、把希克厲與一個真實的人物互相比較。她允許我們提出疑問:在這

些與我們自己通常所見的人們迥然相異的男男女女之中，如何會有真實性、洞察力或那些更為優美的情操？然而，甚至就在我們提出問題之時，我們在希克屬身上，看到了一位天才的姊妹所可能看到的那個兄弟；我們說，不可能會有他那樣的人物，然而，儘管如此，在文學作品中，卻沒有一位少年的形象比他更為生動逼真。卡瑟琳母女倆也是如此。我們說，沒有任何女人會有她們那種感受，或者會以她們那種方式來行動。儘管如此，她們還是英國小說中最可愛的婦女形象。艾米莉似乎能夠把我們賴以識別人們的一切外部標誌都撕得粉碎，然後再把一股如此強烈的生命氣息灌注到這些不可辨識的透明的幻影中去，使它們超越了現實。那麼，她的力量是一切力量中最為罕見的一種。她可以使人生擺脫它所依賴的事實；寥寥數筆，她即可點明一張臉龐的內在精神，因此它並不需要借助於軀體；只要她說起荒野沼澤，我們便聽到狂風呼嘯、雷聲隆隆。

論喬治・艾略特 *

認真閱讀喬治・艾略特的作品，就會意識到我們對她了解得多麼少，也就會逐漸意識到那種輕信的態度（一個有洞察力的人對這種態度不會十分讚賞），人們懷著這種態度，一半自覺、一半蓄意地接受了一位受了迷惑的婦女對維多利亞後期的描述，這位婦女對那些比她本人更困惑的讀者具有一種虛幻的控制能力。很難斷言，究竟是在什麼時候、用了什麼方法，才解除了她那使人迷惑的符咒。有些人把這歸功於她的傳記的出版。或許是喬治・梅瑞狄斯以及他所提出的「活潑矮小的馬戲演出主持人」和講壇上「誤入歧途的女人」這種說法，磨尖了成百上千個箭頭，並且給它們塗上了毒藥，那些射手們雖然瞄不準目標，卻很高興把箭射出去。她成了年輕人嘲笑的對象之

＊本文選自伍爾夫論文集《普通讀者》。

喬治・艾略特（George Eliot, 1819-1880），英國小說家，主要作品是《亞當・比德》、《弗洛斯河上的磨坊》、《織工馬南》、《密德爾馬奇》等。

一，成了一群嚴肅人物的一個方便的象徵，這些人物犯了相同
的偶像崇拜的錯誤，可以用相同的嘲笑來把他們打發掉。阿克
頓爵士① 曾經說過，她比但丁還要偉大；當赫伯特‧斯賓塞②
禁止倫敦圖書館出借任何小說之時，他豁免了她的作品，似乎
它們並非小說。她是女性的驕傲和楷模。此外，她的私人生活
紀錄並不比她的公開活動更有吸引力。如果要求某人去描述那
個小修道院③ 裡某個下午的情景，那位故事敘述者必然會暗示：
對於這些嚴肅的星期日下午的回憶，激起了他的幽默感。坐在
矮腳椅子裡的這位莊重嚴肅的女士，曾使他萬分惶恐；他極其
渴望自己能夠發表一點明智的見解。當然，那種談話是非常嚴
肅的，正如那位偉大的小說家用秀麗而清晰的筆跡所寫的一條
備忘錄所證明的那樣。這條紀錄注明是星期一早晨寫的，她責
備自己在講話時沒有適當地預先考慮到馬麗伏④ ，當時她的意
思是指另一位作家；但是毫無疑問，她說，她的聽眾們已經作
出了糾正。儘管如此，回想起在星期日下午和喬治‧艾略特談
論馬麗伏，可不是一種帶有浪漫色彩的回憶。隨著歲月的流逝，

①巴倫‧阿克頓爵士（Baron Acton, 1834-1902），英國歷史學家、
　文學批評家。
②赫伯特‧斯賓塞（Herbert Spencer, 1820-1903），英國著名哲學家。
③作者把艾略特的家比作修道院，把艾略特當作修女，把她和友人的
　嚴肅談話比作宗教儀式，一方面固然是諷刺挖苦，另一方面，艾略
　特和路易士結合之後，的確過著一種與社會隔絕的生活。
④皮埃爾‧卡爾特‧馬麗伏（1688-1763），法國戲劇家、小說家。

這回憶已經消失了。它並未變得生動如畫。

　　的確，人們難免要相信：那個長長的、憂鬱的臉龐，帶著嚴肅而慍怒的表情和幾乎像馬一般的力量，在那些想起喬治‧艾略特的人們心頭留下了壓抑沮喪的印象，結果他們總是覺得這張陰鬱的臉在透過她的書頁瞅著他們。戈斯先生[5] 最近描述了當他看到艾略特乘坐一輛雙座四輪馬車馳過倫敦街頭的情景：

> 　　一位肥胖矮壯的女巫[6]，神情恍惚地正襟危坐，她厚實的容貌從側面望去多少有點兒悲哀，她頭上戴著一頂不相稱的帽子，總是合乎巴黎最流行的款式，在那個年月，這種帽子上通常插著一支巨大的鴕鳥羽毛。

　　里奇夫人[7] 用同等的技巧留下了一幅更加入木三分的室內肖像：

> 　　她穿著美麗的黑色緞子長袍坐在火爐旁邊，身旁的桌子上放著一盞有綠色燈罩的台燈，我看到桌上有德文書籍、小冊子和象牙色的裁紙刀。她儀態安詳、雍容華貴，有一雙目光堅定的小眼睛和甜蜜的聲音。當我望著她時，我覺得她是一位朋友，我在她身上感覺到的並不完全是一種個人的友情，而是一種善良而仁慈的衝動。

---

⑤埃德蒙‧戈斯（1849-1928），英國學者、評論家。
⑥原文為Sibyl，古羅馬的神巫、女卜者、女預言家。
⑦安妮‧伊莎貝爾‧薩克雷‧里奇（Anne Thackeray Ritchie, 1837-1919），英國著名小說家薩克雷的長女，她本人也是小說家、散文家。

　　她的言論的片斷被保存下來了。她說：「我們應該尊重我們的影響。通過我們自己的經驗，我們知道別人對我們的生活影響有多大，我們必須牢記，我們反過來對別人必定也會有同樣的影響。」我們把這些教導小心翼翼地珍藏起來，牢牢地記在心中，你可以想像，三十年後回顧當時的情景，複述她的那幾句話，你會突然間忍俊不禁，生平第一遭捧腹大笑。

　　在所有這些紀錄之中，人們感覺到，那位記錄者即使當時正在現場，也是保持了一段距離並且保持了清醒的頭腦的，而在此後的歲月中，當他閱讀這些小說之時，永遠不會有一種生動活潑的、令人困惑的或美麗動人的個性的閃光使他眼花撩亂。在揭示了這麼多個性特徵的小說之中，缺乏魅力是一個巨大的缺陷；而她的批評家們，他們當然大多數是男性，曾經或許有意無意地對她表示不滿，說她缺乏那種眾所公認在婦女身上極其吸引人的品質。喬治·艾略特並不嫵媚動人；她沒有強烈的女性氣質；她缺乏那種怪癖和不同尋常的脾氣，它們賦予許多藝術家以孩子般惹人喜愛的單純。人們感到，對大多數人而言，就像對里奇夫人一樣，她所體現的「並不是一種個人的友情，而是一種善良和仁慈的衝動」。但是，如果我們更仔細考察這些畫面，我們將會發現，它們全都是一位上了年紀的著名婦女的肖像，她穿著黑色的緞子長袍，坐著四輪雙座敞篷馬車，她是一位經歷過奮鬥拚搏的女人，而從這種經歷中，她產生了一種希望能夠對別人有所幫助的深刻的願望，但是，除了在她少年時代就熟悉她的那個小圈子中的人之外，她並不希望和別人建立密切的關係。她的青春歲月，我們所知甚微；但是我們確

實知道，她的文化、哲學、聲譽和影響，全都建立在一個十分卑微的基礎之上——她是一位木匠的孫女。

她的生活記錄的第一卷，是異常令人沮喪的。在這卷記錄中，我們看到她呻吟著、奮鬥著，從褊狹的鄉村社會難以忍受的厭倦之中掙扎出來（她父親的社會地位上升了，比較接近於中產階級，但中產階級的生活不如田園生活富於詩情畫意），成為一個有高度才智的倫敦報刊的助理編輯，成為赫伯特‧斯賓塞的受人尊敬的同事。當她把這些早期的生活階段在悲傷的獨白之中披露出來，它們是令人痛苦的，克洛斯先生指責她借這些獨白來訴說她本人的經歷。她少年時期就很突出，是一位「肯定很快就能學會關於服裝俱樂部的某種技能」的姑娘，後來她製作了一張基督教會的歷史圖表，借此集資修復一座教堂；接下去，她喪失了宗教信仰，使她的父親十分惱火，以至於拒絕和她一起生活。接踵而至的是她翻譯斯特勞斯《耶穌傳》⑧的那場鬥爭。這本書本身是沉悶而「使人心靈麻木」的，何況她必須承擔料理家務和護理臨死的父親這些通常屬於女性的職責，她十分依戀手足之情，卻沮喪地相信，由於她成了女學者，她正在喪失她的兄弟對她的尊敬，這一切都幾乎不能稍微減輕那種沉悶的感覺。她說：「我經常像一隻貓頭鷹一般走來走去，

---

⑧斯特勞斯（David Friedrich Strauss, 1808-1874），德國唯心主義哲學家，青年黑格爾派代表之一。他的《耶穌傳》是對基督教的一種批判。

使我的兄弟感到極端地厭惡。」有一位朋友看到她面對著基督復活的塑像，煞費苦心地翻譯斯特勞斯的《耶穌傳》，他寫道：「可憐的人兒！看到她面色蒼白憔悴，頭痛欲裂，還要為她的父親擔憂，有時候我真是可憐她。」然而，雖然我們閱讀她的故事時不得不帶有一種強烈的願望，但願她的人生歷程的各個階段即使不是更加平穩，至少也要更為美麗，但是，她向文化的堡壘進軍之時，帶有一種頑強的決心，它使這部作品超越於我們的憐憫之上。她的進展非常緩慢、非常艱難，然而，在它的後面，有一種根深柢固的、高尚的雄心壯志，作為不可抗拒的動力在推動著她。每一個障礙最後都從她的道路上掃除了。她了解每一個人。她閱讀一切作品。她驚人的理智的活力獲得了最後勝利。青春已經消逝，但她的青春是飽經憂患的。於是，在三十五歲那年，正當她精力最充沛、意志極端自由之時，她作出了決定，這個決定對她意義如此深遠，甚至對我們仍然至關緊要：她決定到德國魏瑪去，與喬治・亨利・路易士⑨結伴

　　她和路易士結合之後不久隨即創作出來的那些作品，最充分地證實了與個人的幸福同時來到她身邊的極大自由。它們本身就給我們提供了豐富的精神享受。然而，在她的文學生活的起點，人們可以在她某些生活境遇中發現種種影響，這些影響使她的思緒從她本身和當前的情景中游離開去，轉向往昔的歲

---

⑨喬治・亨利・路易士（G. H. Lewes）是著名批評家、政論家，他的妻子進了瘋人院。他和艾略特的結合被偽善的資產階級社會認為是不道德的。

月和鄉下的村莊，轉向安靜、美麗、單純的童年回憶。我們可以理解，為什麼她的第一部作品是《牧師生涯片斷》而不是《米德爾馬奇》。她和路易士的結合使她被愛情的氣氛所包圍，但是，由於社會環境和傳統習俗，他們的結合又使她離群索居。她在1857年寫道：「我希望人們諒解，我決不會邀請別人來拜訪我，要是他本人沒有要求我作這種邀請的話。」後來她又說，她「被這個世界所排斥了」，但她並不後悔。起初是由於她的境遇，後來則不可避免地由於她的名聲，她變得如此令人矚目，她喪失了在默默無聞時同等的條件下活動的能力，這個損失對一位小說家，是很嚴重的。儘管如此，當我們沐浴在《牧師生涯片斷》的明亮的陽光之中，感覺到那個博大的、成熟的心靈帶著一種放縱的自由感在她那「遙遠的過去」世界中展示出來，要談論她的損失，似乎是不恰當的。對這樣一個心靈來說，一切都是收穫。所有的經歷，通過一層又一層知覺和反省的過濾，豐富了、滋養了這個心靈。在描述她對小說的態度之時，根據我們對她的生活的點滴了解，我們最多只能說，她對某些教訓（即使她獲得了這些教訓，卻不是很早就獲得的）耿耿於懷，這些教訓之中，在她身上留下最深烙印的或許是那種逆來順受的憂鬱品質；她把她的同情心寄予平凡的人物，並且十分樂於詳細敘述家常的、普通的歡樂和憂愁。她沒有羅曼蒂克的激烈態度，這種態度與個人獨立存在的感覺聯繫在一起，它是永不滿足的，不受壓抑的，在這個世界的背景之上鮮明地勾勒出它的形象。一位目空一切的年邁的牧師，當他啜著威士忌酒沉思夢想之時，《簡‧愛》的那種火辣辣的自我中心主義，會在他

的心靈激起什麼樣的愛和恨？《牧師生涯片斷》、《亞當・比德》和《弗洛斯河上的磨坊》，這些最初的作品是非常優美的。她筆下的波伊澤、道特森、吉爾菲、巴頓這些家屬和其他人物，包括他們的環境和附屬物，他們的優點是不可估量的，因為他們是有血有肉的，我們在他們中間活動著，時而厭煩，時而同情，但是對他們所說和所做的一切，我們都毫無疑問地接受，我們只把這種信任給予偉大的、有獨創性的作品。她把一股記憶和幽默的洪流如此自然而然地傾注到一個人物身上，一個場面緊接著另一個場面，直到那幅古老的英國鄉村織錦畫面重新呈現出來，這股洪流和一種自然的進程有這麼多共同之處，使我們很少意識到還有什麼可以批評的地方。我們欣然接受了這一切；我們感覺到只有偉大的、創造性的作家才能給我們的那種妙趣橫溢的精神上的溫暖和鬆弛。在闊別多年之後，重新來到這些作品面前，它們甚至會出乎我們意料地傾瀉出同樣豐富的能量和熱力，以至於我們非常想要休憩於這股暖流之中，就像我們沐浴於從果園的紅色磚牆上方照射下來的陽光裡。我們如此順從地接受了英格蘭中部農夫和村婦的幽默感，如果我在這方面帶有不假思索地放任自流的因素，那麼在這些情況中也是如此。我們幾乎不想去分析我們覺得如此宏大而富於人性的東西。當我們考慮到謝潑頓和海斯洛普的世界在時間上的距離多麼遙遠，考慮到那些農夫和雇工的心靈和喬治・艾略特大部分讀者的心靈距離多麼遙遠，我們只能把我們從普通房屋到鐵匠工場、從村舍小屋的客廳到教區牧師的花園各處漫遊之時那種悠閑而喜悅的心情，歸功於這個事實：喬治・艾略特不是用

一種恩賜的態度或好奇的心理，而是用一種同情的精神來使我們分享他們的生活。她不是諷刺家。她的心靈的活動太過緩慢而笨拙，不適宜於喜劇。但是，她淵博地掌握了人類天性中的主要因素，用一種寬恕容忍、審慎得體的理解力把這些因素鬆散地凝聚在一起，當你重新閱讀這些作品之時，就會發現這種理解力不僅使她的人物保持生動活潑，而且賦予他們一種對我們的歡樂和眼淚的出乎意料的控制能力。就拿著名的波伊釋太太來說吧。很容易把她的特殊癖性發揮到極點，而事實上，喬治・艾略特或許有點太過頻繁地想嘲弄別人，卻使她自己在同樣的地方反過來受到嘲笑。然而，當我們閱讀完畢關上書本，我們的記憶力（就像有時候在現實生活中那樣）使那些精巧微妙的細節浮現出來，當時我們被一些更加顯著的特徵所吸引，因而沒有注意到這些微妙之處。我們想起了她的健康狀況不佳。在有些場合她完全保持沉默。對一個生病的孩子，她本人就是忍耐的化身。她十分溺愛托蒂。你可以這樣默默地思索推測喬治・艾略特的大部分人物，並且會發現，甚至在那些最不重要的人物身上，也有寬敞的餘地來讓那些獨特的品質悄悄潛伏，而她不必去把它們從隱匿之處顯示出來。

但是，甚至在她的早期作品中，也有一些意義更為重大的瞬間，穿插在所有這一切忍耐和同情之中。她的胸懷顯得相當寬闊，足以容納一大批傻瓜和失敗者，母親和孩子，家犬和英格蘭中部作物茂盛的田野，精明伶俐或酗酒胡塗的農夫、馬販子、旅店主人、助理牧師和木匠。他們全都被一種浪漫的氣氛籠罩著，這是喬治・艾略特允許她自己加以渲染的唯一的浪漫

氣氛——往昔歲月的浪漫氣氛。這些作品具有令人驚訝的可讀
性，絲毫沒有誇大其詞或矯揉造作的痕迹。然而，對於那些把
她的一大批早期作品記在心頭的讀者來說，回憶的迷霧顯然在
漸漸地消退。這並不是說她的力量削弱了，因為，我們認為，
在那部成熟的著作《米德爾馬奇》中，她的力量達到了最高峰，
這部宏偉的著作，包括它所有的不足之處，是為成年人而寫的
寥寥可數的幾部英國小說之一。然而，她不再滿足於那個田野
和農莊的世界。在現實生活中，她曾經在別的地方尋求她的出
路；而且，雖然回顧往昔是心平氣和、令人寬慰的，但是甚至
在那些早期作品中，也有那種困惑的心情、嚴格的苛求、懷疑
的詰問和受到挫折的人物存在，而這種人物就是喬治・艾略特
本人。在《亞當・比德》中的黛娜身上，我們隱隱約約看到艾
略特的身影。在《弗洛斯河上的磨坊》中的麥琪身上，她更公
開而完整地顯示了她自己。她是《珍妮特的懺悔》中的珍妮特，
是《羅慕拉》一書中的女主人公羅慕拉，是《米德爾馬奇》中
追求智慧並且在與拉第斯勞的婚姻裡尋求人們幾乎不能理解的
東西的多羅塞婭。我們傾向於這種想法：那些對喬治・艾略特
感到牴觸的人們，是由於她的女主人公才會如此，而且他們很
有理由這樣做；因為，毫無疑問，她們顯示了她最壞的方面，
使她陷入困難的處境，由於自我意識而忸怩作態，不斷地說教，
而且有時候粗陋庸俗。然而，如果你能把這種姐妹關係統統丟
開，你就會離開了一個渺小得多、低級得多的世界，儘管這是
一個具有較高的藝術造詣和更高的歡樂和安慰的世界。在說明
她的缺點（就缺點本身而論）的原因之時，你會想起，她三十

七歲之前從未寫過小說，而當她到了三十七歲，她就逐漸帶著一種痛苦和近於忿恨的混合情緒來考慮她自己。有很長一段時間，她寧可完全不要想起她自己。後來，當創作能力的第一次高漲衰退下去而她已獲得了自信，她就越來越站在個人的立場來寫作，但是，她這樣做，並沒有毫不猶豫地拋棄那年輕的主人公。當她的女主人公說出了她想說的話時，總是顯示出她的自我意識的痕迹。她想盡一切可能的辦法來加以掩飾。此外，她賦予那自我意識以美感和財富；更加不可能的是，她還企圖創造一種白蘭地酒的風味。但是，她是受到她的天才力量的驅策，才挺身而出在那寧靜的田園生活場景現身說法的，這仍然是一個令人窘困的、帶有刺激性的事實。

那位堅持自己出生於弗洛斯河上磨坊中的高尚而美麗的姑娘，是個最明顯的例證，說明一位女主人公可以在她的周圍散布什麼樣的毀滅性影響。當她還是一個小姑娘，只要跟吉卜賽人逃跑或把釘子敲進玩偶的身軀，便可使她滿足；這時幽默感控制著她，使她天真可愛；但是，她在不斷地發展著；還沒等喬治‧艾略特明白過來究竟發生了什麼情況，她的手裡就已經掌握著一個完全成年的女人了，她要求的不是吉卜賽人，不是玩偶，也不是聖奧格鎮本身能夠為她提供的什麼東西。艾略特起初為她創造了費利浦‧威根姆，後來又創造了斯梯芬‧格斯特。人們經常指出前者的軟弱和後者的粗糙，但是，這兩個人物，在他們的軟弱與粗糙之處，與其說表明了喬治‧艾略特沒有能力描繪一幅男性的肖像，還不如說是表明了當她不得不為她的女主人公構想一個合適的伴侶之時，那種拿不準的、不堅

定的、沒有把握的摸索使她的手顫抖。首先，她被迫超越了那個她所了解和熱愛的故鄉的世界，涉足於中產階級的客廳，在那兒，青年男子整個夏日的早晨放聲歌唱，年輕的婦女則坐著為義賣會刺繡吸菸帽。她覺得自己在這方面是個外行，正如她對於所謂「良好的社會」的笨拙諷刺所證明的那樣。

> 良好的社會有它的紅葡萄酒和它的絲絨地毯，它的預約六個星期之久的宴會，它的歌劇和優雅的舞廳……它的科學由法拉第來研究，它的宗教活動由出入於名門豪族的高級牧師來主持，它怎麼還會需要信心和強調呢？

在那段文字裡，絲毫也沒有幽默感或洞察力，只有一個妒忌者的報復心理，而這種心理我們覺得本質上是個人的。但是，儘管我們的社會制度對一位偏離正道、超越界限的小說家的同情心和辨別力的要求複雜到可怕的程度，麥琪·吐立弗的所作所為要比把喬治·艾略特從她的自然環境中硬拉出來還要可怕。她堅持要把偉大的、情緒激動的場面引進到作品中去。她一定要墮入情網；她一定要陷於絕望；她一定要緊緊地擁抱著她的哥哥葬身於激流之中。你越是仔細考察這些偉大的、情緒激動的場面，你越是忐忑不安地預感到烏雲在醞釀、凝聚、密布，到了緊要關頭，這片烏雲會在我們的頭頂上突然綻裂，化作一陣幻想破滅、嘮叨不已的傾盆大雨。這有一部分是由於她掌握對話（當它不是方言的時候）的能力軟弱，還有一部分是由於她帶有一種上了年紀的人害怕疲勞的心理，在需要努力激起感情、集中思想之時，她似乎畏縮不前。她放任她的女主人公們

嘮叨不已。她缺乏巧妙恰當的措詞。她缺乏那種選定一個句子並把某個場面的核心壓縮到這個句子中去的準確無誤的鑑別能力。「你打算和誰跳舞？」奈特利先生在韋斯頓家的舞會上問道，「和你跳，如果你邀請我的話，」愛瑪說道⑩；她這樣說，就足以表達她的心情了。要是《米德爾馬奇》中的卡索朋夫人，就會說上一個小時，而我們就會不耐煩地向窗外望去。

然而，把這些女主人公毫不同情地打發掉，把喬治・艾略特限制在她的「遙遠的過去」的農村天地裡，那麼你不僅削弱了她的偉大之處，而且喪失了她真正喜愛的東西。那偉大之處就在眼前，我們對此不能懷疑。那視野的遼闊，那些主要特寫場面的宏大而堅實的輪廓，那些早期作品朝氣蓬勃的光彩，那些後期作品尋求探索的力量和內涵豐富的反省，吸引我們超過限度地漫步徘徊、流連忘返。然而，正是對這些女主人公，我們要投以最後的一瞥。「從我是一個小姑娘的時候起，我就在尋求我的宗教，」多羅塞婭・卡索朋說道。「我過去經常祈禱——我現在幾乎不再祈禱了。我現在試圖放棄那種僅僅為了自己的慾望……。」她是在為所有那些女主人公說話。那就是她們面臨的難題。沒有宗教她們就沒法生活，於是當她們還是小姑娘的時候，她們就開始尋求一種宗教。對於仁慈善良的德性，每一位女主人公都抱有一種深深的女性的激情，這使她懷著渴望和痛苦佇立之處成為那部作品的中心——這裡就像教堂一般安

⑩這是奧斯丁的小說《愛瑪》中的一段對話。

靜肅穆、與世隔絕，然而，她卻再也不知道應該向誰祈禱。她們在學習過程中追求著她們的目標；在成年婦女的日常職責中追求；在女性更為廣泛的貢獻中追求。她們並未找到她們所追求的東西，我們對此不能懷疑。那古老的女性意識，充滿著痛苦和情感，在沉默了許許多多年代之後，似乎已經在她們身上氾濫、洋溢，並且發出一種呼聲來要求某種東西——她們幾乎不知道這是什麼東西——某種或許是與人類存在的各種事實水火不能相容的東西；喬治・艾略特的智力實在太強了，她決不會去竄改那些事實，而她的胸懷又太寬闊了，決不會去平息那種真理的要求，因為它是一種嚴峻的真理。她們的努力拚搏是極其勇敢的，除此以外，那一番搏鬥對她的女主人公們總是以悲劇告終，或者以一種妥協作為結局，那就甚至更為悲慘。然而，她們的故事，就是喬治・艾略特本人的經歷的不完整版本。婦女生活的沉重負擔和複雜處境也不能使她滿足，她必須超越禁區，為她自己摘取那奇異而光彩奪目的藝術和知識之果。她把它們緊緊地攢在手裡，幾乎沒有什麼女人曾經這麼做過，她不願拋棄她自己所繼承的東西——不同的觀點，不同的標準——也不願接受一種不恰當的報償。我們就這樣看見了她，一位難忘的人物，受到過分的讚揚而又在她的聲譽面前畏縮不前，失望沮喪，矜持緘默，顫抖著退縮到愛情的懷抱中去，似乎只有在那兒才能得到真正的滿足，也可能是合法的歸宿，同時，她又懷著那種「過分挑剔而又如飢如渴的雄心壯志」，伸出手來要求生活能夠為那自由而好奇的心靈提供的一切東西，並且以她的女性的抱負去勇敢地面對那男性的現實世界。不論她的創

作可能有過什麼遭遇，勝利成功就是她的結局，當我們回想起她敢於追求和得到的一切，想起她如何克服了阻擋她的每一個障礙——性別、健康和習俗——想起她追求更多的知識和更多的自由，直到她的軀體在這雙重的負擔壓迫之下憔悴不堪、筋疲力竭，我們應該在她的墳墓上安放我們力所能及的任何紀念品，給她獻上月桂和玫瑰。

婦女與小說 *

　　對本文的標題可以有兩種理解：它可以是指婦女與她們所寫的小說；它也可以是指婦女和關於婦女的小說。作者故意含糊其詞、模稜兩可，因為，和作為作家的婦女們打交道，最好還是盡可能地富有彈性；很有必要給自己留有充分的餘地，以便探討除了她們的作品之外的其他事情，因為，作品在相當程度上受到與藝術毫不相干的環境條件的影響。

　　對婦女的寫作最表面化地調查研究一番，立即會引起一連串的問題。我們馬上要問：為什麼在十八世紀之前，沒有婦女持續不斷地寫作？為什麼到了十八世紀，她們幾乎像男子一般習慣於寫作，而且在寫作的過程中接二連三地創造了一些英國小說的經典之作？為什麼她們的藝術創作在那時候——並且在某種程度上說，目前依然如此——要採取小說的形式？

　　＊本文於1929年3月發表於《論壇報》，後來收入伍爾夫論文集《花崗岩與彩虹》（ *Granite and Rainbow* ）。

　　只要稍加思索，我們即可明白：我們所提的問題，只有以
更多的虛構[1] 來作為解答。這答案目前被鎖在古老的日記本中，
被塞在陳舊的抽屜裡，有一半被湮沒遺忘在老年人的記憶之中。
這答案要到那些地位低微的無名之輩的生活中去尋找——要到
那些幾乎沒有燈光的歷史的長廊中去尋找，在那兒，幽暗朦朧
地、忽隱忽現地，可以看見世世代代婦女們的形象。因為，關
於婦女的情況，人們所知甚微。英國的歷史是男性的歷史，不
是女性的歷史。關於我們的父輩，我們總能知道一些事實、一
些特徵。他們曾經是士兵或者水手；他們曾經使用過這個辦公
室或者制訂過那條法律。但是，關於我們的母親、祖母、曾祖
母，又留下了一些什麼印象呢？除了某種傳統之外，一無所有。
她們有一位是美麗的；有一位頭髮是紅色的；有一位曾被王后
親吻過。除了她們的姓名、結婚日期和子女數目之外，我們一
無所知。

　　因此，如果我們想要知道，為何在特定的時期婦女要幹此
事或那事，為何她們有時什麼也不寫，為何她們有時又寫出了
不朽傑作，這是極端難以解答的。不論何人，要是他在故紙堆
中搜索，要是他把歷史翻轉來構成一幅莎士比亞時代，米爾頓
[2] 時代和約翰遜時代普通婦女日常生活的寫照，那麼他不僅會

---

①作者在此用了fiction一詞，一語雙關，既可解作「虛構」，又可解
　為「小說」。
②米爾頓（1608-1674），英國著名詩人，在雙目失明的情況下，完
　成《失樂園》、《復樂園》、《力士參孫》三部長詩。

寫出一本驚人有趣的書，而且將向批評家提供一件他們目前所缺乏的武器。非凡婦女之產生，有賴於普通的婦女。只有當我們知道了一般婦女的平均生活條件——她子女的數目，是否有自己的錢財，是否有個人的房間，是否幫助贍養家庭，是否雇用僕人，是否承擔部分家務勞動——只有當我們能夠估計普通婦女可能有的生活方式與生活經驗之時，我們才能說明，那非凡的婦女，以一位作家而論，究竟是成功還是失敗。

奇怪的、沉默的空白階段，似乎分隔了歷史上各個活躍時期。在公元前六百年，莎福③和一小群婦女，在一個希臘的島嶼上寫詩。後來她們沉默了。大約在公元1000年左右，有一位宮廷命婦紫式部④，在日本寫了一部優美的長篇小說。但是在十六世紀的英國，當戲劇家和詩人極為活躍之際，婦女們卻保持沉默。伊麗莎白時代⑤的文學，是男性唯我獨尊的文學。後來，在十八世紀末、十九世紀初，我們發現，婦女又在寫作了——這一回是在英國——創作極其繁榮，並且大獲成功。

這些沉默與發言奇異地交替間歇，當然大部分是由於法律和風俗習慣的關係。在十五世紀，一位婦女違抗父母之命，拒絕嫁給他們為她選定的配偶，很可能會挨打，並且在房間裡被

---

③莎福（Sappho，公元前7-前6世紀），希臘女詩人，著有詩集九卷。
④紫式部（約978-1016），日本女作家，作品有《源氏物語》五十四卷。
⑤伊麗莎白時代（1558-1603），是英國文學史上十分重要的時期，是英國的文藝復興時期，當時著名的文學家有斯賓塞（Edmund Spenser）、馬洛（Christopher Marlowe）、莎士比亞等。

拖來摔去，那種精神上的氣氛，是不利於藝術品創作的。在斯圖亞特王朝⑥統治期間，婦女本人未表示同意就被嫁給一個男人，他從此「至少在法律和習俗許可的範圍之內」成了她的夫君和主宰，可能她幾乎沒有什麼時間來寫作，而她得到的鼓勵也就更加微乎其微了。我們現在生活在精神分析學⑦的世紀，開始理解環境的巨大影響和它對於心靈的啟示。而且，借助於記憶與文字，我們開始理解：要創作一件藝術品，需要多麼不尋常的努力；而藝術家的心靈，又要求怎樣的保護和支持。濟慈⑧、卡萊爾⑨和福樓拜⑩這些男作家的生活與文學，為我們證實了上述那些事實。

因此，情況很清楚，在十九世紀的英國異乎尋常地湧現出來的大批小說，其先驅徵兆，必然是法律、風俗、習慣諸方面無數細微的變化。十九世紀的婦女有了一點閒暇；她們受了一些教育。自己挑選她們中意的丈夫，在中、上階層的婦女不再

---

⑥斯圖亞特王朝指斯圖亞特家族於1603-1649年，1660-1714年在英國建立的封建王朝。

⑦精神分析學指以弗洛伊德和榮格等為代表的一個現代心理學流派，於1900年開始建立，該派特別強調潛意識本能的作用。

⑧濟慈（1795-1821），英國詩人，《夜鶯頌》、《秋頌》是其名篇。

⑨卡萊爾（Thomas Carlyle，1795-1881），英國作家、歷史家、哲學家。

⑩福樓拜（1821-1880），法國小說家，其作品有《包法利夫人》、《薩朗波》、《情感教育》等。

是罕見的例外。而四大女作家——珍・奧斯丁，艾米莉・勃朗特，夏洛蒂・勃朗特，喬治・艾略特——沒有一位生育過子女，其中有兩位沒有結過婚，這一事實具有重大的意義。

然而，雖然不准婦女寫作的禁令已被取消，婦女要寫小說，似乎仍有相當巨大的壓力。在天才和性格方面，再也沒有比這四位婦女更加相異的了。珍・奧斯丁與喬治・艾略特毫無共同之處；喬治・艾略特又與艾米莉・勃朗特截然相反。然而，她們所受的生活訓練卻使她們從事相同的職業；她們寫作，都寫了小說。

小說過去是，現在仍然是，婦女最容易寫作的東西。其原因並不難找。小說是最不集中的藝術形式。一部小說比一齣戲或一首詩更容易時作時輟。喬治・艾略特丟下了她的工作，去護理她的父親。夏洛蒂・勃朗特放下了她的筆，去削馬鈴薯。雖然她生活在普通的客廳裡，被人們包圍著，一位婦女所受到的訓練，就是運用她的心靈去觀察並且分析她的人物。她所受的訓練，使她成為小說家，而不是詩人。

甚至在十九世紀，婦女也幾乎僅僅在她的家庭和情感之中生活。而那些十九世紀的小說，雖然它們是傑出的，卻受到這個事實的深刻影響：寫作它們的婦女，由於她們的性別，而被排除在某些種類的人生經歷之外。而人生經歷對小說有重大影響，是無可爭辯的事實。例如，康拉德如果不能當水手，他最好的一部分小說就會毀滅。剝奪了托爾斯泰作為一名士兵所獲得的關於戰爭的知識，剝奪了他作為一個富家公子所受的教育給予他的各種經歷，以及由此所獲得的關於人生和社會的知識，

《戰爭與和平》就會變得令人難以置信地貧乏無味。

然而，《傲慢與偏見》、《呼嘯山莊》、《維列蒂》和《米德爾馬奇》是婦女寫的。她們被強行剝奪了在中產階級的客廳內所能遇到的事情之外的一切經歷。戰爭、航海、政治或商業的任何第一手經驗，她們都無從獲得。甚至她們的感情生活，亦受到法律與習慣的嚴格限制。喬治·艾略特沒有結婚，就甘冒天下之大不韙與路易士先生同居，公眾輿論為之譁然。在此壓力之下，喬治·艾略特退避郊區，離群索居，這就不可避免地給她的創作帶來了最不利的影響。她寫道：除非人們自動要求來拜訪她，她從不邀請他們。與此同時，在歐洲的另一邊，托爾斯泰作為一名軍人，過著自由自在的生活，與各階層的男女交往，對此無人加以非議，而他的小說卻從其中獲得了驚人的廣度和活力。

但是，婦女所寫的小說，不僅僅是受到女作家必然狹窄的生活經驗的影響。至少在十九世紀，它們顯示出可能歸因於作家性別的另一個特徵。在《米德爾馬奇》和《簡·愛》中，我們不僅意識到作者的性格，正如我們在狄更斯的作品中意識到他的性格，我們還意識到有一位女性在場——有人在譴責她的性別所帶來的不公正待遇，並且為她應有的權利而呼籲。這就在婦女的作品中注入了一種在男性的作品中完全沒有的因素。除非他碰巧確實是一位工人、黑人，或者由於某種其他原因而意識到自己軟弱無能的人。它引起了對現實的歪曲，並且往往導致某種缺陷。那種為了個人的原因而發出的呼籲，或者使一個書中人物成為某種個人的不滿或牢騷之傳聲筒的願望，總是

會產生一種災難性的後果：似乎使讀者注意力集中的焦點，突然之間由單一變為雙重。

珍・奧斯丁和艾米莉・勃朗特有魄力對這種請求和呼籲置之不顧，不受非難或譴責的干擾，而堅持她們原來的道路。她們的天才，再也沒有比這更有說服力的證明了。但是，需要有一個非常鎮靜或者強有力的頭腦，來抗拒發泄怒火的誘惑。漫無節制地加諸於從事藝術創作的婦女的那種嘲笑、非難、貶低，非常自然會引起這樣的反應。人們從夏洛蒂・勃朗特的憤懣不平和喬治・艾略特的默然容忍中，看到了這種影響。人們在較為次要的女作家的作品中，一再發現此種端倪——她們對於主題的選擇，她們不自然地固執己見，她們彆扭地溫馴服從，這一切莫不反映出這種情緒。不僅如此，不真誠的感覺幾乎是無意識地滲透到作品中來。她們所採取的觀點，與權威的見解有所不同。那種藝術想像，不是太男性化就是太女性化了；它喪失了完美的整體性，與此同時，它喪失了作為一件藝術品最為基本的要素。

在婦女的寫作之中，悄悄地發生了巨大的變化；這似乎是一種態度上的變化。女作家不再痛苦。她也不再憤怒。當她寫作之時，她不再呼籲和抗議。如果我們尚未達到，那麼我們正在接近於這個時代：婦女的寫作將很少受到——或者幾乎沒有受到——外來影響的干擾。她將能夠集中精力於她的藝術想像，而不至於被外界因素分散了注意力。過去只有天才和獨創性的作家，才能有這種超然的態度；只是到了此刻，這種態度方能被普遍的女性所獲得。因此，一位今日的女作家所寫的平均水

準的小說，較之一百年前，甚至五十年前的婦女所寫的小說，要真誠、有趣得多。

然而，在一位婦女能夠確切地按照她自己的願望來寫作之前，她面臨著許多困難，這仍然是事實。首先，存在著技術上的困難——外表上看來如此簡單；實際上又是如此令人困惑——甚至那句子的形式也與她不適合。這是男性創造的句式；由一位婦女來使用，顯得太鬆散、太笨拙、太誇張了。但是，在一部小說中，它佔據了如此廣泛的領域，必須找到一種普通、慣常類型的句式，來把讀者輕快自如地從一本書的這一點帶到另一端。而這就是一位婦女必須為她自己做的工作：把當代流行的句式加以變化和改編，直到她寫出一種能夠以自然的形式容納她的思想而不至於壓碎或歪曲它的句子。

但是，那畢竟只是達到目標的一種手段而已，只有當一位婦女有勇氣去克服反對意見並且決心忠於她自己，才能達到那個目標。因為，歸根結柢，一部小說描述了成千上百種不同的對象——人類、自然、神聖；它是企圖把它們相互聯繫起來的一種嘗試。在每一部有價值的小說中，這些不同的因素被作家的藝術想像力放到適當的位置，使之各得其所。但是，它們還有另外一種排列順序，而那是經驗習俗強加於它們的。由於男性是那個傳統習慣的主宰者，由於他們在生活中建立了一套價值觀念的順序，既然小說大部分是以現實生活為基礎的，因此，這些價值觀念在很大程度上在小說中佔有優勢。

然而，這頗有可能：在生活和藝術之中，女性的價值觀念不同於男性的價值觀念。一位婦女著手寫小說，她就會發現，

她始終希望去改變那已經確立的價值觀念——賦予男人似乎不屑一顧的事物以嚴肅性，把他認為重要的東西看得微不足道。當然，為了這個緣故，她會受到批評；因為，男性評論家看到一種企圖改變現有價值觀念等級的嘗試，他自然會真誠地感到困惑與驚訝，在其中，他不僅看到一種不同的觀點，而且看到一種軟弱的、瑣碎的或者多愁善感的觀點，因為它與他自己的觀點截然不同。

　　但是，現在婦女們開始在觀點方面也更獨立自主了。她們開始尊重她們自己的價值觀念。因此，她們的小說題材開始顯出某些變化。這些題材本身似乎更缺乏趣味；另一方面，她們對其他婦女卻感到更大的興趣。在十九世紀初期，婦女寫的小說大部分是自傳性質的。導致她們寫小說的動機之一，就是渴望揭露她們自己遭受的苦難，為她們自己的事業辯護。既然現在這種願望不再是那麼迫切了，婦女們就開始探索研究她們自己的性別，用一種過去從未用過的方式來描寫女性；因為，理所當然，文學中的婦女形象，直到最近還是由男性所創造的。

　　這兒又有種種困難需要克服，因為，如果你可以一般性地概括的話，女性不僅比男性難以接受他人的觀察，而且她們的生命經受普通的生活程序的鍛鍊的考驗，也要少得多。婦女在一日之中的生活，往往沒有給她們留下任何實質性的東西。她們烹飪的食物已經被吃掉了；她們養育的子女已經跑到外面的世界中去了。重點究竟在何處？小說家所必須抓住的突出的要點，又究竟是什麼？很難說。女性的生活有一種撲朔迷離的特徵，它極端難以捉摸而又令人困惑。有史以來第一遭，這個黑

暗的王國在小說中被人探索了；與此同時，女作家又必須把各種職業對婦女開放所導致的婦女思想上和習慣上的改變記錄下來。她必須觀察她們的生活已如何脫離了地下狀態；既然她們現在已經暴露在外部世界之中，她必須去發現，她們身上顯示出什麼新的色彩和陰影。

那麼，如果你試圖總結當前婦女小說的特徵，你就會說：它是大膽的；它是真誠的；它是忠於婦女的感覺的。它並不痛苦。它並不堅持其女性氣質。然而，與此同時，一本婦女的書，決不會像男人的書那麼寫法。這些品質，在婦女小說中已經比過去普遍得多，它們甚至賦予二三流的作品以真實的價值和真摯的趣味。

但是，除了這些優秀的品質之外，還有兩種品質需要稍加討論。英國婦女，從一種動搖不定、含糊曖昧的難以捉摸的影響，轉化為一名選舉人，一個掙工資者，一位負責的公民，這種變化使她在她的生活和藝術中都轉向非個人化。她和外界的各種關係，現在不僅是感情上的，而且是理智上的、政治上的。那個宣判她必須通過她丈夫或兄弟的眼光或利益來斜著眼睛間接地看事物的陳舊社會體制，已經讓位於個人的直接的、實際的利害關係，此人必須為她自己採取行動，而不僅僅是去影響他人的行動。因此，她的注意力，就從過去侷限於住宅的、個人的中心，轉向非個人的方向，而她的小說，自然就具有更多的社會批評和更少的個人生活分析性質。

我們可以預料，那種像牛虻一般窮追不捨地尖銳批評國家大事的職務，迄今為止本是屬於男性的特權，現在亦將授予婦

女。她們的小說將揭露社會的罪惡,並且提出補救的方案。她們小說中的男女人物,將不會被看作彼此之間完全是在感情上相互發生關係的個人,而是被看作組合成種族、階級與集團的相互凝聚而又互相衝突的人們。這是具有某種重要的意義的一個變化。然而,對於寧願要蝴蝶不要牛蛇的人們——換言之,對於寧願要藝術家而不要社會改革家的人們而言,還有另一個更有趣的變化。婦女生活更大程度的非個人化,將會鼓勵詩人氣質的發展,而婦女小說在詩意方面,仍然最為薄弱。這會導致她們較少沉湎於事實,而且不再滿足於驚人敏銳地記錄展現在她們目光之下的細節。她們將會超越個人的、政治的關係,看到詩人試圖解決的更廣泛的問題——關於我們的命運以及人生之意義的各種問題。

那種詩的態度,當然大部分是建立於物質基礎之上。它有賴於閑暇的時間和少量的金錢,以及金錢和閑暇給予我們的非個人地、冷靜地觀察世界的機會。有了金錢和閑暇,婦女自然就會比以往更多從事於文學創作。她們將更充分、更精巧地運用那種寫作工具。她們的技巧將更為大膽和豐富。

昔日婦女小說之優點,往往在於其天賦的自發性,就像畫眉八哥的歌聲一般。它不是人工訓練的;它純然發自內心。然而,它也往往像鳥兒啁啾一般嘮叨不休——這不過是洒在紙上的閑話,留著待乾的斑斑墨迹而已。在將來,有了時間、書籍和屋子裡屬於她個人的一隅之地,文學對婦女和對男子相同,將成為一種需要予以研究的藝術。婦女的天才將受到訓練而強化。小說不再是囤積個人情感的垃圾堆。與現在相比,它將更

成為一種藝術品，就像任何其他種類的藝術品一樣，而它的各種藝術手段和局限性將被人們探討。

從這兒出發，只要再跨出一小步，即可進入迄今為止婦女極少涉足的尖端藝術領域——寫作散文與評論，歷史與傳記。如果我們為小說考慮的話，這也是有利的；因為，除了提高小說本身的素質之外，它將把那些心不在焉的異己分子排除掉，讓她們去涉獵其他文學樣式，她們原來就是因為小說容易讀才被它所吸引的。於是，小說即可切除那些涉及歷史與事實的贅瘤，在我們的時代，它們已經使小說臃腫不堪。

因此，如果允許我們預言的話，在未來的時代，婦女將要寫出數量較少而質量更佳的小說；而且不僅僅局限於寫小說，她們還要寫詩歌、評論與歷史。但是，要達到這一步，毫無疑問，我們就得盼望那個也許是神話傳說中的黃金時代，到了那個時代，婦女將會獲得許久以來一直被剝奪了的東西——閑暇、金錢以及一間她自己的房間。

論狄福*

幾百周年紀念的報導者往往有一種恐懼心理，他唯恐自己是在打量著一個正在消失的幽靈，並且不得不預告它正趨向於死亡。對於《魯濱孫飄流記》兩百周年紀念的報導者而言，不僅不會有這種恐懼心理，甚至只要想起他居然會有這種念頭，都會感到可笑。這或許是事實，在1919年4月25日，《魯濱孫飄流記》已經誕生兩百周年了，然而，我們大可不必去作那種通常的推測：人們現在是否還在閱讀並且將要繼續閱讀這本書。這兩百周年所產生的效果，令我們驚嘆：這部永存不朽的《魯濱孫飄流記》，不過才存在了這麼短一段時間。這本書好像是整個民族的無名產品之一，而不是個人智力的結晶；說起這本

---

*本文選自伍爾夫論文集《普通讀者》，係伍爾夫於1919年為紀念《魯濱孫飄流記》出版兩百周年而撰。

狄福（Daniel Defoe，1660-1731），英國小說家。以《魯濱孫飄流記》一書聞名於世。另著有《辛格頓船長》、《摩爾·弗蘭德斯》等小說。

書的兩百周年紀念，我們立即會想起，我們是在紀念英國的史前遺迹威爾特郡索爾茲伯里平原的巨大石柱本身。這有一部分是由於以下事實：在我們的童年時代，我們都曾經聽別人給我們朗讀過《魯濱孫飄流記》，因此，我們對狄福和他這部小說的心情，與希臘人對荷馬的崇敬十分相似。我們當時從未想到過有狄福這麼一個人物，如果有人告訴我們，《魯濱孫飄流記》原來是某人用筆寫出來的故事，這或者會使我們感到不快，或者會使我們覺得毫無意義。童年時代的印象，是最持久、最深刻的印象。丹尼爾・狄福的大名，似乎仍然沒有權利在《魯濱孫飄流記》的扉頁上出現，如果我們紀念這本書的兩百周年，我們不過是間接提及這個事實：這本書就像那史前的巨大石柱一樣，至今依然留存。

這本書的偉大名聲，給它的作者帶來了某種不公正的待遇；因為，在它給了他一種無名的榮譽的同時，它也掩蓋了這樣一個事實：他又是一些其他作品的作者，我們可以放心地斷言，這些作品我們在兒童時期可沒聽別人給我們朗讀過。於是，在1870年，當《基督世界》的編輯呼籲「英國的男女兒童」在狄福那座曾被雷電擊壞的墳墓上豎立一塊紀念碑時，在那塊大理石上就銘刻著：紀念《魯濱遜飄流記》的作者。並未提及《摩爾・弗蘭德斯》。想起這本書的主題，以及《羅克薩納》、《辛格頓船長》、《杰克上校》和其他作品所涉及的主題，我們就不必為這種忽略感到驚奇，雖然我們或許會感到憤慨。我們可能會同意狄福傳記的作者賴特先生的意見：這些「不是念給客廳餐桌旁邊的人們聽的作品」。然而，除非我們把客廳的桌

子這件有用的家具當作藝術趣味的最後裁決者，我們必然會對
這一事實表示遺憾：由於這些作品外表上的粗糙，或者由於《
魯濱遜飄流記》的廣泛聲譽，使它們遠遠沒有贏得它們應有的
名聲。在任何一塊紀念碑上，要是它還值得稱為一塊紀念碑的
話，至少應該把《摩爾·弗蘭德斯》和《羅克薩納》的名字和
狄福的名字一樣深深地銘刻上去。它們可以與那些為數不多的、
堪稱無可否認的偉大英國小說的著作並列。它們那位更加著名
的夥伴的兩百周年紀念，很可能會使得我們去思考：它們的偉
大之處究竟何在，而它們的優點和《魯濱遜飄流記》的優點有
著這麼多的共同之處。

　　當狄福成為小說家時，他已經是一位上了歲數的人了。他
是一位比理查森①和菲爾丁要早好多年的前輩，他是真正給小
說定型並且把它推上它的發展道路的創始人之一。然而，沒有
必要詳細論述他居於先驅地位的事實，但有一點必須指出，當
他著手寫作小說之時，他對這門藝術懷有某些概念，他之所以
獲得這些概念，有一部分是由於他本人就是這種概念最初的實
踐者之一。小說必須講述真實的故事，並且宣揚高尚的道德，
才能證明它存在的價值。「這樣通過虛構捏造來提供一個故事，
肯定是一種最醜惡可恥的罪行，」他寫道。「正是某種謊言，
在心頭捅了一個大窟窿，而一種說謊的習慣，就漸漸地鑽了進

---

①塞繆爾·理查森（Samuel Richardson，1689-1761），英國著名小
　說家。

去。」因此，在他的每一部作品的前言和正文裡，他煞費苦心地堅持聲明：他從未憑空捏造，總是依據事實，而他的一貫目的，是那種十分合乎道德的願望，他要使有罪的人幡然悔悟，或者告誡天真無辜的人免入歧途。幸運的是，這些原則和他的自然氣質、天賦才能完全吻合。在他把他的親身經歷轉化為文字在小說中加以敘述之前，他於六十年生涯中所遭受的各種各樣的命運，已經在他的心中積累了豐富的事實。他寫道：「不久以前，我曾經把我一生中的情景總結成兩行對偶的詩句：

沒有人比我更飽嘗命運的酸甜苦辣，
我歷盡滄桑經受了十餘番貧富更迭。

在他寫作《摩爾·弗蘭德斯》之前，他曾花了十八個月時間，在倫敦新門監獄和小偷、海盜、攔路搶劫犯、偽幣鑄造者交談。但是，通過現實生活和偶然事件在你身上所留下的深刻印記來切身感受各種事實，這是一種情況；把別人所說的那些事實貪婪地吞咽下去並且把它們的印象永不磨滅地保存下來，這又是另一碼事。並非僅僅因為狄福理解貧困的沉重壓力，因為他曾和這種壓力之下的犧牲者們談過話，而且因為那種任憑環境擺布、被迫想盡各種辦法來餬口的沒有保障的生活喚起了他的想像力，要求把它作為他的藝術的恰當素材。在他那些偉大小說的最初幾頁中，他把他的男主人公或女主人公置於如此冷漠無情的悲慘境地，他們的生存必然是一種不斷的掙扎，他們僥倖活了下來，完全是幸運和他們本身努力奮鬥的結果。摩

爾·弗蘭德斯是一個女犯人在新門監獄生下的嬰兒；辛格頓船
長在童年就被人偷去賣給了那些吉卜賽人；杰克上校雖然「生
來就是一位紳士，卻當了扒竊犯的門徒」；羅克薩納起初生活
較有保障，但她在十五歲時結了婚，後來眼看著她的丈夫破了
產，在她身邊留下了五個孩子，處於「用言詞所能表達的最悲
慘的境地」。

　　就這樣，這些男孩或女孩人人都得為自己去開闢一個世界，
進行一番搏鬥。如此來處理書中的局面，完全合乎狄福的心意。
他們中間最著名的人物，摩爾·弗蘭德斯，她剛剛出生，或者
說僅僅獲得了半年的喘息時間，就被那「最惡毒的魔鬼——貧
困」所唆使，她剛會做針線活兒，就不得不自己謀生，她被人
們所驅逐，到處流浪，從來也不向她的創造者祈求她無法給自
己提供的那種美妙的家庭生活氣氛，卻依靠他去盡她所能地招
徠陌生人和顧客。從一開始，證明她自己的生存權利這個沉重
的負擔，就落到了她的肩上。她不得不完全依靠她自己的理智
和判斷力，每逢意外事故發生，她就用在自己的頭腦裡鍛鍊出
來的、憑經驗得來的道德準則去應付。這個故事之所以是生氣
勃勃的，有一部分是由於她在非常年幼的時候就越過了眾所公
認的法律界限，因此她就獲得了一種被社會所排斥的流浪者的
自由。唯一不可能發生的事情，就是她能夠舒適安全地定居下
來。然而，從一開始，作者的特殊天賦就表現出它自己的力量，
避開了那明顯的危機，免於陷入冒險小說的俗套。他使我們明
白，摩爾·弗蘭德斯是一個獨立自主的女人，而不僅僅是為一
連串冒險故事所提供的某種材料。為了證明這一點，像羅克薩

納一樣，她一開始就熱情地，或許是不幸地，陷入了情網。她必須提起精神去和別人結婚，並且非常密切地注視她的賬目結算和前途命運，這對她的熱情而言是不可輕視的因素，但這要由她的出身來負責；而且，和狄福筆下所有的女人一樣，她是一個有健全理解力的人物，只要合乎她的目的，她就毫無顧忌地撒謊，既然如此，當她把關於她的真相說出來時，其中總有某些不可否認的事實。她不能為個人感情的細膩微妙而浪費時間；她落下一滴眼淚，感到片刻的惆悵，於是她又把「那個故事繼續講下去了」。她有一種喜歡迎著風暴毅然前進的氣概。她樂於施展她自己的各種能力。當她發現，在弗吉尼亞和她結婚的那個男人原來是她的親兄弟，她感到十分厭惡，她堅持必須和他分手；但是，她一到布里斯托爾港，「就改變航線到巴思溫泉去了，因為我還年輕，我的天性一向樂觀，並且繼續樂觀而趨於極端。」她並非沒有心肝，也沒人能指責她舉止輕浮；但是，生命使她喜悅，她是一位把我們全都吸引住的活生生的女主人公。有甚於此，她的雄心壯志帶有想像色彩，這使它可以列入那些高貴激情的範疇。她生性潑辣，注重實際的需要，儘管如此，某種渴望仍時常在她的心頭縈繞，她渴望浪漫的愛情，渴望那種（按照她的觀念而言）使一個男子漢成為一位紳士的品質。當她使一個攔路搶劫犯對她的財產作了錯誤的估計之時，她這樣寫道：「他的確具有一種真正的騎士風度，而這對我說來就更加可悲。寧可毀於一位體面的紳士之手，也勝過被一個流氓糟蹋，甚至這也是某種令人寬慰的想法。」下面的情況和她這種性格是完全符合的。她為她的最後一個夥伴感到

驕傲，因為當他們到達殖民地時，他拒絕幹活而寧可打獵，她高高興興地給他買了假髮和銀柄的寶劍，「使他看上去像一位優雅的紳士，因為他確實是一位這樣的人物。」她對於炎熱氣候的偏愛，和她親吻她兒子踏過的土地的那種激情是完全一致的。她高尚地忍受了別人的各種過失，只要它不是「在精神上完全低級下流，專橫，殘忍，在占上風時冷酷無情，在處境不利時卑躬屈膝、灰心喪氣」。除此之外，她對一切人都善意相待。

這位飽經風霜的老罪人的各種品質和美德的清單，還遠遠沒有開列完畢，我們完全可以理解，在倫敦橋上賣蘋果的博羅的女人為什麼把她稱為「上帝賜福的瑪麗」，並且認為她的書比她貨攤上所有的蘋果還要值錢，而那位博羅則拿起這本書躲進貨棚深處，一直讀到眼睛發痠。我們詳述有關人物性格的這些迹象，無非是藉此證明，摩爾・弗蘭德斯的作者並非像人們所指責的那樣，僅僅是一位對於人的心理本質毫無概念的新聞記者和客觀事實的忠實記錄者。的確如此，他的人物的形象和實質都是自動形成的，它們似乎對作者置之不理，而且並不完全符合他的心意。他從不仔細描繪或特別強調任何精巧微妙或哀婉動人之處，而是冷靜地匆匆忙忙把故事繼續講下去，似乎這些精巧動人之處都是自動湧現出來的，而他對此毫無覺察。一個富於想像力的筆觸（例如，當那位王子坐在他兒子的搖籃旁邊，而羅克薩納注意到「當那嬰兒熟睡之時，他多麼喜歡瞧著它」），似乎對我們比對他本人含有更多的意義。把重要消息傳送給新門監獄中的盜竊犯這樣一個次要人物的必要性發表了一通非常現代化的議論之後，唯恐我們會在睡夢之中論及此

事，他請求我們原諒他扯得離題太遠。他似乎把他的人物深深地印在心中，結果他自己也弄不清楚，他究竟是怎樣把他們變得栩栩如生的；而且，和一切無意識的藝術家們一樣，他在他的作品中所留下的財富，比他的同時代人所能發掘出來的更多。

因此，我們對他的人物所作的解釋，很可能使他感到困惑。我們為自己找到了甚至在他本人眼前也要小心加以偽裝的各種含意。於是發生了這樣的情況：我們對於摩爾·弗蘭德斯的讚嘆，遠遠地超過我們對於她的譴責。我們也無法相信，狄福對她犯罪的確實程度已作了決定性的判斷，或者他沒有意識到，當他考慮到那些被社會所遺棄的人們的生活之時，他提出了許多深刻的問題，這些問題，即使他並未公然回答，他也在書中暗示了一些和他所表白的信仰相互矛盾的答案。從他的論文《婦女的教育》所提供的證據中，我們知道他已遠遠地超越他的時代，深刻地考慮過婦女的能力（他對此評價極高），以及她們所遭受的不公正待遇（他對此嚴厲譴責）。

> 考慮到我們的國家是一個文明的基督教國家，我經常想到，我們否認了婦女學習的權利，這是世界上最野蠻的風俗之一。我們愚蠢而傲慢地每天都在指責女性；我深信，如果婦女享有和我們平等的受教育權利，她們所犯的罪過會比我們的更少。

婦女權利的鼓吹者們，或許幾乎不想把摩爾·弗蘭德斯和羅克薩納列入她們的守護神的名單；然而，這一點很清楚：狄福不僅想要她們說出關於這個問題的某些十分現代化的論調，

而且他把她們置於這樣的環境之中，讓她們所遭受的特殊的苦難以這樣一種方式呈現出來，以至於必然會引起我們的同情。摩爾・弗蘭德斯說，婦女所需要的是勇氣和「堅持她們自己的立場」並立即顯示出其可能獲得的利益的那種力量。羅克薩納，一位具有和她相同信念的女士，更加敏銳地為反對婚姻的奴役而爭辯。那位商人告訴她說，婚姻會使她「在這個世界上開創一個新的事業」；她卻認為「這是對於通常的實踐提出相反意見的一種說法」。在所有的作家中，狄福最少犯那種赤裸裸地說教的錯誤。羅克薩納牢牢地吸引住我們的注意力，因為她完全沒有意識到，從任何良好的意義上來說，她是女性的一個榜樣，所以她有權承認，她的那一部分論點「帶有一種高尚而嚴肅的傾向，這一點我當初的確完全沒有想到」。意識到她本身的各種弱點，以及由這種意識所產生的對於她自己的動機的真誠的疑問，導致了令人愉快的後果，那就是保持她的形象的鮮明生動和富於人性；而這麼多社會問題小說的殉教者和先驅者們，卻讓他們的作品皺縮枯萎，只剩下他們各自的信念的乾巴巴的教條。

但是，狄福之所以令我們欽佩，並非由於我們能夠顯示他已經預告了梅瑞狄斯的某些觀點，或者寫出了可能被易卜生改寫成劇本的某些場面（這種奇怪的建議已經提出來了）。不論他對於婦女地位的主張是什麼，它們都是他的主要優點的一種附帶產品；他的主要優點就在於他只論述事物的重要的、持久的方面，而不涉及其暫時的、瑣細的方面。他的作品往往顯得單調。他能夠摹仿一位科學旅行考察者實事求是的精確性，直

到我們驚嘆他的筆居然能夠描繪，或者說他的頭腦居然能夠想像，那些甚至不能以事實來作為藉口的場面，以此來減輕它的枯燥乏味。他忽略了蔬菜的大部分特性，並且忽略了人類的大部分天性。這一切我們都可以容忍，儘管我們已經在許多我們認為是偉大的作家身上容忍了一些同樣嚴重的缺陷。但是，那也並不損害削弱剩餘部分的特殊優點。從一開始，他就限定了他的活動範圍，並且限制了他的雄心壯志，這使他得到了一種洞悉事實真相的真實，它要比那種他稱之為他的目標的外表事實的真實遠為珍貴和持久。摩爾・弗蘭德斯和她的朋友們向他毛遂自薦，吸引了他的注意，並非像我們所說，因為他們「栩栩如生」，亦非如他所斷言，因為他們是公眾可能獲得教益的懲惡勸善的例證。出於苦難生活的薰陶而在他們身上滋生的一種自然而然的真實性，激起了他的興趣。對於他們而言，沒有任何藉口可以利用；沒有任何仁慈的避難所可以掩蓋他們的動機。貧窮就是壓迫他們的監工頭兒。對於他們的失誤，狄福從未超過一種口頭上的審判。但是，他們的勇氣、機智和頑強，卻使他欣喜。他發現，在他們的社會中，充滿著有趣的談話、好聽的故事、互相信賴的誠意和一種自己創造的道德準則。他們的命運變化無窮，在他自己的一生中，他對這種變化讚賞、玩味、注視。最重要的是，那些男人和女人毫無顧忌地公開談論自古以來就感動了男男女女的那種激情和欲望，因此，即使到了現在，他們的生命力還未削弱。在被人公開注視的任何一件事情之中，都包含著一種尊嚴。甚至在他們的經歷中起了如此巨大作用的金錢這個骯髒主題，當它並非代表一種優閒舒適

和趾高氣揚的態度，而是意味著榮譽、誠實和生活本身，它就變成一個並不骯髒而是悲劇性的主題了。你可以提出反對意見，說狄福平凡單調，但你決不能說他熱中於瑣碎無聊的事情。

他確實屬於那些偉大而樸素的作家的行列，他們的作品，建立在對於人性中雖然不是最有魅力卻是最為持久的因素的理解之上。站在餓漢橋②上俯瞰倫敦，那一片景色是灰黯的、嚴肅的、宏大的，充滿著由熙熙攘攘的車輛和商販所引起的輕微的騷動，要是沒有那些船隻的桅杆和城裡的塔尖與拱頂，這幅圖景是平凡而毫無詩意的，它使我們想起了狄福。站在街角的那些手裡捧著紫羅蘭的衣衫襤褸的姑娘們，還有那些久經風霜的老婦人，她們在橋拱下面陳列著她們的火柴和鞋帶，耐心地等候著顧客，她們似乎都是從他的書中跑出來的人物。他和克雷布③與吉辛④屬於同一個學派，他並非僅僅是他們在這個嚴格的學習場所的平輩同學，而是它的鼻祖和大師。

---

②原文是Hungerford Bridge。

③喬治・克雷布（George Crabbe，1754-1832），英國詩人。

④喬治・羅伯特・吉辛（George Robert Gissing，1857-1903），英國小說家。

論約瑟夫・康拉德[*]

　　突然間，我們的客人離開了我們，叫我們來不及在思想上有所準備或考慮好告別的言辭；而他的不拘禮節、不辭而別和他多年前神祕地到這個國家來定居，是合拍一致的。因為他周圍始終縈繞著某種神祕的氣氛。這種神祕的氣氛一部分來自他的波蘭血統，一部分來自他令人難忘的容貌，一部分來自他奇怪的選擇：他寧願住在窮鄉僻壤，聽不到流言蜚語，受不到人們的邀請，因此，要得到他的消息，只有依靠那些習慣於拉拉門鈴就登門拜訪的淳樸鄉民所提供的證據，按照他們的報告，那位陌生的主人禮儀周全、目光炯炯，說起英語來帶有強烈的外國口音。

　　固然，死亡往往會加快並且集中我們的記憶，但康拉德的

---

　　[*] 此文係1924年伍爾夫在康拉德逝世時所撰，收入論文集《普通讀者》。康拉德（1857-1924），英國著名小說家，主要作品有《水仙號上的黑水手》、《黑暗的中心》、《吉姆爺》等。

天才帶有某種基本的而非偶然的難以接近的因素。他近年來的
聲譽，明顯地異乎尋常，毫無疑問在英國居於最高地位；然而
他並非大眾化的作家。有些人帶著熱情的喜悅來讀他的作品，
其他人認為他冷漠而缺乏光彩。他的讀者，包括年齡和愛好極
其懸殊的人。十四歲的小學生從馬立特①、司各特、亨梯②、
狄更斯中間匆匆經過，把他和其他作家一塊兒囫圇吞下；老練
而挑剔的讀者逐漸深入到文學的心臟，在那兒反覆翻弄著幾片
珍貴的麵包屑，小心翼翼地把康拉德選上他們的筵席。當然，
人們不論什麼時候，總會發現彆扭和不協調的地方，在他的美
感中，可以發現一種不協調的根源。讀者翻開康拉德的小說，
必定和海倫③照鏡子時的感覺相同，她注視鏡中的倩影就會明
白：不論她怎麼辦，在任何情況下她都不可能被當作一位平凡
的婦女。康拉德具有如此的天賦，他使自己受到這樣的訓練，
他又是如此地受惠於一種奇特的語言，其特殊魅力在於它的拉
丁素質而不在於它的撒克遜品質，因此，他的文字似乎不可能
有一點拙陋的或無意義的敗筆。他的情人——他的風格——在
靜止狀態有時候有點兒令人昏昏欲睡。但是，讓我們和她攀談
吧，那麼，她就風度翩翩地向我們逼近過來，帶著多麼動人的

---

①馬立特（Frederick Manyat，1792-1848），英國小說家。
②亨梯（G. A. Henty，1832-1902），英國作家，擅長創作兒童冒險
　故事。
③海倫是希臘神話中的絕代佳人。

色彩、勝利的喜悅和威嚴！然而，這一點尚可爭議：如果他創作那些他不得不寫的作品時不是這樣不斷地關心它們的外觀，康拉德可能會既贏得高度聲譽又受到大眾歡迎。它們阻滯了、妨礙了、分散了藝術效果，他的評論家們指著那些著名的段落說道；把它們從上下文中抽取出來，和其他攀折下來的英國散文之花一起展覽，已經成了一種習慣。他們抱怨道：他是自我意識的、呆板的、雕琢的，對他說來，他自己的聲音比人類在痛苦中的呼喊更親切。這種批評是我們大家熟悉的，而且像樂隊演奏《費加洛》④ 時聾子們的評論一樣，令人難以反駁。他們看見了那個交響樂隊；他們聽到遠處傳來一陣淒涼模糊的摩擦聲；他們自己的評論被打斷了，於是他們很自然地得出結論：要是那五十位提琴手去敲石鋪路而不是在這兒摩擦⑤ 莫扎特的樂曲，他們可以更好地為人生的目的服務。美教導著我們，美是一位訓導者，既然美的教誨和她的聲音是不可分離的，那麼，那些聽不到她聲音的人，我們又如何使他們信服呢？閱讀康拉德的作品吧，不要淺嘗輒止，而是整批地讀，雖然表面上看來康拉德關心的只是向我們顯示大海的夜色之美，在那相當呆板而低沉的音樂中，誰要是聽不出它的意蘊、它的驕傲、它的廣闊而不可改變的完整，感覺不到善比惡更好，而忠誠、正直和

---

④《費加洛的婚禮》是奧地利音樂家莫扎特（1756-1791）的著名歌劇。

⑤小提琴是以弓擦弦的樂器，作者故意用「摩擦」這個詞，來挖苦聾子只看到琴弓擦弦，聽不到悅耳的琴聲。

勇氣正是善的表現，那麼他一定是真的沒有把握住康拉德文字的意義。然而，要從這些作品的成分中捕捉這樣的信息，可是件棘手的工作。放在我們的小碟子裡濾乾了，離開了語言的神祕和魔力，它們就喪失了興奮和刺激的力量，喪失了作為康拉德散文的一種持久品質的極其猛烈的力量。

因為，正是依靠他身上某種激烈的氣質，領袖和船長的氣質，康拉德抓住了青少年的心。直到他寫出《諾斯特羅莫》為止，年輕的讀者們敏捷地覺察到他的人物基本上是樸實而英勇的，不論他們的思想多麼微妙，他們的創造者的手法多麼迂迴曲折。他們是習慣於孤獨寂寞的海員，他們與大自然發生衝突，但與人和睦相處。大自然是他們的敵手；正是她激發了榮譽、豪爽、忠誠等男子漢特有的品質；也正是她，在隱蔽的海灣中把深奧莫測、嚴肅穩重的美麗姑娘培育為成年婦女。首先，正是大自然造就了惠萊船長和老辛格頓那樣乖戾執拗、飽經風霜的人物，他們是朦朧曖昧的，但他們的朦朧曖昧中閃爍著燦爛光芒，對康拉德說來，他們是我們種族的尖子，他永不疲倦地為他們唱著贊歌：

> 他們曾經是堅強有力的，像那些既不知道懷疑又不知道希望的人那樣堅強有力。他們曾經急躁而又忍耐，狂暴而又摯愛，橫蠻而又忠誠。懷著善意的人曾經試圖把這些人描繪成為了他們每一口食物而哀號啜泣，為了擔憂他們的生命而奔波勞碌。實際上，他們只知道辛勞、貧困、暴力和放蕩——但不知道畏懼，並且不想在心中結下怨仇。他們不易駕馭卻易受鼓舞；他們默不作聲——但他們有足夠的丈夫氣概，他們心中藐視那些為他們的艱苦命運而慟哭的多愁善感的聲音。

這是一種獨特的、屬於他們自己的命運；在他們看來，能夠忍受這種命運，是精選出來的優秀分子的特權！他們這一代默默無聲地、責無旁貸地生活著，從來不知道愛情的甜蜜和家庭的庇護——而臨終之時也不受狹隘墓穴的威脅。他們是神祕大海的永恆兒女。

這就是他的早期作品《吉姆爺》、《颱風》、《水仙號上的黑水手》和《青春》中的人物；而這些書，不論風尚如何變遷，它們在我們的經典作品中的地位是不可動搖的。但是，它們賴以達到這種高度的品質，是馬立特或庫柏⑥ 所講述的那種簡單的冒險故事無法具備的。因為，很清楚：要浪漫地、全心全意地、帶著戀人的熱情來讚賞和頌揚這樣的人物和這樣的事迹，你必須具有雙重的眼光；你必須同時內外兼顧。要頌揚他們的沉默，你得有一條嗓子。要讚賞他們的韌性，你必須對疲勞有靈敏的感覺。你必須能夠和惠萊與辛格頓在相同的條件下生活，並且在他們懷疑的目光面前把你之所以能夠理解他們的那些品質隱藏起來。只有康拉德能過這種雙重生活，因為康拉德是由兩個人構成的：和那位遠洋船長同時並存的，是他稱為馬羅的那位精細、優雅而又挑剔的分析者。他說馬羅是「一位考慮極其周詳而又最富於理解力的男子漢」。

---

⑥庫柏（J. F. Cooper，1789-1851），美國小說家。一生創作了五十多部小說，其中著名的有《最後的莫希干人》、《殺鹿者》、《拓荒者》等。

　　馬羅是天生的觀察者，他們在退休生活中感到最幸福。馬羅最喜歡坐在甲板上，在泰晤士河昏暗的港灣裡，一邊抽烟一邊回憶；他烟圈兒後面吐出了一圈圈美麗動聽的話語，直到夏天的夜晚充滿了烟味而變得有點霧氣騰騰。同時，馬羅對曾經和他一塊兒航過海的人有深深的敬意，但他也看到他們的幽默之處。他能靈敏嗅出，並且出色地描繪那些成功地掠奪了呆笨的老水手的生氣勃勃人物。他對人類的缺陷獨具慧眼；他的幽默帶有諷刺意味。馬羅也不是完全在他的雪茄烟圈兒後面生活。他有一種習慣，他會突然睜開他的眼睛注視———一堆垃圾、一個港口、商店的一個角落———然後在燃燒的烟圈的火光中完整地描述那個在神秘背景面前的閃亮事物。內省的和分析的性格兩者兼備，馬羅意識到這特殊的事物。他說，那種能力會突然降臨他身上，例如，他會在無意之中聽到一位法國高級海員喃喃自語：「我的天哪！時間過得真快！」他評論道：

　　　　沒有什麼東西〔他評論道〕比這句話更平凡了；但對我來說，它是和某種視覺印象相互合拍的。我們如何帶著半閉的眼睛、失聰的耳朵、蟄伏的思想走過人生的道路，令人驚異。……儘管如此，我們中間幾乎沒有人不曾經歷這種稀有的覺醒時刻：我們看見了，聽到了，理解了，許多事情———一切事情———在我們重新陷入愜意的昏昏欲睡狀態前一閃而過。他說話的時候，我舉目而望，看見了他，彷彿以前我從未見過他。

　　就這樣，在那昏暗的背景上，他描繪了一幅又一幅圖畫；

首先是船的圖畫：下了錨的船；暴風雨之前飛馳的船；港口中停泊的船；他描繪了夕陽和晨曦；他描繪了黑夜；他描繪了大海的千姿百態；他描繪了東方海港豔麗的光彩、男人和婦女、他們的房屋和他們的姿態。他是一位精確的、毫不畏縮的觀察者，習慣於「對他的感情和知覺絕對忠誠」，這種忠誠，康拉德寫道，「一位作家在他最意氣風發的創作時刻也必須牢牢把握」。有時候，馬羅異常安靜而同情地在無意中漏出幾句墓誌銘式的詩文，使我們透過眼前閃耀的所有的美和光彩，想起那背景的昏暗。

因此，通過一番粗略的區別，我們會得出結論說：是馬羅在作評論而康拉德在創作。這會導致我們意識到我們說明以下這個變化的根據很不充分；康拉德告訴我們，他寫《颱風》那部書的最後一個故事時，發生了那個變化——這兩位老朋友之間關係的某種交替變換，引起了「帶有靈感性質的一種微妙的變化」。「……不知道為什麼，這個世界上似乎再沒有什麼可寫的了。」讓我們假定說，是康拉德，是作家康拉德帶著憂傷的滿足回顧他講過的故事而說出了上面這番話；他很可能感覺到他再也寫不出比《水仙號上的黑水手》中更好的暴風雨場面，或者，再也不可能比他在《青春》和《吉姆爺》中更忠實地讚揚央國海員的優秀品質。止是在那時候，評論者馬羅提醒他說，在自然的進程中，人必定會衰老，會坐在甲板上抽烟並且放棄航海。然而，他又提醒他說，那些艱苦的歲月已經儲存在他們的記憶之中，他甚至會暗示說，雖然關於惠萊船長以及他和大自然之間的關係已經無話可說，岸上還有許多男男女女芸芸眾

生，他們之間的關係雖然是一種更私人的關係，也許值得深入
考察一番。如果我們進一步假定，船上有一部亨利·詹姆士⑦
的小說而馬羅把這本書給他的朋友帶到床上去看，我們可以從
下面的事實中為我們的假設找到支持——正是在 1905 年，康
拉德寫了一篇很好的文章來評論那位大師。

那末，多年來處於支配地位的是馬羅。《諾斯特羅莫》、
《機緣》、《金箭》是馬 — 康聯盟在那個時期的代表作，有人
繼續認為，這是個最豐滿充實的時期。他們會說：人類的心靈
比森林更錯綜複雜；它有它的狂風暴雨；它有它的夜游生物；
而作為一個小說家，如果你希望在人的各種關係中考察人，那
恰當的對手就是人而不是大自然；他的嚴峻考驗是在社會裡面
而不是在孤寂之中。對他們，那些書中總有一種特殊的魅力，
那些明亮的目光不僅落在汪洋大海上，也落在茫然困惑的心靈
上。但是，必須承認，如果馬羅如此勸告康拉德去改變他的觀
察角度，那是一個勇敢的忠告。因為，一位小說家的眼光是既
複雜又特殊的：複雜，因為在他的人物之後和人物之外，他必
須樹立一些穩定的東西，好讓他把人物與它們聯繫起來；特殊，
因為既然他是具有某種感覺的孤零零的個人，他所能夠確信無
疑的生活面就有嚴格局限。如此微妙的一種平衡很容易破壞。
中期之後，康拉德再也不能使他的人物形象與他們的背景之間

---

⑦亨利·詹姆士（ 1843-1916 ），美國小說家，後來加入英國籍，他
　善於刻劃人物的心理活動。

保持完美關係。他再也不會像他信任他早期作品中的海員那樣
信任他後期作品中更深諳世故的人物。當他不得不指出他們和
那個小說家的世界——那個價值和判斷的世界——之間的關係
之時，對於那價值究竟是什麼，他遠遠不如以前來得肯定。於
是，「他小心翼翼把著舵」這句話在一場暴風雨的尾聲一再出
現，其中帶有一種完整的道德說教。然而，在這個更擁擠複雜
的世界裡，這種簡單明瞭的話變得越來越不合宜。有多種興趣
和關係的複雜的男女，絕不會忍受一個如此簡單的判斷；要是
他們接受了，他們身上許多重要的因素就被這個論斷遺漏了。
然而，對絢麗多彩而有浪漫主義魅力的康拉德的天才來說，找
到它的創作可以試圖遵循的一些規律，是十分必要的。基本上——
這仍舊是他的信念——這個文明的、自我意識的人們的世界，
建立在「幾種非常簡單的思想概念」的基礎上；但是，在這個
思想和個人關係的世界中，我們到哪兒去尋找它們呢？客廳裡
可沒有桅杆；颱風也不會來考驗政客和商人的存在價值。到處
探索而找不到這樣的支柱，康拉德後期作品中的世界周圍有一
種不由自主的模糊朦朧，一種不確定性，幾乎是一種令人迷惑
和疲勞的幻滅感。在黑暗之中，我們只抓住了往昔高貴和響亮
的調子：忠貞、熱情、榮譽、獻身——總是那麼美麗，但現在
有點厭倦地老調重彈，時代似乎已經改變了。也許這是馬羅的
過錯。他的思考習慣是有點兒固定僵化。他在甲板上坐太久了；
他的自言自語可謂精妙絕倫，但他拙於交談對答；而那些「剎
那間的幻象」忽隱忽現，不能作為一種穩定的燈光來照明人生
的漣漪和它漫長而逐漸發展的歲月。首先，或許他沒有考慮，

如果康拉德要創作的話，他應該有怎樣的信念，這是首要的基本問題。

因此，雖然我們將到他的後期作品中去探險一番，並且帶回一些珍貴的紀念品，但是其中有許多小徑，我們中間大部分人不會去涉足。早期作品——《青春》、《吉姆爺》、《颱風》、《水仙號上的黑水手》——我們才會完整地閱讀。康拉德的什麼作品將會永存不朽？我們將在小說家的行列中把他放在什麼地位？別人提出這些問題的時候，我們就會想起這些早期作品，它們帶有一種氣派，好像正在告訴我們一些非常古老而完全真實的事情，而這些過去隱藏著的東西現在被揭示了出來；我們想起這些作品，這樣的問題和比較就顯得有點微不足道。完整而嫻靜，十分簡樸而又異常美麗，它們在我們的記憶中浮現出來，就像這炎熱的夏季的夜晚，起初有一顆星星緩慢而莊嚴地出現在天空裡，然後又是一顆。

論托馬斯・哈代的小說[*]

　　托馬斯・哈代之死使英國小說界失去了一位領袖，我們這麼說的意思是，沒有任何其他作家的至高無上的地位能被人們所普遍接受，似乎沒有誰如此自然地適合於讓人們頂禮膜拜。當然，也沒有人比他對此更少追求。要是那位超凡脫俗、單純樸實的老人聽到我們在這種場合所使用的華麗辭藻，他一定會痛切地感到手足無措、窘不可言。儘管如此，這仍舊是不折不扣的事實：當他活著的時候，無論如何總算還有一位小說家可以使小說藝術似乎稱得上是一椿光榮的事業；當哈代在世之日，沒有任何藉口可以用來鄙視他所從事的那門藝術。這也不僅僅是他的特殊天才所造成的後果。人們對他的敬意，有一些是來

---

[*]本文撰寫於1928年1月哈代逝世之後，後來被收入伍爾夫論文集《普通讀者續集》（*The Common Reader: Second Series*）。
托馬斯・哈代（1840-1928），英國作家。著有《德伯家的苔絲》、《無名的裘德》、《還鄉》、《卡斯特橋市長》等長篇小說，並擅長詩歌、短篇小說創作。

自他謙遜、正直的性格，來自他在多塞特郡那種絕不追求私利或自我吹噓的簡樸生活。為了兩方面的理由，為了他的天才，也為了他使用他的天賦的嚴肅態度，我們不可能不把他當作一位藝術家來加以推崇，並且對他這個人本身感到尊敬和愛慕。但是，我們所必須議論的還是他的作品，是他好久以前所寫的小說，它們好像和當代小說相去甚遠，正像哈代本人和當代生活的騷動不安與渺小平庸同樣距離遙遠。

　　如果我們打算追溯小說家哈代的業績，我們就不得不回到一個世代之前。1871年，他正當三十一歲，已經寫了一部小說，名曰《非常手段》，但當時他絕對不是一位有把握的能工巧匠。據他自己說，他「正在摸索道路，尋找一種創作方法」；他似乎意識到自己具備各種天賦，然而他不懂得它們的性質，或者說他不懂得如何去利用發揮它們的長處。去閱讀這第一部小說，就是去分擔它的作者捉襟見肘的窘迫感。作者的想像力是強烈而有諷刺意味的；他有某種自學而得的書本知識；他能夠創造人物但不能控制他們；他顯然受到他技術上的困難的牽制；而更為奇特的是，他被一種感覺所驅使，認為人類是他們本身之外的某些力量所玩弄的對象，這使他極端地、甚至誇張地利用偶然巧合的情節。他已經具有一種確切的信念，認為小說既非一種玩具亦非一場爭論，它是提供關於男男女女的生活的真實抑或嚴酷、劇烈的印象之工具。但是，也許這本書最值得注意的品質，是透過書頁傳來的一陣瀑布的轟鳴和回響。這是在後來的作品中占如此重大比例的那種力量的第一次具體表現。他已經證明了他是大自然的一位細緻入微、爐火純青的觀察者；

他能區別雨點落在樹根或耕地上的差異；他能分辨風兒吹過不同樹木椏枝的聲音。然而，他是從廣義上把大自然理解為一種力量；他感覺到其中似有神靈，它能對於人類的命運或者同情，或者嘲笑，或者無動於衷地袖手旁觀。在寫這部小說之時，他已經有了這種感覺；而關於阿德克萊芙和賽西莉亞小姐①的粗糙的故事之所以令人難忘，是因為它是在神靈的注視之下，在大自然面前創作出來的。

　　他是一位詩人，應該說這已經顯然無疑；要說他是一位小說家，也許還未有定論。然而，到了第二年《綠蔭下》一書問世，這就清楚地表明了那種「摸索創作方法」的艱苦努力大部分已經成為過去。前面那部書的某種頑強的獨創性已經消失了。和第一部作品相比，第二部顯得更有造詣、嫵媚動人，帶有田園詩的風味。那位作者似乎很有可能發展成為一位英國的風景畫家，他的畫面上全是茅舍、花園和老年農婦。她們到處徘徊，去收集保存那些正在迅速淘汰湮沒的古老方式和詞彙。然而，他是古代風俗習慣的一位多麼衷心的愛好者；一位口袋裡藏著顯微鏡的多麼細心的博物學家，一位多麼念念不忘語言形式之變化的學者，曾經帶著多麼強烈的感情去傾聽旁邊樹林裡一只小鳥被貓頭鷹殺死時的哀鳴！那哀鳴「傳播到那一片寂靜之中，卻並不和它交織在一起」。我們又聽到在遠處有一種奇異而不祥的回音，就像風和日麗的夏季早晨在海面上回盪的一響槍聲。

---

①阿德克萊芙和賽西莉亞是小說《非常手段》中的人物。

當我們閱讀這些早期作品之時，有一種荒涼寂寞之感。我們有一種感覺：哈代的天才是頑強而任性的；起先有一種天賦隨心所欲地支配著他，接著又有另外一種天賦處於支配地位。它們拒絕在日常活動中齊頭並進。這確實很可能是一位既是詩人又是現實主義者的作家的命運；他是田野和晨曦的忠實的兒子，然而他又受著書本知識所培養起來的懷疑和沮喪的折磨；他熱愛古老的生活方式和淳樸的農民，然而他又命中注定要看到他先輩們的信念和欲望在他的眼前煙消雲散。

大自然又在這對矛盾中增添了另一個因素，很可能會打亂一種勻稱的發展。有些作家生來就意識到一切事情；另外一些作家卻有許多事情意識不到。有些作家，像亨利・詹姆斯和福樓拜，不僅能夠充分利用他們的天賦所帶來的好處，而且能夠在創作活動中控制他們的天才，他們能夠意識到各種場合中所有的可能性，從來不會出乎意料地大吃一驚。另一方面，那些無意識的作家，像狄更斯或司各特，似乎還沒有徵得他們本人的同意就被感情的浪潮高高舉起，滾滾向前。當浪濤平伏之時，他們也說不出究竟發生了什麼事情，或者究竟為了什麼原因。我們必須把哈代放到他們中間去——這正是他的力量和軟弱的根源。用他自己的話來說，叫做「一剎那間的幻象」，這種說法精確地描繪了在他所寫的每一本書中都可以找到的那些表現出驚人的美和力量的片段。帶著一種我們無法預見而他似乎也無法控制的突然加劇的力量，某一個情節從其他情節中分離了出來。好像它是單獨地、永恆地存在著，我們看到那載著芬妮屍首的大車在滴著雨水的樹蔭下沿著大路前進；我們看到那些

趾高氣揚的綿羊在苜蓿叢中掙扎；我們看到特拉在呆若木雞的巴斯喜巴小姐② 周圍揮舞著軍刀，削掉她一絡頭髮，把毛蟲像雨點一般扔到她的胸脯上。這些景象生動逼真地呈現在眼前，而且我們不僅僅是看到了這些景象，因為在閱讀之時我們的每一種感官都參與了活動，這樣的景象漸漸地映入了我們的眼簾，它們的光彩在我們的記憶中永存。但是，這股力量突然來臨，又倏忽離去。在剎那間的幻象之後，是漫長的平凡的白晝，我們也不能相信有任何手藝或技巧可以捕捉住這股任性的力量，並且更好地加以利用。因此，那幾部小說充滿著不均衡感，它們詰屈聱牙，沉悶而缺乏感情，但它們從來都不是貧乏無味的；在它們周圍總有一點撲朔迷離的無意識的東西，那個鮮明的光暈和那沒有表達出來的輪廓往往給人以最深刻的滿意之感。似乎哈代本人並未意識到他做了些什麼，似乎他的意識包含著的東西比他所能創造出來的更多，而他就讓他的讀者們自己去尋找他作品的完整的意蘊，並且根據他們自己的經驗來加以補充。

　　由於這些理由，哈代的天才的發展是不確定的，它的造詣是不均衡的；然而，當時機到來之時，它的成就是輝煌的。在《遠離塵囂》這部小說中，那時機完全充分地到來了。主題是恰當的；方法是恰當的；那位詩人和老鄉，那位官能敏銳的人，那位憂鬱反省的人，那位淵博的學者，他們全都應召而至，齊心協力地創作這本小說，無論文藝風尚多麼變化多端，它必定

---

②芬妮、特拉和巴斯喜巴是小說《遠離塵囂》中的人物。

在偉大的英國小說中間牢固地占據它的一席之地。首先,哈代
比任何小說家更能夠把那種物質世界的感覺帶到我們的面前;
我們感覺到人的生存的渺小前途被一種自然景色所包圍,這景
色獨立存在著,然而它又給予哈代的人生戲劇一種深沉而莊嚴
的美。那黑色的低地,點綴著埋有屍骨的古塚和牧羊人的茅舍,
它和蒼穹相頡頏,像海面上的波紋一般光滑,但是堅實而永恆,
向一望無際的遠方延伸過去,在它的皺褶中隱藏著幽靜的村舍,
它們的炊烟在白天裊裊上升,它們的燈光在夜晚廣袤無垠的黑
暗中閃耀。加布利埃爾・歐克③ 在大地的背脊上放牧著羊群,
他就是那永恆的牧羊人;那些星星就是古代的篝火;多少年來,
他一直在他的羊群旁邊守望。

　　但是在下面的山谷裡,大地充溢著溫暖和生命;農場裡人
們忙於耕作,谷倉裡裝滿了糧食,田野裡牛哞羊咩響成一片。
大自然是豐饒多產、壯麗輝煌而又富於情欲的;然而她尚無惡
意,仍舊是勞動者偉大的母親。現在哈代第一次充分發揮了他
的幽默感,在鄉巴佬的嘴裡,它最鮮活、豐富。簡・柯根、亨
利・弗賴依和約瑟夫・波爾格拉斯在幹完了一天的活兒之後,
聚集在麥芽廠裡喝點啤酒,發洩一下他們的既尖刻又有詩意的
幽默感,它早就在他們的腦袋瓜裡醞釀著,自從那些香客們踏
上朝山進香之路,它就藉著酒興找到了具體的表現形式;莎士
比亞、司各特和喬治・艾略特都喜歡偶爾聽到這種鄉巴佬的幽

---

③歐克是小說《遠離塵囂》中的人物。

默逗趣的話兒，但是沒有人比哈代對此更為喜愛或者了解得更加透徹。然而，在威塞克斯小說④ 中，農民們並不是作為個人角色而占突出的地位。他們構成了一個群眾智慧、群眾幽默的深潭，一種永恆生命的蘊藏。他們評論著男女主人公的行動，然而，當特拉、歐克、芬妮或巴斯喜巴進入了小說或者離開了，消逝了，簡・柯根、亨利・弗賴依和約瑟夫・波爾格拉斯卻依然存在。他們晚上喝酒，白天耕地。他們是永恆的。我們在哈代的小說中一再遇到他們，他們身上總是帶著某種典型的東西，它更近乎那種標誌著一個民族特徵的性格，而不是那種屬於個人的面貌。農民就是那剛正不阿的偉大神殿；農村就是那幸福生活的最後堡壘。他們一旦消失，整個民族就失去了希望。

歐克、特拉、巴斯喜巴和芬妮・羅萍陪同我們來到了哈代小說中那些男子和婦女的完美形象面前。在每一部小說中，總有三四個人物處於主宰地位，他們巍然屹立，像閃電的指揮一般吸引著暴風雨的力量。他們是歐克、特拉和巴斯喜巴；游苔莎、韋狄和凡恩⑤ ；亨查德、露賽塔和法佛雷⑥ ；裘德、淑・布萊德赫和菲洛森⑦ 。在這幾組不同的人物之間，甚至還有某

---

④哈代的許多小說以不列顛島南部的農村地區為背景，哈代把這一地帶稱為威塞克斯，後來人們把這些作品稱為威塞克斯小說。

⑤小說《還鄉》中的人物。

⑥小說《卡斯特橋市長》中的人物。

⑦小說《無名的裘德》中的人物。

種相似之處。他們作為個人而存在著，並且作為個人而各不相同；但他們也作為典型而存在著，並且作為典型而有相似之處。巴斯喜巴就是巴斯喜巴，但她是個女人，對於游苔莎、露賽塔和淑來說，她是一位姊妹；加布利埃爾・歐克就是加布利埃爾・歐克，但他是個男子，對於亨查德、凡恩和裘德來說，他是一個兄弟。不論巴斯喜巴多麼嫵媚動人，她還是個弱者；不論亨查德如何頑固不化、誤入歧途，他仍是個強者。這是哈代的觀感的基本部分；這是他許多小說的主要素質。女人是比較柔弱而肉感的，她依附於強者並且模糊了他的視線。儘管如此，在他的更偉大的作品中，生活多麼自由地衝破了這個固定的框框！當巴斯喜巴在她的苗圃中坐在馬車裡，對著小鏡子裡她自己迷人的姿容微笑之時，我們就可以知道——我們之所以能知道，正是哈代有能耐的證明——在故事的結局之前她會遭受多麼厲害的痛苦，並且會給別人也帶來痛苦。然而，這一瞬間煥發著生命的全部青春和美。像這樣的景象，在他的小說中一再出現。他的人物，不論男女，對他說來都是具有無限吸引力的生物。對於婦女，他表現出一種比對於男子更加溫柔的關切，而且也許對她們有一種更加強烈的興趣。儘管她們的美麗可能是空虛的、她們的命運也許是可怕的，但是，當她們身上閃耀著生命的火花，她們的腳步是輕盈的，她們的笑聲是甜蜜的，有一種力量使她們能夠投入大自然的懷抱，化為她莊嚴肅穆的一部分，或者使她們站起來，像舒卷的浮雲一般從容嫻靜，像山花爛漫的叢林一般野性難馴。那些男人——他們所遭受的苦難不像女人那樣來自對於他人的依賴，而是來自與命運的衝突——喚起

了我們更為苛刻嚴厲的同情。對於加布利埃爾這樣一個男子漢，我們不需要一時的懸念。我們必須尊敬他，雖然我們不能如此慷慨地熱愛他。他牢牢地站穩了腳跟，可以猛烈地還擊——至少對於男性是如此——他可能遭受的任何打擊。對於可能發生的事情，他有一種預見，這種能力來自他的天性而非得之於教育。他的氣質是堅強穩定的，他的愛情是堅定不移的，他能夠睜著眼睛忍受打擊而毫不畏縮。但他也不是一具木偶。在通常情況下，他是個親切而平凡的人物。他能夠在街上行走而不至於使人們轉過身來盯著他瞧。總之，沒有人能夠否認哈代有能力——真正小說家的能力——來使我們相信：他的人物是受到他們自己的熱情和癖性所驅策的同胞，而同時他們又具有——這是詩人的天賦——某種我們大家所共有的象徵性的東西。

當我們考慮到哈代塑造男女人物形象的能力之時，我們才清楚地意識到那些把他和同輩作家們區別開來的深刻的差別。我們回顧一系列哈代所塑造的人物，並且自問我們究竟記住了他們的一些什麼品質。我們想起了他們的熱情。我們想起了他們多麼深深地相愛，而其結局往往多麼悲慘。我們想起了歐克對於巴斯喜巴忠貞的愛情以及韋狄、特拉、菲茨比亞斯那些男人騷亂而短暫的熱情；我們想起了克萊姆[8]對他母親的孝順之情以及亨查德對於伊麗莎白・瓊那種充滿嫉妒的父母之愛。但是，我們不會想起他們曾經如何戀愛。我們不會想起他們如何

---

[8]小說《德伯家的苔絲》中的男主人公。

交談、改變、相互了解,美妙地、逐漸地步步深入,從一個階段發展到另一個階段。他們之間的關係,並不是由那些似乎很輕微,其實卻非常深刻的智力上的理解或微妙的直覺構成的。在所有那些小說中,愛情是鑄造人類生活的重要的具體事實之一。然而這是一場災難;它突然勢不可擋地發生了,關於它幾乎沒有什麼可說的。戀人之間的談話,當它並非熱情洋溢之時,是切合實際或者帶有哲學意味的,似乎在履行他們的日常義務之餘,他們更渴望去探索人生及其目的,而不是去審視對方的感情。即使他們有能力分析他們的感情,生活太動盪不安,不會給他們時間來進行這種分析。他們需要集中他們的全部精力,來應付命運的直截了當的打擊、捉摸不定的計謀,日益增長的狠毒。他們再也沒有多餘的精力可以花在人類喜劇的精巧微妙之處。

因此,到了一定的時候,我們就能肯定地說:在哈代的小說中,我們將不會找到其他作家的小說中給予我們最大快感的某些品質。他沒有診·奧斯丁的完美,梅瑞狄斯的機智、薩克雷的範圍或托爾斯泰驚人的智力。在那些偉大的經典作家的作品中有一種決定性的效果,它把它們的某些情景從故事中分離出來,使其超越於變化的範圍之外。我們並不過問它們對於故事的敘述含有什麼意義,我們也不利用它們來干擾處於情景外圍的那些問題。莞爾一笑、一陣紅暈、對話中的寥寥數語,這就足夠了;我們的快感就源源而來,持續不斷。然而,哈代的作品可沒有這種集中凝煉和完整圓滿。他的光芒並不直接照射到人物的心坎上。它超越了心靈,向外投射到黑暗的荒原和在

暴風雨中搖晃的樹木上。當我們的目光回到那個房間裡面，爐邊的那一群人物早就分散了。每一個男子或婦女，都在孤零零地與暴風雨搏鬥；他越是離開了其他人的觀察，他把自己的性格越發充分地揭示了出來。我們並不像我們了解皮埃爾、娜塔莎或貝姬‧夏潑那樣了解他們。我們並不是對他們裡裡外外周圍各處都了如指掌，像他們暴露在偶然的訪問者、政府的官員、貴夫人、戰場上的大將軍面前那樣。我們並不了解他們的思想多麼錯綜複雜、包羅萬象、騷動不安。從地理位置上說，他們也固定於英國農村的一隅之地。哈代很少離開了那些自耕農或貧農去描寫比他們更高的社會階層，而且那種描寫的後果往往是令人不快的。在會客室、俱樂部和跳舞廳裡，在那些有閒暇、有教養的人士聚會之處，在那些孕育著喜劇、展現了各種性格的地方，他感到手足無措、局促不安。但是，反過來看，情況也同樣正確。如果我們不了解他的男女人物各自之間的相互關係，我們了解他們和時間、死亡與命運的關係。如果我們在迅速激動的心情中沒有在城市的燈光和人群的襯托之下看到他們，我們在土地、暴風雨和時令季節的襯托之下看到了他們。我們了解他們對於人類可能面臨的某些最驚人的重大問題的態度。他們在我們的記憶之中呈現出超越凡人的高大形象。我們所看到的不是他們的細枝末節，而是放大了的、莊嚴化了的形象。我們看到苔絲穿著睡衣給她的嬰兒舉行受洗儀式之時，她「帶著一種幾乎是神聖的尊嚴」。我們看到瑪蒂‧索斯「像一個為了更高尚的、抽象的人道主義品質而漠然否定性欲特徵的人物」，把花朵安放在溫特鮑恩的基地上。他們的談吐中有一種聖經一

般的莊嚴和詩意。他們身上有一種不可否認的力量，一種愛情
或仇恨的力量，這種力量在那些男人身上導致他們去反抗生活
的壓迫，在那些婦女身上它暗示著遭受苦難的無限可能性；正
是這種力量主宰著人物，並且使我們沒有必要去發現那些隱藏
著的更加美好的特徵。這是悲劇的力量，而且，如果我們打算
把哈代置身於他的同輩夥伴之中，我們應該稱他為英國小說家
中最偉大的悲劇作家。

　　然而，當我們接近哈代哲學的危險地帶之時，讓我們提高
警惕。在閱讀一位富於想像力的作家的小說之時，沒有什麼比
和他的書本保持適當的距離更為重要的了。特別是對於一位有
顯著癖性的作家而言，沒有什麼比牽強附會地把一些見解聯繫
上去，斷言他有某種信念，把他局限於某種一貫的觀點更為輕
而易舉的事情了。最能接受印象的頭腦，往往最不善於作出結
論，對於這條規律，哈代亦非例外。要讓那些浸沉於有這印象
之中的讀者來作出結論。這是讀者的責任，去掌握什麼時候該
把作者有意識的意圖放在一邊，而去支持某些也許他自己意識
不到的更為深刻的意圖。哈代本人也認識到這一點。他早就告
誡過我們，一部小說「是一種印象，不是一場爭論」，而且，
他又指出：

　　　　沒有整理過的印象自有它們的價值，而通向一種真正的
　　　人生哲學的道路，似乎在於把偶然和變化強加於我們的生活
　　　現象的各種各樣的解釋謙遜地記錄下來。

　　當然，這樣說肯定是符合事實的：在他最偉大的作品中，

他給我們以印象；在他最薄弱的作品中，他給我們以爭論。在《林地居民》、《還鄉》、《遠離塵囂》中，尤其是在《卡斯特橋市長》中，我們所看到的哈代對於生活的印象，是沒有經過他的意識安排處理的本來面目。他一旦開始竄改他直接的直覺印象，他的力量就消失了。「你不是說過那些星星也是一個世界嗎，苔絲？」當他們駕車把他們的蜂房運到市場上去的時候，小阿伯拉罕問道。苔絲回答說，它們就像「俺家那棵樹椿兒上結的蘋果，它們多半是漂漂亮亮沒疵斑兒的——有幾個是蟲蛀枯瘃的」。「我們住在哪一個上面——是個漂亮的蘋果呢？還是個枯瘃的？」「枯瘃的，」她回答道，或者毋寧說是那個戴著她的面具的悲傷的沉思者在代替她回答。那幾個字從嘴裡吐出來，冰涼而生硬，好像從一架機器上伸出來的幾根彈簧，而不久以前我們還只是看到一具血肉之軀，不是一架機器。我們的同情心受到了殘酷的打擊，過了一會兒，那輛小車被撞翻了，我們看到了統治著我們星球的那種具有諷刺意味的方式的一個具體的例證，我們的同情心才重新油然而生。

　　就是為了這個原因，我們說《無名的裘德》是哈代所有小說中最令人痛苦的一部，也只有對這部小說，我們才能公平地指責它是悲觀主義的。在《無名的裘德》中，爭論被允許凌駕於印象之上，結果雖然這部書是極端悲慘的，它卻不是悲劇的。當災難一場接著一場發生，我們感覺到這個指控整個社會的案例並不是被公平地討論著，或者在爭論之時並沒有理解到各種事實。在這兒，並沒有像托爾斯泰批評社會之時使他的指控強勁有力的那種廣度、力量和對於人類的知識。在這兒呈現在我

們面前的，是人類的渺小的殘酷，而不是神靈的巨大的不公正。只要把《無名的裘德》和《卡斯特橋市長》比較一下，我們就可以看出哈代真正的力量究竟何在。裘德一直在可憐巴巴地與學院的院長們以及各種虛偽的社會習俗相對抗。亨查德遍體鱗傷，並不是因為他和其他人相對抗，而是和他本身之外的某種東西相對抗，它是一種和具有像他那樣的雄心與魄力的男子漢相敵對的力量。沒有任何人對他懷有惡意。甚至曾經受過他委屈的法佛雷、紐森和伊麗莎白・瓊也來同情他，而且甚至還欽佩他人格的力量。他站起來面對著命運，並且支持著那位年老的市長，他的毀滅主要是由於他自己的過錯；哈代使我們感覺到，我們是在一場不均衡的對抗中支持著人性。在這兒並沒有什麼悲觀主義。在整部書中，我們始終意識到這個問題的莊嚴崇高，然而，它又是以最具體的形式呈現在我們面前的。從小說開篇亨查德在市場上把妻子賣給水手紐森這個場景直到最後他病死在艾敦荒原，整個故事的氣魄是無與倫比的，它的幽默是豐富而辛辣的，它的活動變化是開闊而自由的。那載著模擬人像遊街示眾的馬車，法佛雷與亨查德在閣樓上的扭搏，柯克森夫人在亨查德夫人死去時的講話，無賴們在小酒店裡的閒聊，這些場面或者以大自然作為背景，或者讓大自然神秘地支配著前景，都是英國小說中最光輝的篇章之一。衡量一下每個人所能獲得的幸福，也許是微乎其微的，但是只要像亨查德那樣，他的鬥爭是針對著命運的判決而不是人間的法律，只要那場鬥爭是在戶外進行、需要更多的體力而不是腦力，在這場鬥爭中就有氣魄、驕傲和幸福，而那個破產的穀物商人在艾敦荒原他

的茅舍中死去，可與剎拉米斯人的首領埃杰克之死⑨ 相媲美。我們體驗到了那種真正的悲劇感情。

面對著這樣一種力量，使我們感覺到我們對小說所做的普通的檢驗完全是徒勞無益的。我們是否堅持一位偉大的小說家應該是創作音調鏗鏘的散文的大師？哈代決不是這一流人物。他憑藉他的睿智機敏和不妥協的真誠去摸索尋找他所需要的字句，而它往往帶有令人難忘的辛辣感。如果找不到這樣的字句，他會將就使用任何平凡，笨拙或老式的語言，有時極其生硬粗糙，有時帶有一種書生氣的推敲斟酌。除了司各特的文字之外，沒有任何一種文學風格是如此難於分析；從外表看來它如此拙劣，然而它卻能絲毫不爽地達到它的目標。一個人也許可以同樣去說明一條泥濘的農村道路或布滿植物殘根的冬天的田野之魅力。於是，就像多塞特郡本身一樣，他的散文從這些呆板、生硬的成分中熔鑄出一種宏偉的氣勢，一種拉丁化的響亮音調，像他自己稀薄的短鬚一樣具有紮實的、非常勻稱的形態。此外，我們不是要求小說家應該注意到各種可能性並且力圖忠於現實嗎？要在英國文學中找到任何接近於哈代那種劇烈而迂迴曲折的情節，你必須去回顧伊麗莎白時代的戲劇。儘管如此，當我們閱讀他的作品之時，我們就完全接受了它。不僅如此，他的劇烈的情節劇，當它們不是出於一種對於反常可怕的事物本身

---

⑨埃杰克（Ajax）是希臘神話傳說中的英雄，率領剎拉米斯人參加了特洛伊之戰。他覬覦阿基里斯的甲胄，後來此甲被優力西斯所得，埃杰克憤而自殺。

好奇的、農民式的愛好，它們顯然就是那野性未馴的詩之精靈的一部分，這精靈帶著強烈的諷刺和嚴酷發現：對於生活的任何解釋，都不可能比生活本身更為奇特；用任何一種任性的、非理性的象徵來表現我們令人驚訝的生存環境，都不會顯得太過分。

　　但是，當我們想到那些威塞克斯小說的偉大結構之時，把目光盯在一些細枝末節之處——個別的人物、場景和帶有深刻的詩意之美的片言隻語——似乎是不恰當的。哈代所遺留給我們的是某種更為廣博的東西。威塞克斯小說不是一部書，而是許多書。它們涉及一個廣闊的範圍；它們不可避免地充滿著缺陷——有一些是失敗之作，還有一些僅僅展現了作家的天才之錯誤的一面。然而，毫無疑問，當我們心甘情願地完全接受了它們，當我們從整體上來鑑定我們的印象，那效果是氣勢凜然、令人滿意的。我們擺脫了生活強加上去的羈絆和渺小之感。我們的想像力被擴展了、提高了；我們的幽默感在笑聲中痛快地發洩了；我們深深地吸吮了大地之美。同時，我們被帶進了一位悲傷、沉思的精靈的陰影中，甚至當它在最悲傷的心情中用一種莊嚴的正義感折磨著自己，甚至在它最激動憤怒之時，它也不會喪失對於正在遭難受苦的男男女女、芸芸眾生的深摯的愛。因此，哈代所給予我們的，不是關於某時某地生活的寫照。這是世界和人類的命運展現在一種強烈的想像力、一種深刻的詩意的天才和一顆溫柔而富於人性的心靈面前時所顯示出來的幻象。

論喬治・梅瑞狄斯的小說[*]

二十年前，喬治・梅瑞狄斯的聲譽正處於它的巔峰。他的小說克服了重重困難，終於走上了成名之路，由於它們所曾經受到過的壓制，它們的名聲顯得更加輝煌，更加不同凡響。而且，人們普遍發現，這些傑出著作的作者本人也是一位傑出的老人。到鮑克斯山莊去訪問過的人們傳說，當他們走上那座郊外小屋的汽車道時，在屋內轟然回蕩的談笑聲使他們感到激動。那位小說家端坐在客廳裡那些通常的小擺設中間，看上去就像古希臘悲劇家歐里庇得斯的半身雕像。年齡使他優美的容貌變得憔悴、瘦削，但他的鼻子還是尖尖的，他湛藍的眼睛依然敏銳而閃爍著嘲諷的光芒。雖然他坐在扶手椅裡漠然不動，他的

＊本文選自《普通讀者續集》，係弗・伍爾夫於1928年1月為紀念梅瑞狄斯誕生一百周年所撰。
喬治・梅瑞狄斯（1828-1909），英國詩人、小說家。著有詩歌《現代的愛情》、《最後的詩》與小說《利己主義者》等。

面貌還是生氣勃勃、機警靈活的。他的確幾乎完全聾了，但是，對於一個幾乎無法跟上他自己思想的迅速步伐的人來說，這不過是最微不足道的折磨罷了。既然他聽不到別人對他說些什麼，他就可以全心全意地沉浸於自言自語的樂趣之中。不論他的聽眾很有教養還是頭腦單純，這或許對他都沒有多大的關係。他以同樣隆重的禮儀，把可以用來恭維一位公爵夫人的賀詞獻給一個孩子。同樣，他不能用簡單的日常生活語言去對這兩者說話。然而，不論什麼時候，這種精心推敲、矯揉造作的談話，充滿著明確具體的短語和層出不窮的隱喻，最後終於發展為一陣大笑。他的笑聲圍繞著他的句子旋轉，好像他自己也很欣賞其中的幽默誇張。這位語言大師在他的詞匯的海洋中擊水嬉戲、深深潛泳。就這樣，關於他的傳說漸漸增多，喬治・梅瑞狄斯的聲譽也就與日俱增，他的肩膀上長著一顆希臘詩人的腦袋，他住在鮑克斯山下一座別墅裡，用一種幾乎在公路上就能聽見的響亮的聲音，口若懸河地傾吐出充滿著詩意、諷刺和智慧的語言，使他的消魂奪魄、才氣橫溢的作品更加迷人、更加輝煌。

　　但這是二十年前的情況。作為一位健談者，他的聲譽必然衰退，而作為一位作家，他的聲譽似乎也受到影響。在他的後繼者之中，現在沒有一個人身上可以明顯地看到他的影響。當他的後繼者之一本人的著作使他有權要求別人洗耳恭聽他的高見之時，他偶爾涉及這個論題所發表的意見並無恭維奉承之意。

　　〔愛・摩・福斯特在他的《小說面面觀》中寫道〕梅瑞狄斯已不像他二十年前那麼享有盛譽了……他的哲學觀點未

能歷久不衰。他對於感傷主義的猛烈攻擊使當代人感到厭倦……
當他態度嚴肅、思想高尚之時，他的言論帶有一種刺耳的雜
音，一種盛氣凌人的語調，後來它又變得沮喪不堪……一方
面由於虛構杜撰，一方面由於頻頻說教（說教從來就不受歡
迎，而如今則被認為是空洞貧乏），一方面又由於他把狹隘
的鄉土題材當作整個宇宙來寫，梅瑞狄斯的名聲現在處於低
潮，這也就不足為奇了。

當然，上述評價並非企圖蓋棺論定；然而，在它侃侃而談
的真誠態度之中，已足夠精確地概括了人們論及梅瑞狄斯之時
所流傳的說法。不，總的結論似乎將會是：梅瑞狄斯的聲譽未
能歷久不衰。然而，一百周年紀念的價值在於：這樣的場合使
我們能夠把這種流傳的印象固定下來。人們的談論，與磨滅了
一半的回憶夾雜在一起，形成了一陣迷霧，逐漸使我們幾乎不
識其真面目。重新翻開他的作品，試圖用初次閱讀它們的新鮮
眼光來加以閱讀，把它們從作者的聲譽和偶然的事故這種無聊
的評語中解放出來——這也許就是我們在一位作家誕生一百周
年之際所能奉獻的最為令人滿意的禮物。

由於第一部小說往往寫得比較疏忽大意，作者在其中顯示
了他的各種天賦而不知道怎樣才能最有利地安排處理它們，因
此我們不妨首先翻開《理查‧弗浮萊爾》看看。並不需要十分
精明，我們就可看出，那位作者是一位新手。此書的風格極不
平衡。他忽然擰成堅硬的繩結，忽然又像一張煎餅那樣平坦地
舒展。他似乎三心二意，無所適從。嘲諷的譏評與冗長的敘述
互相交替。他躊躇不決地從一種態度轉向另一種態度。的確，

這樣編排起來的整個結構，似乎有點搖晃不穩。那位裹著一件
斗篷的準男爵；那個鄉村家庭；那幢祖傳宅邸；那些在飯廳裡
吟誦警句的伯父們；那些洋洋自得、喜歡游泳的了不起的女士
們；那些拍著大腿、十分快活的農夫們；在他們身上，都被隨
隨便便地、一陣一陣地洒上了《朝聖行囊》① 這只胡椒瓶裡的
枯燥無味的格言——所有這一切凝聚成一團多麼奇特的混合物！
但那種奇特之感可不是表面上的；它不僅僅在於那些鬢鬚和帽
子已經過時；它還要更深刻些，它在於梅瑞狄斯心中的意圖，
在於他想要引起的變革。顯而易見，他曾煞費苦心地去摧毀小
說的傳統形式。他並不試圖保存特羅洛普和珍·奧斯丁樸素的
現實畫面，他已拆毀了我們藉以學會攀登的一切通常的階梯。
如此深思熟慮的舉動帶有一種目的，這種對於普通事物的蔑視，
這些氣派和風度，這種用「閣下」和「夫人」構成的對話，這
一切都是為了創造出一種與日常生活有所不同的氣氛，去為一
種對於人生景象的嶄新的、獨特的感受準備道路。皮科克，這
位梅瑞狄斯曾向他學到不少東西的作家② ，也同樣地任性，但
是，我們很自然地欣然接受了斯金奧納先生和其他人物，這個
事實證明了他要求我們作出的那種假設所具備的優點。另一方
面，梅瑞狄斯在《理查·弗浮萊爾》中所塑造的人物，和他們

---

① 《朝聖行囊》是小說主人公理查的父親準男爵奧斯丁·弗浮萊爾所
　寫的一部格言集。
② 托馬斯·皮科克（Thomas Love Peacock，1785-1866），英國小說
　家、詩人。

的環境並不協調一致。我們立即驚呼，他們是多麼不真實，多麼矯揉造作，多麼不可思議。那位準男爵和男管家、那位男主人公和女主人公、那位好女人和壞女人，他們僅僅是準男爵和男管家、好女人和壞女人的類型罷了。那麼，究竟為了什麼原因，他才犧牲了現實主義的普通常識實際存在的有利條件——那攀登的階梯和粉刷的泥灰？因為，當我們閱讀他的作品之時，我們逐漸清楚地意識到，並非對於人物性格的複雜性，而是對於一個場景的華麗光彩，他才具有敏銳的感受能力。在他的第一部小說中，他創造了一個又一個我們可以賦予抽象名稱的場景——青春、愛情的萌發、自然的力量。我們跨著狂想散文的駿馬，越過一切障礙，向著這些場景蹄聲篤篤地疾馳而去。

　　丟開各種制度！丟開腐朽的世界！讓我們來呼吸魔島的空氣吧！金色鋪展在草地上；金色奔流在溪水中；赤金在松樹的葉梗上閃爍。

　　我們忘記了作為理查的理查和作為露西的露西；他們是青春的化身；熔化了的金子在那個世界上奔流。那麼，這位作者是狂想家，是詩人；然而，我們尚未竭盡這第一部小說中所有的因素。我們必須把作者本人也考慮進去。他的頭腦充斥著理想，渴望著爭論。他的少年和少女們可能把他們的時間花在草地上採摘雛菊，然而不論是多麼無意識地，他們呼吸著一種充滿著智慧的疑問與批評的空氣。在許多場合，這些互相矛盾的因素關係緊張，並且有破裂的危險。這本書從頭至尾到處是裂

縫，當它們出現之時，那位作者似乎在心裡同時存在著二十種
互相矛盾的念頭。但是，這本書終於能夠奇迹般地保持完整而
不致分崩離析，這肯定不是由於它在描繪人物方面的深度和獨
創性，而是由於它的理智的力量和強烈的抒情所具有的活力。

於是，我們處於一種好奇心被激起的狀態之中。讓他再寫
一兩本書，他就會開始走上軌道，控制住他生硬的筆調；而我
們將要翻開《亨利・里奇蒙》，看看現在發生了什麼情況。在
一切可能發生的情況之中，這種情況肯定最為奇異。所有不成
熟的迹象都一掃而光，那種心神不定的、帶有危險的躊躇不決
也隨之消失。故事情節沿著狄更斯所走過的自傳體敘述的道路
迅速平穩地前進。是一位少年在說話，一位少年在思索，一位
少年在冒險。因此，毫無疑問，那位作者克制了他的嘮叨重複，
刪除了他的冗詞贅句。那風格是盡可能地明快。它十分流暢，
毫無佶屈聱牙之處。人們感到，斯蒂文森③ 必定從這種得心應
手的敘述之中獲益匪淺，它的遣詞造句精確而靈巧，它能迅速
而正確地捕捉可見事物的形象。

> 在夜晚，走進深綠色樹葉的濃蔭之中，嗅著樹木的香氣；
> 拂曉醒來，世界沐浴在陽光裡，你登高遠眺，把你明天、後
> 天、大後天早晨將會看到的山峰記在心中；有一天早晨，這
> 個世界上最親愛的人兒將在你醒來之前來到你身邊，使你大
> 吃一驚；我想，這是一種美妙無比的樂趣。

---

③羅伯特・路易斯・斯蒂文森（Robert Louis Stevenson，1850-1894），
英國小說家，以文筆優美著稱。

文辭是華麗的，但有點兒忸怩作態。他在傾聽他自己所說的話。我們的懷疑之感油然而生，它徘徊彷徨，最後終於落在（就像在《理查‧弗浮萊爾》中）那些人物身上。這些少年並不比放在籃子頂上的蘋果樣品更為真實。他們太單純、太豪俠、太愛冒險，不是屬於和大衛‧考坡菲那種人物相同的、不可比擬的類型。他們是一些少年的樣品，是小說家的標本；於是我們又再次遇到梅瑞狄斯思想上極端的因襲性，過去，我們曾在他的思想中驚奇地發現過它。儘管他十分大膽（可能沒有什麼他不敢冒的風險），在許多場合，一個合乎現成模式的人物，就能使他十分滿意。但是，正當我們認為那些年輕的紳士們過於湊巧合適、他們的奇遇過於陳腐不堪，那膚淺的幻想浸沒了我們的腦袋，於是我們就和里奇蒙‧羅伊以及奧蒂麗婭公主一起沉沒到幻想和傳奇的世界中去，在那兒，一切都緊密結合在一起，我們可以毫無保留地把我們的想像力任憑作者去支配。這樣任人支配首先是愜意的；它給我們皮靴的後跟裝上了彈簧；它的火花驅散了我們心中冷冰冰的懷疑，使那個世界在我們的眼前清澈透明地閃閃發光，不必對此再加陳述，因為它肯定是不容分析的。梅瑞狄斯能夠引起這樣的瞬間感受，這證明他具有異乎尋常的力量。然而，這是一種反覆無常的力量，它的出現帶有高度的間歇性。作者在有些篇頁中殫精竭慮、冥思苦索，一個短語一個短語地推敲，就是迸發不出思想的火花。隨後，正當我們想要擲下那本書的時候，那火箭騰空而起，整個景象閃爍著光芒；過了若干年之後，那突如其來的輝煌光彩，還會使人們想起那本書。

如果這種間歇性的光彩是梅瑞狄斯特殊的優點，那就值得我們更仔細地加以研究。或許我們首先會發覺：那些吸引我們的眼光並且留存在我們記憶中的景象是靜止的；它們是照明的燈彩而不是深刻的發現；它們並未增進我們對於人物的了解。這一點十分重要：理查和露西，哈里和奧蒂麗婭，克拉拉和弗農，比徹姆④和雷尼被小心地安排在適當的環境之中——在一艘遊艇上，在開滿花朵的櫻桃樹下，在河岸上——以便使自然景色總是成為人物情緒的組成部分。作者把大海、天空和樹木寫出來，是為了象徵人物的感受和看到的景象。

　　天空是青銅色的，像一只巨大熔爐的拱頂。那些光和影的皺褶，像珍貴的綢緞美麗柔和的光澤。那天下午，蜜蜂嗡嗡之聲猶如雷鳴，使人的聽覺為之一振。

這是對於一種精神狀態的描寫。

　　這些冬季的早晨是神聖的。它們無聲無息地消逝。大地似乎還在等待。一隻鷦鶹婉轉地鳴啼，掠過了細長柔嫩而被露水濕透的樹椏；開闊的山坡上一片青翠；到處是煙霧繚繞，到處是盼望期待。

---

④有人把《比徹姆的事業》（*Beauchamp's Career*）譯作《包尚的事業》。比徹姆是書中的人物。

這是對於一個婦女臉龐的描寫。但是，只有某些精神狀態和某些臉部表情可以在想像中描寫——只有那些高度錘煉以至於單純的東西才能這樣描寫，惟其如此，它們是不容分析的。這是一種局限性；因為，雖然我們也許可以看到這些人物，在片刻的光芒照耀之下形象十分鮮明，他們卻沒有變化和發展；當那光芒減弱了，我們就留在黑暗之中。對於司湯達、契訶夫和珍‧奧斯丁的人物，我們有一種直覺的了解；對於梅瑞狄斯的人物，我們缺乏這種了解。我們對於那些作家的人物了解得如此深透，幾乎可以完全免去那些稍縱即逝的「偉大場景」。在那些小說中，某些最動感情的場景是最平靜的。我們已經受到九百九十九個輕微筆觸的影響，當那第一千個筆觸出現之時，它和其他的筆觸同樣輕微，然而，那效果卻是異常巨大的。但是，在梅瑞狄斯的書中沒有輕微的筆觸，只有錘子一般沉重的筆法，因此我們對於他的人物的了解是局部的、一陣陣的、間歇的。

梅瑞狄斯並非那些偉大的心理學家之一，他們不動聲色地、耐心細緻地在頭腦中每根神經纖維內外摸索他們的道路，使一個人物和另一個在最微細之處也完全不同。他屬於詩人的行列，他們用激情或理想來鑒別人物；他們使人物象徵化、抽象化。然而，或許他的困難就在於此——他並不像艾米莉‧勃朗特那樣完完全全是一位詩人小說家。他並不把世界浸透在一種情緒之中，他的頭腦自我意識太強，太老於世故，不可能長期保持抒情狀態。他不僅吟誦；他還要解剖。甚至在他最抒情的場景中，也有一種嘲弄挖苦圍繞著那些辭句，並且嘲笑它們的漫無

節制。繼續閱讀下去，我們就會發現，如果容許那種喜劇精神主宰整個場面，它就會把那個世界弄得面目全非。《利己主義者》這部作品，立即修正了我們關於梅瑞狄斯是創造偉大場景的傑出大師這種理論。在這兒，沒有那種曾經促使我們越過各種障礙向一個又一個情緒高峰疾馳的突如其來；匆忙急迫的衝動。這是一個需要爭辯的實例、而爭辯就需要邏輯；威羅俾爵士⑤，這個「我們原始男性的放大形式」，被放在考察和批評的爐火面前慢慢地翻來轉去烘烤，不允許那受難者抽動一下身子來逃避那堅定的火焰。這或許是事實；被烘烤的是一具蠟像模型，而不是活生生的血肉之軀。同時，梅瑞狄斯對我們極度讚揚，作為小說讀者，我們對此不甚習慣。他似乎說，我們是文明人，正在一起觀看人類關係中的喜劇。我們對人類關係深感興趣。男人和婦女可不是貓和猴子，而是一種發展更大、範圍更廣的生物。他想像我們能夠對我們同胞的行為有一種無偏見的好奇心。一位小說家對他的讀者如此讚揚，這是極其罕見的，我們起先不知所措，後來不覺莞爾。的確，他的喜劇精神和他的抒情風格相比，是一位更有洞察力的女神。正是她，在梅瑞狄斯創作方式雜亂的荊棘叢中開闢了一條明確的道路；正是她，以其觀察之深刻一再使我們感到驚奇；正是她，創造了梅瑞狄斯世界中的莊重、嚴肅和活力。人們不禁要想，如果梅瑞狄斯生活在一個以喜劇為準則的時代或國家裡，他可能永遠

---

⑤威羅俾是小說《利己主義者》（*The Egoist*）中的主人公。

也不會養成那種智力優越的氣派，那種隱晦嚴肅的方式，這種
方式正如他所指出的那樣，是要用喜劇精神⑥來加以匡正的。

　　但是，在許多方面，時代——如果我們能夠判斷如此沒有
定形的東西——是與梅瑞狄斯互相敵對的，或者更確切地說，
他當時所處的時代和他在我們的時代（1928年）中所取得的成
功是互相敵對的。他的教誨現在聽來似乎太刺耳、太樂觀、太
淺薄。它把某種觀點強加於人；如果哲學觀點沒有在一部小說
中消耗殆盡，而我們可以用鉛筆把這個警句劃出來、用剪刀把
那句勸誡剪下來，並且把它們用漿糊統統黏在一起形成一個系
統，那麼我們就有把握說，或者是那種哲學觀點、或者是那部
小說、或者是這兩者都出了毛病。首先是他太過堅決地要教訓
別人。他甚至在傾聽最意味深長的祕密之時，也不能抑制他自
己的意見。沒有比這更加引起小說中人物的忿恨不滿的了。他
們似乎爭辯說，如果把我們創造出來的目的僅僅是為了表達梅
瑞狄斯先生對於宇宙的觀點，那麼我們寧可根本就不存在。因
此他們就死去了；如果一部小說充滿著死去的人物，即使它充
滿著深刻的智慧和崇高的教導，它也沒有達到作為一部小說應
有的目標。然而，行文至此，我們涉及了當前時代可能傾向於
對梅瑞狄斯更表同情的另一個論點。當他在十九世紀七十一八
十年代寫作之時，小說已經發展到了只有向前邁進才能生存的

⑥1877年，梅瑞狄斯曾在倫敦學會講演《喜劇的觀念及喜劇精神的效
　用》，討論過這方面的一些問題。

地步。這是一種可能的論點：在《傲慢與偏見》和《愛林頓的小屋》⑦ 這兩部十全十美的小說問世以來，英國小說不得不逃避這種完美楷模的支配主宰，正如英國詩歌不得不避開丁尼生的完美典範。喬治‧艾略特、梅瑞狄斯和哈代都不是完美的小說家，大部分是由於他們堅持要把思辨或詩歌的品質引進到小說中來，這或許和最完美的小說是無法媲美的。另一方面，如果小說仍舊保持珍‧奧斯丁和特羅洛普的那種狀態，那麼到了現在小說就失去了生命。因此，梅瑞狄斯作為一位偉大的發明創造者，他理應受到我們的感謝，並激起我們的興趣。我們對於他有許多疑問，我們對於他的作品無法構成明確的意見，這都是由於他的創作是實驗性的，因此它包含了不能和諧融合在一起的因素——書中的各種品質是互相矛盾的；那個能夠把它們凝聚、結合的品質卻被忽略掉了。因此，在閱讀梅瑞狄斯的作品之時，為了對我們最方便有利，我們必須留出某種餘地，並且放鬆某些標準。我們不能期待傳統風格的完美平穩，也不能盼望忍耐的、陳腐的哲學取得勝利。另一方面，他聲稱：「我的創作方式使我的讀者們準備接受一次人物角色的關鍵性的展覽，然後充分展示出他們的熱血和頭腦在一種嚴酷的處境的壓力之下的情景。」他的聲明常常被證明是正確的。一幕又一幕景象帶著強烈的閃光湧上心頭。他用「讓他的肺部充分活動」來代替大笑，或者用「享受針線飛快而錯綜複雜的活動」來代

---

⑦這是英國小說家特羅洛普在1864年寫的小說。

替縫紉，如果使他寫出這種句子來的舞蹈教師式的花稍文風使我們惱火，我們就應該記住，這種辭句是為「嚴酷的處境」準備道路的。梅瑞狄斯正在創造一種氣氛，我們可以從這種氣氛自然而然地過渡到一種高度激動的情緒狀態。在特羅洛普那樣的現實主義小說家陷於平淡枯燥之處，像梅瑞狄斯那樣的抒情小說家就會變得浮華虛假；而這種虛假，當然不僅要比平淡更為耀眼，而且它是違背散文小說恬靜冷淡本質的一條更大的罪狀。如果梅瑞狄斯徹底放棄了小說而完全獻身於詩歌，或許他是接受了很好的勸告。然而，我們必須提醒自己，那過錯可能是在我們方面。我們享用已被翻譯所閹割、中和的俄國小說為時過久，我們熱中於法國人迂迴曲折的心理描寫，這可能會使我們忘記：英國人的語言是自然豐富的；英國人的性格是充滿幽默和怪癖的。在梅瑞狄斯輝煌華麗的文風背後，有一位偉大的祖先；我們不能回避對於莎士比亞的一切回憶。

在我們閱讀之時，這許多問題和限制湧上我們的心頭。可以認為，這個事實證明了我們離他不夠近，所以不至於被他迷住，同時我們也離他不夠遠，所以不能按勻稱的比例來觀察他。因此，現在試圖作出最後的估價，那就比在通常的情況之下更容易產生錯覺。但是，甚至在目前，我們也能證實，閱讀梅瑞狄斯的作品，就是意識到一個豐富充實、堅強有力的頭腦，就是聽到一種聲音在轟然回蕩，雖然我們之間相隔甚遠無法聽清他在說些什麼，他那獨特的腔調我們是不會弄錯的。此外，當我們閱讀之時，我們覺得自己面對著一位希臘神祇，儘管他是處於一幢郊外別墅客廳裡無數擺設品的包圍之中；他談吐不凡、

才華橫溢，雖然人們說話聲音較低他就不能聽見；即使他的肢
體僵硬麻木，他還是令人驚奇地生氣勃勃、機警靈活。這位非
常卓越而心神不安的人物，他的地位是和那些偉大而怪癖的人
物在一起，而不是和那些偉大的大師們在一道。你可以猜想，
他的作品會一陣一陣間歇地被人閱讀；他會被人遺忘，被人發
現，被人再發現而又被人再遺忘，就像鄧恩⑧，皮科克和杰勒
德·霍普金斯⑨那樣。但是，只要英國小說還有人閱讀，梅瑞
狄斯的小說必定會不時浮現在人們眼前；他的作品必定不可避
免地引起人們的爭論和探討。

---

⑧約翰·鄧恩（John Donne，1571-1631），英國玄學派詩人。

⑨杰勒德·霍普金斯（Gerard Manley Hopkins，1844-1889），英國
　詩人。

論勞倫斯 *

　　要防止當代評論的偏見和不可避免的不完善性，那最好的辦法，也許就是首先在可能認識到的範圍之內充分承認自己的無能。因此，作為對戴・赫・勞倫斯評論的開場白，本文作者不得不聲明：直到1931年4月為止，她對於勞倫斯的認識僅限於耳聞其名，幾乎完全沒有親身體驗。他以先知、神秘的性欲理論的闡述者、隱秘術語的愛好者、放手使用「太陽神經叢」之類詞語的一門新術語學的發明者而著稱於世，這樣的名聲可並不吸引人；俯首帖耳地追隨他，似乎是一件不可想像的越軌行為；說來湊巧，在這片醜惡名聲的烏雲籠罩之下出版的他的幾篇（部）作品，似乎也不能喚起強烈的好奇心，或者驅散那聳人聽聞的幻影。首先是《犯罪者》，它似乎是一篇充滿激情、芬芳馥郁、過度緊張的作品；然後是《普魯士軍官》，除了開

＊本文選自伍爾夫論文集《瞬間》。

勞倫斯（1885-1930），英國詩人、小說家。重要的作品有長篇小說《兒子與情人》、《查泰萊夫人的情人》等。

端的力量和不自然的猥褻之外，這篇作品沒有給人留下什麼清晰的印象；隨後是《迷途的姑娘》，一部臃腫而帶有水手味兒的書，充滿著貝內特式的細緻觀察；接下去是一兩部關於義大利旅遊的十分美麗的速寫，但是支離破碎而不連貫；然後又是兩部小小的詩集，《蕁麻》與《紫羅蘭》，念起來就像小男孩們隨手塗寫在門柵上，女傭們看了會跳起來吃吃嗤笑的那種話兒。

在此期間，勞倫斯的聖殿中的那些崇拜者的頌揚之聲，變得更加狂熱了；他們供奉的香火更加旺盛，他們的回旋膜拜更加神秘而令人困惑。他去年的逝世，給了他們更充分的自由和更強大的動力；他的死亡也激動了那些高尚體面的人物；而且，正是那些虔誠的信徒和吃驚的反對者所引起的刺激，正是那些虔誠信徒的隆重紀念和吃驚的反對者的流言蜚語，使人最後終於去閱讀《兒子與情人》，為了看一看那位大師是否像經常發生的情況那樣，和他的弟子們的歪曲描述並非完全不同。

我就是從這樣一個角度出發來研究勞倫斯的。你們將會發現，正是這樣一個角度，排斥了許多觀點，並且歪曲了其他的觀點。然而，從這個角度來閱讀，《兒子與情人》卻顯得令人驚訝地鮮明生動，就像霧靄突然消散之後，一個島嶼浮現在眼前。它就在這兒，輪廓鮮明、果斷明確、爐火純青、堅如磐石；一位男子漢賦予它形態和比例，毫無疑問，他是在諾丁漢出生和成長起來的一位礦工的兒子[1]。不論他可能還會有什麼其他

---

①勞倫斯是英國諾丁漢一位礦工的兒子。

的身分——先知或者惡棍。但是，這種堅實、明晰，這種令人
欽佩的簡潔文字和犀利筆觸，在一個高效能小說家的時代，並
非什麼稀有的品質。勞倫斯那種清晰流暢、從容不迫、強勁有
力的筆調，一語中的隨即適可而止，表明他心智不凡、洞幽燭
微。然而，這些印象，在展現了莫萊爾② 一家的生活、他們的
廚房、膳食、洗滌槽和說話方式之後，被另一種更為罕見並且
更加偉大得多的興趣所取代了。起初我們驚呼，對於生活的這
種色彩豐富而有立體感的再現，是如此活龍活現——就像那圖
畫中啄食櫻桃的鳥兒——後來，從某種不可言喻的光彩、憂鬱
和意義中，我們感覺到，那個房間被整理得井然有序。在我們
進屋之前，有人動手整理過了。這種整理安排似乎合理而自然，
好像我們打開房門偶然走了進來，某種具有驚人洞察力的眼光
和有力的手腕迅速地調整了整個景象，使我們感覺到它更加令
人振奮、感動，在某種意義上比我們所能想像的現實生活更富
於生命，就像一位畫家拉起一幅綠色的簾幕作為背景，把那葉
瓣、鬱金香或花瓶鮮明突出地襯托出來。勞倫斯為了強調那些
色彩而拉起的綠色簾幕，又是什麼東西呢？在勞倫斯著手「安
排布置」之時，你休想逮住他——這是他最傑出的品質之一。
文字和情景迅速而直接地傾瀉出來，好像他只要用一隻自由敏
捷的手，在一頁又一頁的稿紙上把它們描摹下來就行了。似乎
沒有一句句子是經過一再思索的；沒有一個字眼是為了它在短

---

②保羅‧莫萊爾是《兒子與情人》一書中的男主人公。

語結構中的效果而增添上去的。沒有什麼安排會使我們說:「瞧這兒。在這個情景和這段對話中,隱藏著這部書的內涵意義。」《兒子與情人》的奇特品質之一,就是你會在字裡行間感覺到一種不安,一種輕微的顫動和閃爍,好像它是由一些分散的閃光物體構成的,它們決不會滿足於佇立著不動來被人們觀看。當然,書中有一個情景,有一個人物;是的,人們通過一種感情之網互相聯繫在一起;但這一切並不是——像在普魯斯特③的作品中那樣——僅僅為了它們本身而存在。它們並沒有伸展探索的餘地,它們本身也不包涵那種為了狂喜而狂喜的感覺,就像我們可以坐在《司旺之路》④中那著名的山楂樹籬前面,對它觀賞一番。不,總是還有某種更進一步的東西,還有另外一個更遠的目標。那種迫切的渴望,那種超越我們前面的目標的需要,似乎把各種情景都凝聚、縮略、削減到最簡單明瞭的地步,讓人物直截了當地、赤裸裸地閃現在我們面前。我們觀看的時間不能超過一秒鐘,我們必須匆忙地前進。但是,究竟走向什麼目標?

也許是走向某種情景,它和人物、故事或一般小說中那些通常的停頓、高潮和圓滿結局關係甚微。他的作品所提供給我們,讓我們在它上面棲息、伸展並且盡我們最大限度的力量去感受的唯一的東西,就是某種肉體的狂歡。例如,保羅和米麗

---

③馬賽爾·普魯斯特(1871-1922),法國意識流小說大師。

④《司旺之路》是普魯斯特的著名小說。

安姆⑤ 在穀倉裡任性放縱的情景，就是如此。他們的軀體變得白熱化了，閃耀著火焰，意味深長，就像在其他書中，一段感情活動的描寫也會那樣灼熱燃燒。對於那位作者說來，似乎這幕情景具有一種先驗的意義。這意義並不在於談話、故事、死亡或愛情之中，然而，當這少年的軀體在穀倉中搖蕩擺動之時，這意義就在於此。

　　但是，也許因為這樣一種狀態不可能永遠令人滿意，也許因為勞倫斯缺乏使事物本身完整的最後力量，這部書的效果從未達到過穩定的地步。《兒子與情人》這部書中的世界，永遠處於凝聚和解體的過程之中。那個試圖把構成這個美麗而生氣勃勃的諾丁漢世界的不同部分吸引在一起的磁石，就是這熾熱的軀體，這在肉體中閃耀的美麗的火花，這強烈的、燃燒的光芒。因此，不論什麼東西展現在我們面前，似乎都有片刻時間是屬於它自己的。沒有什麼東西安心地停留在那兒被人觀看。所有的東西都被某種不滿足的渴望，某種更高的美感、欲望或可能性所吸引開去。因此，這部書興奮、刺激、感動、改變著我們，似乎充滿著某種被壓抑的激動、不安和欲望，就像那男主人公的軀體一樣。那整個世界——它是那位作家的卓越力量的一種證明——被那位少年這塊磁石搞得破碎、動搖；他不能把那些分離的部分拼成一個能使他感到滿意的整體。

　　這，至少是部分地，可以有一種簡單的解釋。保羅・莫萊

---

⑤米麗安姆是保羅・莫萊爾的情人。

爾，像勞倫斯本人一樣，是一位礦工的兒子。他對他的環境感到不滿。賣掉一幅圖畫之後，他首先採取的行動之一，就是去買一套夜禮服。他並不像普魯斯特那樣，是一個穩定的、心滿意足的社會集團的成員。他渴望脫離他自己的階級而進入另一個階級。他相信中產階級具有他所沒有的東西。他天性太過誠實，因此不能滿足於他母親的論點；她認為普通人比中產階級更好，因為他們具有更多的生命力。勞倫斯覺得，中產階級具有理想，或者有他希望自己具有的某種其他的東西。這就是他心情不安的原因之一。而這是極其重要的。因為事實上，他和保羅一樣，是一位礦工的兒子，而且他不喜歡他的環境，這使他對於寫作的態度和那些人不同，他們擁有穩定的地位並且欣賞他們的環境，他們的優越條件允許他們忘卻那些環境的壓力。

勞倫斯從他的出身獲得了一種強烈的動力。它使他的目光處於某一個角度，從這個角度，它獲得了它的某些最顯著的特徵。他從不回顧過去，或者把事情看作人類心理學的罕見例證，他也不是為了文學本身而對文學感到興趣。每一件事物都有一種用途、一種意義，它本身並不是一種目的。再把他和普魯斯特加以對比，你就會覺得，他並不附和任何人，也不繼承任何傳統，他無視過去，也不理會現在，除非它影響到將來。作為一個作家，這種缺乏傳統的情況，對他的影響極大。思想直接地驀然闖進他的頭腦，字句迸射出來，就像一顆石子投入水中之時向四面八方飛濺的水珠一般渾圓、堅實、乾脆。你會覺得，沒有一個字是為了它本身的美或者為了它對於句子結構的影響而被選中的。

論福斯特的小說 *

一

　　有許多原因使人不去評論當代作家的作品。除了那種明顯的不安之感——恐怕傷害別人的感情——之外，要公正地進行判斷也有困難。一本接著一本地出版的當代作家的書籍，好像慢慢地揭示出來的一幅圖樣的各個組成部分。我們的讚賞可能是熱烈的，然而我們的好奇心更為強烈。那新出現的片段是否給前面已經出現的部分增添了什麼東西？它是否證明了我們關於那位作者的天才的理論？或者，我們是否必須改變我們的預測？這種問題，使我們的評論原來應該光滑平整的表面起了縐褶，使它充滿了爭論和疑問。對於一位像福斯特先生那樣的小

　　＊本文選自伍爾夫論文集《飛蛾之死》（ *The Death of the Moth* ）。
　　福斯特（1879-1970），英國小說家、散文家。代表作為長篇小說
　　《霍華德別業》、《印度之旅》，並著有比較系統地論述小說創作藝
　　術的《小說面面觀》一書，影響較大。

說家而言，情況尤其是如此，因為他總是一位人們對他意見相當有分歧的作家。就在他的天賦本質之中，有某種令人迷惑的、難以捉摸的因素。我們要記住，我們最多不過是在建立一種在一、二年之內就會被福斯特先生本人所推翻的理論；因此，還是讓我們按照其寫作順序來考察福斯特先生的小說，暫且嘗試性地、小心謹慎地試圖使它們為我們提供一個答案。

這些小說的創作順序，的確具有某種重要意義，因為從一開始，我們就發現福斯特先生極端地容易受時間的影響。他眼中的人物，大部分是任憑隨著時代而改變的各種條件來擺布的。他非常敏銳地意識到自行車和汽車、公學和大學、郊區和城市的出現。社會歷史學家們會發現他的書中充滿了有啟發意義的資料。在1905年莉麗婭① 學會了騎自行車，她在星期日黃昏沿著海格街行駛，在教堂附近的拐彎處摔了下來。她的姊夫為此教訓了她一番，使她終身難忘。在沙鎮② ，女僕打掃客廳的日子是星期二。老處女們在脫下手套之前，總是先向裡邊吹口氣。福斯特先生是位小說家，換言之，他眼中的人物是和他們的環境密切相關的。因此，1905年的色彩和素質對他的影響，比日曆上的任何一個年份對於浪漫的梅瑞狄斯和詩意的哈代的影響更要大得多。然而，我們在翻轉書頁之際發現，這種觀察本身

---

①莉麗婭是福斯特的小說《天使不敢涉足之處》中的人物。
②沙鎮是福斯特小說中的地名。

並非最終目的；毋寧說它是一種刺棒和牛蛇，它驅使福斯特先生從這種可憐的、平庸的境況中提供一種逃避現實的避難所。由此我們達到了在福斯特先生的小說結構中起了如此重大作用的那種力量的平衡。沙鎮暗示著義大利：腼腆、狂熱；保守、自由；虛幻、真實。這些就是他大部分作品中的惡棍和英雄。在《天使不敢涉足之處》這部小說中，那種習俗的弊病以及自然的補救，如果稍有區別的話，是用一種太熱切的坦率、太簡單的自信表達出來的，然而卻又是多麼鮮明、多麼有魅力！真的，這樣並不算過分：如果我們在這第一部單薄的小說中，發現了僅僅是必須的各種力量的證據，你會冒昧提出一種更為豐盛的食譜，來使它成熟起來，變得豐富而美麗。二十二年時間也許足以消磨諷刺的鋒芒，並且改變整體的比例。然而，如果從某種程度來說它是正確的話，那些歲月並沒有力量來消除這個事實：雖然福斯特先生可能對於自行車和吸塵器是敏感的，但他也是靈魂的最持久的皈依者。在自行車和吸塵器，沙鎮和義大利，菲力浦、哈里特和艾博特小姐之外，對他說來，總是存在著一個燃燒的內核──正是這個使他成為一位如此寬容的諷刺家。它就是靈魂；它就是現實，它就是真實；它就是詩意；它就是愛情；它以各種形態把自己呈現出來，它用各種方法把自己化粧起來。然而，他必須把握它，他不能離開它。他飛越釘耙和牛棚、客廳的地毯和紅木的碗櫥，去追求這個目標。自然，這幅景象有時有點兒滑稽，往往令人疲勞；但是在某些瞬間──他的第一部小說提供了幾個例證──他的雙手抓到了他所追求的獎品。

　　然而，如果我們自問，這種情況是在什麼條件之下並且是如何發生的，似乎正是那些最無說教意味、最未意識到對於美的追求的段落，最為成功地達到了這個目標。當他給自己放上一天假的時候——我們不禁想要說出諸如此類的話；當他忘卻了眼前的景象，歡樂地和事實鬧著玩的時候；當他已經把那些文化使者們安置在他們的旅館裡，逍遙自在地、自發地創作了牙科醫生的兒子吉諾和他的朋友們坐在咖啡館中的那一幕，或者描繪了——這是個喜劇傑作——演出Lucia di Lammermoor③的情景之時；正是在那些時候，我們感覺到他的目標達到了。因此，根據這部書所提供的證據——它的幻想、它的洞察力、它的傑出構思——來判斷，我們應該可以說：一旦福斯特先生獲得了自由，越過了沙鎮的疆界，他就會牢牢地站穩腳跟，躋身於珍・奧斯丁和皮科克的後繼者們的行列之中。但是，他的第二部小說《最長的旅程》卻使我們迷惑不解。其中那些對立因素依然和以前的相同：真實和不真實；劍橋和沙鎮；真誠和世故。但是，這一切都加以著重強調。這一次，他用更厚實的磚塊來建造他的沙鎮，並且用更強烈的狂風來把它摧毀。詩意和現實主義之間的對比，更加崢嶸突兀。現在我們更清楚地看出了他的天才賦予了他怎樣一個任務。我們發現，原來或許是轉瞬即逝的情緒，實際上卻是一種深深的信念。他相信，小說

---

　　③義大利作曲家多尼采蒂（Gaetano Donizetti, 1797-1848）根據英國作家司各特的小說《拉莫摩爾的新娘》改編的三幕歌劇。

應該站在人類的矛盾衝突這一邊。他看到了美——對此沒有人比他更為敏銳；但是，美被禁錮在磚塊與泥灰築成的堡壘中，因此他必須把她拯救出來。所以，在他能夠把那位囚犯釋放出來之前，他總是被迫去建造那個樊籠——包括它所有錯綜複雜、平凡瑣碎的各個方面的那個社會。那些公共汽車、別墅和郊區住宅，是他的設計圖樣中必不可少的基本部分。要求它們去禁錮、阻擋那被冷酷無情地囚禁在它們後面的奔竄的火焰。同時，當我們閱讀《最長的旅程》之時，我們意識到一種藐視他的嚴肅態度的幻想的嘲弄精神。沒有人比他更靈巧地抓住這社會喜劇的各種色調和陰影；沒有人比他更逗趣地把教區之內的午餐、茶點和網球賽寥寥數筆就當場勾勒出來。他筆下的老處女和牧師，是自從珍·奧斯丁停止寫作以來我們所看到的最栩栩如生的這一類人物。但是，除此以外，他還加上了珍·奧斯丁所沒有的東西——一位詩人的興奮衝動。那光潔的外表，總是被一陣突然爆發出來的抒情詩所擾亂。在《最長的旅程》中，某些農村風光的精緻描繪，一再使我們感到賞心悅目；或者某些可愛的景象——比如當理基和斯蒂芬④ 把那些燃燒的紙船送過拱形橋洞之時——被描寫得永遠會在我們眼前生動地浮現出來。在這兒，需要去說服一些相反的天賦——諷刺和同情；幻想和事實；詩意和一種原始的道德感——和諧地生活在一起。難怪我們往往意識到相反的潮流在相互牴觸衝擊，並且防止了此書

---

④理基和斯蒂芬是小說《最長的旅程》中的人物。

以一部傑作的權威性向我們衝過來壓倒我們。然而,對於一位小說家來說,如果有一種天賦比其他的更為重要的話,它就是綜合能力——那種構成單一景象的能力。那些文學傑作的成功,並非在於它們沒有缺陷——實際上我們容忍了它們所有的重大失誤——而是在於一個完全掌握了透視法的頭腦的無限說服力。

二

隨著歲月的流逝,我們尋找福斯特先生去投奔或者聯合大多數作家所隸屬的那兩大陣營之一的種種跡象。粗略地說,我們可以把他們分為兩個陣營:以托爾斯泰和狄更斯為首的傳教士和教師為一方;以珍‧奧斯丁和屠格涅夫為首的純藝術家為另一方。福斯特先生似乎有一種強烈的衝動,想要同時隸屬於兩個陣營。他有許多純藝術家(按照陳舊的分類方法來說)的本能和傾向——一種優雅的散文風格,一種敏銳的喜劇感,以寥寥數筆來塑造生活在他們自己的環境氣氛中的人物的能力;然而,他同時又高度地意識到某種信息。在機智和感覺的彩虹後面,存在著一幅景象,他下定決心使我們務必看到它。但是,他的圖景屬於一種特殊的種類,他的信息是令人難以捉摸的。對於各種制度,他並無多大興趣。他沒有威爾斯先生的作品所特有的那種對於社會的廣泛的好奇心。離婚法案和貧窮法案在他的注意力中幾乎沒有份兒。他所關心的是私人生活;他的信息是向靈魂傳遞的。「正是私人生活舉起了那面映照出無限景象的鏡子;只有個人的交往,才暗示出一種我們在日常生活景

象中所看不到的人格。」我們的事業並非用磚塊和泥灰來建築，而是把已經看到的和沒有看到的東西聯繫在一起。我們必須學會去建造那座「把我們體內平凡的散文氣息和熱情的詩意聯繫起來的彩虹的橋梁。沒有這座橋梁，我們就是一些毫無意義的碎片，一半是僧侶，一半是野獸」。私人生活是至關緊要的，靈魂是永存不朽的；這種信念始終貫徹在他的作品之中。它就是在《天使不敢涉足之處》中的沙鎮與義大利之間，在《最長的旅程》中的理基和安格納斯之間，以及在《看到風景的房間》中的露西與西塞爾之間的矛盾衝突。隨著時間的流逝，這種矛盾衝突日漸深化，它變得更加引人注目。它迫使福斯特從那些比較輕快和想入非非的短篇小說，經過那稀奇古怪的插曲《空中公共汽車》，而發展到那兩部長篇巨著《霍華德別業》和《印度之旅》，它們標誌著他的全盛時期。

　　但是，在我們考察這兩部作品之前，讓我們對他要求自己解決的那個問題的本質觀察片刻。最要緊的就是靈魂；而靈魂，正如我們已經看到的那樣，是禁錮在倫敦郊區某地一座紅磚築成的別墅裡。那麼，情況似乎是這樣：如果他的書能夠成功地完成它們的使命，他筆下的現實世界的某些點，必須變得光芒四射；他的磚塊必須閃亮；我們必須看到那整個建築物浸透在一片光芒之中。我們必須立即相信那個郊區的完整的現實性，以及那個靈魂的完整的現實性。在這種現實主義和神祕主義的結合方面，和他最密切相似的，也許就是易卜生。易卜生也有同樣的現實主義力量。對他說來，一個房間就是一個房間，一張書桌就是一張書桌，一只字紙簍就是一只字紙簍。同時，現

實的那些隨身道具，在某些時刻變成了一張帷幕，我們透過它看到了無窮的境界。當易卜生達到這一目標之時——他肯定已達到了——他並非僅僅在關鍵時刻玩弄一些驚人的魔術。他一開始就把我們引入了恰當的心境，並且給了我們合乎他目標的恰當材料，他正是通過這些手段，來實現了他的目的。他像福斯特先生一樣，給予我們一般生活的效果；但是，他通過選擇不多幾個十分貼切的事實，來給予我們這種效果。因此，當那具有啟發性的瞬間來到之時，我們毫無保留地默然接受了它。我們既不激動，也不困惑；我們不必自問：這是什麼意思？我們僅僅感覺到：我們正在觀看的東西被照亮了，它的深處被揭示出來了。它並未失去它的本來面目而變成別的什麼東西。

　　福斯特先生面臨著某種與此相同的問題——如何把實際的事物和它的意義聯繫起來，並且使讀者的思想越過分隔這兩者的鴻溝，而絲毫無損於它的信念。在阿諾河上⑤，在赫伯特郡和薩立⑥的某些瞬間，美感脫穎而出，真理的火苗穿透地殼冒了出來；我們應該看到，在倫敦郊區的那幢紅磚別墅被照亮了。然而，正是證明了這部現實主義小說是極其精緻的這些偉大的場景，最能使我們意識到作者的失敗之處。因為，正是在這兒，福斯特先生從現實主義轉向了象徵主義；正是在這兒，那一直是如此堅硬紮實的客體變得——或者說可能會變得——發光透

----

⑤阿諾河是義大利的一條河流。
⑥赫伯特郡和薩立是英國地名。福斯特在小說中寫到這些地方。

明了。人們不禁會認為，他之所以失敗，主要是因為他令人羨慕的觀察力的天賦太過分地為他效勞了。他逐字逐句地記錄了太多的東西。在一頁書的這一邊，他給予我們一幅幾乎像照相一般的精確圖景；在另一邊，他又要求我們看到這同一幅圖景在永恆的火焰中變形發光。在《霍華德別業》中，倒翻在倫納德·巴斯特身上的那只書櫥，或許應該帶著那種烟熏變色的古老文化的全部負荷壓到他的身上；馬拉巴山洞在我們眼中應該不是真的山洞，它或許就是印度的靈魂的化身。奎斯特爾德小姐⑦竟然在一次野餐中從一位英國姑娘轉化為一個傲慢自大的歐洲人，她在東方的心臟漫遊，並且在那兒迷失了方向。我們緩和這些陳述的語氣，因為我們確實不十分清楚我們的猜測是否準確。我們並沒有獲得我們在《野鴨》⑧或者《建築師》⑨中所獲得的那種直接的確實感，我們感到困惑、憂慮。我們自問：這意味著什麼？對此我們應該如何理解？而這種猶豫不決，是致命的。因為我們對現實和象徵兩者都感到懷疑——摩爾夫人，那位善良的老太太；摩爾夫人，那位女巫。這兩種不同的現實結合在一起，似乎把懷疑的陰影投射到她們兩者身上。因此，在福斯特先生的小說的核心，往往有一種模糊朦朧之感。我們感覺到，在關鍵時刻，有某種東西背棄了我們；我們不是像在《建築師》中那樣，看到一個整體，而是看到兩個分離的部分。

---

⑦奎斯特爾德是福斯特的小說《印度之旅》中的人物。

⑧⑨《野鴨》和《建築師》是易卜生的劇本。

匯編在《空中公共汽車》這一標題之下的短篇小說，也許
代表著福斯特先生要使那個經常困擾他的問題——把生活中的
散文和詩歌結合起來——簡單化的企圖。在這裡，他明確地，
雖然是謹慎地，承認了魔術的可能性。公共汽車升到了天上；
在灌木叢中可以聽到大神潘⑩的笛聲；姑娘們變成了樹木。那
些短篇小說是極其迷人的。它們把在長篇小說之中置於沉重的
負荷之下的幻想釋放出來。但是，這種幻想氣質還不夠深刻或
者不夠熱烈，還不足以單獨地與構成他一部分天賦的其他衝動
相抗衡。我們覺得，他是一位在神仙世界中閑蕩的忐忑不安的
曠課的小學生。在籬笆後面，他總是聽到汽車的喇叭聲和疲勞
的行人慢吞吞的腳步聲，過不了多久，他就不得不回去。一本
薄薄的小冊子確實包容了他允許自己擁有的一切純粹的幻想。
我們從男孩們投入大神潘的懷抱而姑娘們變為樹木的異想天開
的國土，來到了那兩位施勒格爾小姐⑪身邊，她們各自有六百
英鎊進款，並且住在威克漢宮。

三

雖然我們對於這個變化可能感到非常遺憾，我們卻無法懷

---

⑩大神潘是希臘神話中的畜牧與狩獵之神，人首羊蹄，頭上有角，喜
　吹蘆笛。
⑪施勒格爾小姐是《霍華德別業》中的人物。

疑它是正確的。因為，在《霍華德別業》和《印度之旅》以前，
福斯特先生所有的作品中，沒有一部充分地發揮了他的各種能
力。具有他那樣奇特的、在某種意義上說是互相矛盾的各色各
樣的天賦，福斯特先生似乎需要某種主題，它會刺激他的高度
敏感、活潑的智力，但是並不要求極端的傳奇和熱情；它會給
他以批判的材料，並且吸引他去調查研究；它要求由大量細微
而精確的觀察來構成，能夠經得起一顆極端真誠而富於同情的
心靈的考驗；然而，儘管具有這一切品質，當這個主題構成之
時，它會帶著一種象徵的意義，以突然迸發的一陣陣夕陽的光
輝和無窮無盡的黑夜為背景而展現出來。在《霍華德別業》中，
英國社會的中下、中間、中上階層，就是這樣地形成了一個完
整的結構。這是迄今為止規模較大的一次嘗試，如果它失敗了
的話，大部分要歸因於它的規模。確實如此，當我們回顧這部
精心創作、技巧高超的作品──它在技巧上具有極高的造詣，
又具有洞察力、智慧與美感──之時，我們可能會感到驚異：
究竟是當時的什麼心情，促使我們把它稱為一部失敗之作。根
據一切規則，而且，根據我們自始至終閱讀它時的那種濃厚的
興趣，我們應該說它是成功的。也許從人們稱讚它的方式之中，
暗示了它失敗的原因。精緻、技巧、睿智、洞見、美感──這
些品質一應俱全，然而，它們沒有融為一體；它們缺乏互相黏
合的內聚力；這部書作為一個整體來看缺乏力量。施勒格爾一
家、威爾科克斯一家和巴斯特一家，帶著他們所代表的階級和
環境的一切品質，栩栩如生地呈現在我們面前，但是，這部書
的整體效果，不如那本分量要輕得多然而卻美麗和諧的《天使

不敢涉足之處》那麼令人滿意。我們又有這樣的感覺：在福斯特先生的天賦之中，具有某種反常之處，因此，他種類繁多的各種才能，往往互相挑剔。如果他不是如此謹慎、公正，不是如此敏感地意識到每一個事例的不同方面，我們覺得，他就有可能在某一個明確的點上集中更大的力量。按照現在這樣寫法，他所花的力量都分散消耗掉了。他就像一個睡眠不深的人，總是被房間裡的什麼聲音所吵醒。那位詩人被那位諷刺家猝然拉開；那位道德家拍拍那位戲劇家的肩膀⑫；他從來也不會在那對於美感的純粹喜悅之中，或者對於事物本來面目的興趣之中，長久地失去控制或忘乎所以。為了這個原因，他作品中的抒情段落本身往往極其美麗，但是和上下文聯繫起來看，就沒有獲得它們應有的效果。它們並不是從一種對於客體本身的充沛洋溢的興趣和美感之中出乎自然地湧現出來的華麗詞藻——例如，就像普魯斯特的作品那樣——我們覺得，是某種激憤的情緒促使了它們的產生，它們出於一顆被醜所激怒而想以某種美來作為補償的心靈的努力；正因為這種美原來就是出乎抗議，它就帶有某種狂熱的因素。

然而，人們感覺到，在《霍華德別業》中，溶化了構成一部傑作所需要的一切品質。那些人物形象，對我們說來是極端真實的。那故事的順序，安排控制得很好。那個難以下明確的

---

⑫這說明福斯特集詩人、諷刺家、道德家、喜劇家的品質於一身，而這些不同的品質又互相牽制。

定義然而卻是高度重要的因素，即那部書的氣氛，閃耀著智慧
的光輝；其中沒有一點兒矯揉造作，沒有一粒虛假的原子可以
在此安身。在一個規模更大的戰場上，福斯特所有的作品中都
存在的那場鬥爭——在緊要的和無關緊要的事物之間、在現實
和假象之間、在真理和謊言之間的鬥爭——仍在繼續進行。情
況又是如此：那個喜劇是巧妙精緻的，他的觀察是無懈可擊的。
然而，正當我們沉湎於想像的樂趣之中，輕微的猝然一動，又
驚醒了我們。有人輕輕地拍拍我們的肩膀。他提醒我們：應該
覺察到這一點，應該注意到那一點。他使我們理解，瑪格蕾特
或海倫⑬ 並不是單純地作為她們自己在說話；她們所說的話具
有另外一種更為廣泛的意圖。於是，當我們竭力思索去發現那
意義之時，我們從想像的迷人境界中走了出來（在那兒我們的
各種本能自由自在地活動），來到了理論世界的曙光之中（在
這兒只有我們的智力盡職地發揮作用）。這種幻覺消失的瞬間，
往往出現於福斯特先生最真摯熱誠的時候，在那本書的關鍵時
刻，在寶劍墜地、書櫥翻倒之時。正如我們已經注意到的，那
些瞬間把一種奇特的不堅實感，帶到了那些「偉大的場景」和
重要的人物之中。但是，它們在福斯特的喜劇場面中卻從不露
臉。它們使我們十分愚蠢地希望以不同的方式來安排福斯特先
生的那種天賦才能，並且限制他的創作範圍，只要他去寫喜劇。
因為，在喜劇性的作品中，他馬上不再感到要對他的人物的行

---

⑬瑪格蕾特和海倫是福斯特的小說《霍華德別業》中的人物。

為負責，他也忘記了他必須去解決宇宙的問題，他成了最能使人消愁解悶的小說家。在《霍華德別業》中，那位令人羨慕的鐵比和那位精巧絕倫的門特夫人，雖然主要是為了給我們逗趣而穿插進來的，他們卻把一股新鮮空氣帶了進來。他們以那種令人陶醉的信念來鼓舞我們，使我們相信，他們可以遠離他們的創造者而去自由地閑蕩，並且想走多遠就走多遠。瑪格蕾特、海倫、倫納德・巴斯特被緊緊地束縛起來，並且被警惕地監視著，以免他們可能會掌握自己的命運並且推翻作者的理論。但是，鐵比和門特夫人想去哪兒就去哪兒，想說什麼就說什麼，想幹什麼就幹什麼。因此，福斯特先生小說中的那些次要人物和次要場景，往往就比他明顯地著力加以刻劃的人物和場景給人留下更生動的印象。然而，如果在我們和這部巨大的、嚴肅的、十分有趣的書分手之前，沒有確認它是一部重要的、雖然是不能令人滿意的作品，沒有確認它很可能是另一部規模同樣巨大然而不那麼令人焦慮不安的作品的前奏，那麼這就不公平了。

四

在《印度之旅》出現之前，許多年月過去了。有人希望，在這段間隔中，福斯特先生也許可能發展了他的技巧，使它更容易服從他想入非非的心靈的印記，並且更自由地釋放在他體內遨遊的詩意和幻想；但是，他們失望了。作者的態度，恰恰是同樣地四平八穩：他向生活走去，好像這是一幢有一扇前門的房屋，他把帽子放在大廳的桌子上，接著就以一種按部就班

的方式，參觀了所有的房間。這幢房屋依然是不列顛中等階級的住宅。但是，自從《霍華德別業》以來，有了一種變化。迄今為止，福斯特先生一貫傾向於使他個人的影響滲透瀰漫、遍及全書，就像一位細心的女主人，急於向她的客人們介紹、解釋，警告他們這兒有一級台階、那兒有一股穿堂風。但是，在這本書中，也許他對於他的賓客和房屋都有點兒失去了幻想，他似乎放鬆了這些關切愛護。我們被允許幾乎是單獨地在這片不尋常的大陸上⑭信步閒遊。我們同時地、幾乎是偶然地，注意到了許多事物，特別是關於印度這個國家的事物，好像我們真的置身於這片國土之上；吸引我們目光的，一會兒是在那些畫面上飛舞的麻雀，一會兒是那額際繪了花紋的大象，一會兒又是那龐大而錯落的群山。那些人們，特別是印度人，也有某種相同的偶然際遇和無法避免的品質。也許他們不如那片土地來得重要，然而他們卻是活生生的、敏感的。我們不再像我們在英國所慣常的那樣，感到他們只許走那麼遠，不能多越雷池一步，以免他們會推翻作者的某些理論。阿齊茲⑮是一位自由的代理人。他是福斯特先生迄今為止所創造的最富於想像力的人物，他使人回想起作者的第一部作品《天使不敢涉足之處》中的牙科醫生吉諾。我們確實不妨猜測，把那片海洋安插在他和沙鎮之間，可幫了福斯特先生的忙。暫時超脫於劍橋的影響

---

⑭指印度。

⑮阿齊茲是小說《印度之旅》中的人物。

之外，這是一種寬慰。對他說來，雖然仍舊需要建造一個能夠
承受微妙而精確的批評的世界模型，那個模型的規模是比過去
更大了。那個英國社會，和它所有的渺小、庸俗之處，以及它
微弱的英雄主義，被放在一個更巨大、更邪惡的背景之前。雖
然在重要的場合，仍然有些模糊朦朧，在有些瞬間，依然存在
著不完善的象徵主義，豐富的事實積累，使想像力目不暇給，
但是，似乎在先前的作品中使我們困惑的那種雙重景象，現在
逐漸地變為單一了。兩者之間的滲透浸潤，比以往徹底得多。
福斯特先生似乎完成了這個偉大的業績：用一種精神的光芒，
使觀察力的這個濃密而堅實的軀體獲得了蓬勃的生機。這部書
顯示出一些疲勞和失去幻覺的迹象；然而有一些章節清晰而美
麗輝煌，而最重要的是，它使我們詫異；下一步他將要寫什麼？

俄國人的觀點 *

　　既然我們經常懷疑，和我們有這麼多共同之處的法國人或美國人是否能夠理解英國文學，我們應該承認我們更加懷疑，英國人是否能夠理解俄國文學，儘管他們對它滿懷熱情。至於我們所謂「理解」究竟是什麼意思，可能爭辯不休無法肯定。人人都會想起那些美國作家的例子，特別是那些在他們的創作中對我們的文學和我們本身都具有最高識別能力的作家；他們一輩子和我們生活在一起，最後通過合法的步驟成了英王喬治陛下① 的臣民。儘管如此，難道他們了解我們了嗎？難道他們不是直到他們生命的最後時刻還是些外國人嗎？有誰能夠相信，亨利‧詹姆士的小說是由一位在他所描繪的那個社會中成長起來的人寫的，或者，有誰能夠相信，他對英國作家的批評是出於這樣一個人的手筆，他曾經閱讀過莎士比亞的作品，卻一點

＊本文選自伍爾夫的論文集《普通讀者》。
①指喬治六世（1895-1952），他於1936至1952年任英國國王。

也沒有意識到把他的文化和我們的文化分隔開來的大西洋以及大西洋彼岸的二三百年歷史？外國人經常會獲得一種特殊的敏銳性和超然獨立的態度，一種輪廓分明的觀察角度；但是，他們缺乏那種毫不忸怩拘束的感覺，那種從容自如、同胞情誼和具有共同價值觀念的感覺，這些感覺有助於形成親密的關係、正確的判斷以及迅速交換信息的密切交往。

使我們和俄國文學隔膜的不僅有這一切缺陷，還有一個嚴重得多的障礙——語言的差異。在過去的二十年裡欣賞托爾斯泰、杜思妥也夫斯基和契訶夫作品的所有讀者之中，能夠閱讀俄文原著的也許不超過一兩個人。我們對它們品質的估價，是由評論家們作出的，他們從未讀過一個俄文字，或者到過俄國，或者聽到過俄國人說俄語；他們不得不盲目地、絕對地依賴翻譯作品。

那麼，我們等於是說，我們是丟開了它的風格來判斷整個俄國文學。當你把一個句子裡的每一個字從俄文轉換成英文，從而使它的意義稍有改變，使它的聲音、分量和彼此相關的文字的重心完全改變，那麼除了它的意義的拙劣、粗糙的譯文之外，什麼也沒有保留下來。受到了這樣的待遇，那些偉大的俄國作家好比經歷了一場地震或鐵路交通事故，他們不但丟失了他們所有的衣服，而且還失去了一些更微妙、更重要的東西——他們的風度，他們的性格特徵。英國人以他們讚賞俄國文學的狂熱性來證明，那劫後餘生遺留下來的東西，是十分強有力的、感人至深的；然而，考慮到它們已經是殘缺不全的，我們就不能肯定，我們究竟有多大把握可以相信我們自己沒有非難、曲

解這些作品，沒有把一種虛假的重要性強加於它們。

　　我們說他們在某種可怕的災難之中失去了他們的衣服，這是因為諸如此類的形象可以用來描述那種單純樸素、富於人性的品質，這種品質擺脫了企圖隱藏、偽裝它的本性的一切努力，在驚慌失措之中流露出來，而這就是俄國文學——由於翻譯或者某種更深刻的原因——給我們留下的印象。我們發現，這些品質完全浸透了俄國文學，在比較次要的作家身上和比較重要的作家身上同樣地明顯。「要學會使你自己和人們血肉相連、情同手足。我甚至還要加上一句：使你自己成為他們不可缺少的人物。但是，不要用頭腦來同情——因為這還容易做到——而是要出自內心，要懷著對他們的熱愛來同情②。」不論你在何處碰巧讀到這段引文，你馬上就會說：「這是出自俄國人的手筆。」單純樸素的風格、流暢自如的文筆，假定在一個充滿不幸的世界中對我們主要的呼籲就是要我們去理解我們受苦受難的同胞，而且「不要用頭腦來同情——因為這還容易做到——而是要出自內心」——這就是籠罩在整個俄國文學上的那片雲霧，它的魅力吸引著我們，使我們離開我們自己黯然失色的處境和枯焦灼熱的道路，到那片雲霧的蔭庇之下去舒展——而那後果當然是不堪設想的。我們變得窘困、拘束；否定了我們自己的品質，我們就用一種裝模作樣的仁慈善良和簡樸風格來寫作，這是極端令人作嘔的。我們不能帶著淳樸的自信去稱別人為「兄弟」。在高爾斯華綏的一個短篇小說裡，有一個人物這

②托爾斯泰語。

樣來稱呼另一個人物（他們倆都深深地陷於不幸之中）。頃刻之間，一切都變得牽強、做作。在英語中，和「兄弟」相當的詞彙是「老兄」──這是一個大不相同的詞兒，帶有一種諷刺挖苦的意味，一種難以明確表達的含蓄的幽默。雖然那兩個英國人在他們深深陷於不幸之時相遇並且這樣互相招呼，我們可以肯定，他們將會找到工作，發財致富，在他們一生中的最後幾年過上奢侈的生活，並且留下一筆錢財來防止可憐的窮鬼們在泰晤士河岸上稱兄道弟。但是，正是那種共同的苦難，而不是共同的幸福、努力或欲望，產生了那種兄弟情誼。正是那種深刻的「悲傷」──哈格柏格‧賴特博士發現這是俄國人的典型特徵──創造了他們的文學。

一個這樣的理論概括，即使把它應用於文學實體之時包含著某種程度的真理，如果一位天才作家在它的基礎之上開始工作，當然就會使它發生深刻的變化。立刻就發生了許多其他問題。可以看出，一種創作「態度」並不簡單；非常複雜。在一場交通事故中喪魂落魄、失去了衣服和風度的人們，會說出一些生硬的、刺耳的、不愉快的、彆扭的話，即使他們說話的時候帶著那場災難在他們身上造成的放任、直率的態度。我們對契訶夫作品的初步印象，不是樸實無華而是困惑不解。它的意義究竟何在？他為什麼要把這一點寫成一個短篇小說？讀了他一篇又一篇作品，我們就會提出這樣的問題。一個男人愛上了一個女人，他們分手之後又相逢，最後他們倆談論他們的處境以及用什麼方法才能從「這可怕的束縛」之中解脫出來。

「『怎麼辦？怎麼辦？』他緊緊地捧住他的腦袋問道，………

好像他很快就可以找到解決的辦法，而一種嶄新的、光輝燦爛的生活就會開始。」那篇小說就到此結束。一個郵差駕著馬車送一位學生到驛站去，一路上這位學生試圖同那郵差攀談，但他始終保持沉默。突然，那郵差出乎意料地說：「讓任何人搭乘郵車都是違反規章的。」於是他面有慍色地在站台上踱來踱去。「他在對誰發怒？對人們？對貧窮？對那秋天的夜晚？」那篇小說又到此結束。

我們問道：難道這就是結局嗎？我們總有一種跑在休止符號前面的感覺；或者說，這有點像一首曲調，在預料之中的結尾和弦尚未奏出之前，突然終止了。我們說，這些小說是沒有結論的，接下去我們就假設，短篇小說應該以一種我們公認的方式來結尾，在這種假設的基礎之上，我們構成了我們的批評。我們這樣做，就提出了一個我們自己是否適合充當讀者的問題。如果曲調是熟悉的而結尾是強調的——有情人終成眷屬、壞蛋們狼狽不堪、陰謀詭計統統戳穿——正像維多利亞時代的大多數小說所寫的那樣，我們就不大會弄錯；然而，如果曲調是陌生的而結尾的音符是一個問號，或者僅僅表示那些人物還將繼續談論下去，就像契訶夫的短篇小說那樣，我們就需要一種非常大膽而敏銳的文學感受能力，來使我們聽清那個曲調，特別是使那和聲顯得完整的最後幾個音符。或許我們要讀過大量的短篇小說才能如此感受，而這種感受能力對於獲得我們滿意的結論是十分必要的，我們把小說的各個部分歸納攏來，就會發現，契訶夫並非文筆散漫、毫不連貫，而是有意識地一會兒奏出這個音符、一會兒奏出那個音符，目的是為了完整地表達他

的作品的思想意義。

我們不得不仔細尋找，以便在這些奇特的短篇小說中發現重點恰好在何處出現。契訶夫自己的話給我們指引了正確的方向。他說：「……像我們之間這樣的談話，對我們的父母說來，是不可想像的。在晚上，他們默默無言，卻安然酣睡；我們，我們這一代，輾轉反側難以入眠，但話說得很多，總是想決定我們是否正確。」我們文學中的社會諷刺和心理描寫技巧，都來自不安的睡眠和不斷的談話；但是，在契訶夫與亨利・詹姆士之間，在契訶夫與蕭伯納之間，畢竟存在著巨大的差異。顯著的差異——但它從何而來？契訶夫也意識到社會現狀的醜惡和不公正；農民的惡劣處境使他大為震驚；但他沒有改革者的熱情——這決不是要我們停下來作結論的休止符號。他對心靈極感興趣；他是人與人關係的最精巧微妙的分析者。但是我們又要說，不，結論也不在此。難道他的根本興趣不在靈魂與其他靈魂之間的關係，而是在靈魂與健康狀況之間的關係——在靈魂與仁慈善良之間的關係？這些小說總是向我們揭示某種虛偽做作、裝腔作勢、很不真誠的東西。某個婦女陷入了一種不正當的關係，某個男人由於他的不人道的環境條件而墮落了。靈魂得病了；靈魂被治癒了；靈魂沒有被治癒。這些就是他的短篇小說的重點。

我們的目光一旦習慣於這些色調，小說的原來那種「結論」，就有一半化作一縷輕煙；它們看上去就好像背後有一束光線在照射著的幻燈片——俗氣、耀眼、淺薄。作為小說最後一章的一般性結局，書中人物或則締結良緣，或則一命嗚呼，並且把

作者的價值觀念大吹大擂地公開聲明、強調突出，成了最基本的類型。我們覺得，什麼問題也沒有解決，也沒有把什麼東西恰當地加以歸納。另一方面，我們當初似乎認為漫不經心、毫無結論、充滿繁瑣細節的那種創作方法，現在看來卻是出乎一種優雅細膩的獨創性和極其講究的藝術趣味，它大膽地選擇題材，恰當地安排布局，並且被一種真誠的態度控制著。除了在俄國作家中間，我們在別處找不到可以與此媲美的品質。或許這些問題無從解答，然而，讓我們不要偽造證據，來創造出某種合適的、正統的、符合我們虛榮心的東西。俄國人的方法或許不能吸引我們公眾的耳朵；他們畢竟習慣於更響亮的音樂、更強烈的節拍；但是，既然那曲調聽上去就是如此，他就把它寫了下來。結果，閱讀這些完全沒有結論的小故事，我們的眼界開闊了，我們的靈魂獲得了一種令人驚奇的自由感。

閱讀契訶夫的作品，我們發現自己在不斷地重複「靈魂」這個詞兒。它灑滿了他的篇頁。年老的酒鬼們隨便地使用這個詞兒；「……你高踞於行政機構的上層，高不可攀，可是沒有真正的靈魂，我親愛的孩子……那裡面就毫無力量。」的確，靈魂就是俄國小說中的主要角色。在契訶夫的作品中，靈魂是細膩微妙的，容易被無窮無盡的幽默和慍怒所左右；在杜思妥也夫斯基的作品中，它有更大的深度和容量，它易患劇病和高熱，但依然是占支配地位的因素。也許就是為了這個緣故，一位英國讀者需要花這麼大的力氣，來把《卡拉瑪卓夫兄弟》和《魔鬼》讀上兩遍。對他說來，那「靈魂」是異己的。它甚至是令人厭惡的。它幾乎沒有幽默感，而且完全沒有喜劇感。它

是無定形的。它與理智關係甚微。它是混亂的、囉嗦的、騷動的，似乎不能接受邏輯的控制和詩歌的格律。杜思妥也夫斯基的小說是波濤翻騰的旋渦、飛沙走石的風暴，會把我們吸進去的嘶嘶作響、沸騰滾泡的排水口。它是完全純粹用靈魂作原料來構成的。我們身不由己地被吸了進去，在那裡面旋轉，頭昏眼花，幾乎窒息，同時又充滿一種眩暈的狂喜。除了莎士比亞的作品之外，再也沒有比閱讀這種作品更令人興奮的了。我們把門打開，發現自己在一個房間裡，其中擠滿了俄國的將軍，將軍的家庭教師，將軍夫人與其前夫所生的女兒，將軍的堂表兄妹，以及一大堆混雜的人物，都在放大喉嚨談論他們最隱密的私事。但是，我們究竟置身何處？告訴我們這究竟是在一家旅館裡、一幢公寓裡或一座出租的房屋裡，當然是小說家的職責。可是，沒人想到要對此作任何解釋。我們的靈魂，受折磨的、不幸的靈魂，它們要做的唯一事情，就是談論、揭露、懺悔，從肉體和神經的傷口中把我們心底的沙灘上蠕動著的那些難以辨認的罪惡抽曳出來。但是，當我們傾聽他們的談話，我們騷亂的心情平靜了下來。一根繩索向我們扔了過來；我們抓住了一段獨白；我們用牙齒咬住繩索，被匆匆忙忙地從水裡拖過去；我們狂熱地、瘋狂地不斷往前衝，一會兒被水淹沒，一會兒露出水面，在這一剎那間看到的景象，比我們以往任何時候都要理解得更清楚，並且獲得我們通常只在生的壓力最沉重的時候才能得到的那種啟示。當我們飛快前進，我們在無意之中看清了所有這一切——人們的姓名和他們之間的關係；原來他們是住在羅里敦堡的一家旅館裡，波麗娜和德·格里烏克斯

侯爵一起捲入了一場陰謀——但是，和靈魂相比，這些是多麼
次要的事情！最要緊的是靈魂，以及它的熱情、它的騷動、它
的美麗和邪惡相交織的驚人的大雜燴。如果我們突然尖聲大笑，
或者，如果我們抽抽噎噎不勝悲切，還有什麼比這更自然的呢？——
這幾乎不會引起人們的注意。我們生活的步伐是如此驚人，當
我們飛快前進之時，我們的車輪迸射出火星。此外，當生活的
速度這樣加快的時候，我們看到靈魂的各種因素，那就不是像
我們速度較慢的英國人的頭腦所設想的那樣，在幽默的場面或
熱情激動的場面中分別出現，而是一層夾一層地糾纏在一起，
無法分解地混雜為一團，於是就揭示出人類心靈一種嶄新的概
貌。原先各自分離的因素，現在互相融合在一起。人同時是惡
棍又是聖徒；他們的行為既美好而又卑鄙。我們熱愛他們，同
時又痛恨他們。我們慣常所說的那種善惡之間的明確分界線，
是不存在的。我們最鍾愛的人往往就是最大的罪犯，而那最可
憐的罪人往往使我們感動，以至於產生最強烈的讚賞和愛慕。

　　猛然升騰到浪尖兒上，又被捲入海底在岩石上撞得粉身碎
骨，在這種情況之下，一位英國讀者難以感到心情舒坦。他在
他自己的本國文學中習慣的那種程序，被顛倒了過來。按照我
們的慣例，如果我們想敘述一位將軍的愛情軼事（首先，我們
會發現很難不嘲笑一位將軍），我們必須從描述他的宅邸著手；
我們必須使他的環境具體化。只有一切都準備就緒，我們才能
來描述那位將軍本身。此外，在英國占統治地位的不是俄國的
茶炊，而是我們的茶壺；時間是有限的；空間是擁擠的；我們
可以感覺到其他著作——甚至其他時代——中的不同觀點的影

響。社會被劃分為低等、中等、上等階層,每一個階層有它自己的傳統,自己的規矩,從某種程度上說,甚至還有它自己的語言。不論他本人願意與否,一位英國小說家會受到不斷的壓力,迫使他承認這些框框,結果就把固有的秩序和某種形式強加於他;他必然傾向於諷刺而不是憐憫,他寧可考察整個社會而不是去理解個人本身。

杜思妥也夫斯基卻沒有受到這種限制。不論你是貴族還是平民,是流浪漢還是貴婦人,對他說來全都一樣。不論你是誰,你是容納這種複雜的液體、這種模糊的、冒泡的、珍貴的素質——靈魂——的器皿。它洋溢、橫流,與其他靈魂融匯在一起。我們還來不及弄清楚是怎麼回事兒,一位買不起一瓶酒的銀行小職員的平凡故事就不脛而走,擴散到他岳父和他岳父極其惡劣地對待的那五位情婦的生活中去,以及住在同一幢公寓中的郵差、僕婦和公主們的生活中去;沒有任何事情是超出杜思妥也夫斯基的小說領域之外的;當他疲乏之時,他並不停止,而是繼續寫作。他無法限制他自己。那人類的靈魂——它熱氣騰騰地、滾燙地、混雜地、驚人地、可怕地、令人壓抑地翻騰滿溢,向我們滾滾而來。

剩下來尚未討論的,是所有小說家中最偉大的一位——因為,除了這個稱號之外,我們還能給《戰爭與和平》的作者以什麼別的稱呼?我們也將發現托爾斯泰是一位異己的、難以理解的外國人嗎?在他的觀察角度中,是否也有某種怪癖,直到我們成了他的弟子並且迷失了方向,它還是懷著疑慮與困惑的心情,無論如何避免和我們接近?從他的最初幾句話裡,我們

至少可以肯定一件事情——這兒有一個人，他看到了我們看到
的東西，並且像我們習慣的那樣來著手描寫，不是從內心寫到
外表，而是從外表寫到內心。這兒有一個世界，在這個世界裡，
八點鐘可以聽到郵差的敲門聲，而人們在十至十一點鐘之間就
寢。這兒有一個人，他不是未開化的野蠻人，不是大自然的孩
子；他是受過教育的；他有過各種各樣的經歷。他是那些生來
就是貴族並且充分地利用了他們的特權的人們中的一位。他是
大都市的而不是郊外的人物。他的感覺、他的智力是準確的、
有力的、經過充分培養的。當一個如此的心靈和軀體向人生發
動攻擊之時，其中帶有某種光榮自豪、壯麗輝煌的因素。因此，
沒有人能像他那樣表達體育活動的興奮、駿馬的妙處，以及一
個年輕人在這個世界上強烈希望得到的一切東西對這個年輕人
的感官的刺激。每一條樹枝、每一片羽毛，都被他的磁性吸住。
他注意到一個孩子衣服上湛藍或鮮紅的色彩、一匹駿馬尾巴換
毛的過程、一陣咳嗽的聲音、一個男人想把手插到已經縫住的
口袋中去的動作。他精確的目光記錄了一陣咳嗽和雙手細微的
動作，他精確的頭腦又把這些現象歸因於人物性格中某種隱蔽
的因素，因此，我們熟悉他的人物，不僅僅是通過他們的戀愛
方式、政治觀點和靈魂的不朽，並且還通過他們打噴嚏和哽噎
的方式。甚至在一部翻譯作品裡，我們也會覺得自己被置於高
山之巔，並且有一架望遠鏡送到了我們手中。一切事物都是令
人驚異地清晰，並且絕對地鮮明。正當我們在狂喜之中，深深
地呼吸山頂上新鮮的空氣，感到精神振奮、心靈淨化，突然間，
某一個細節——也許是一個男人的腦袋——以一種驚人的方式

從那幅圖景中脫穎而出，向我們逼近過來，好像它的生命本身的強大力量把它噴射出來。「我突然遇到一件奇怪的事情：起先我的視線被擋住了，看不到周圍的情景；後來他的面龐似乎慢慢地消失，直到最後只留下一雙眼睛，在我的眼前閃爍；接著那眼睛似乎鑽到了我的頭顱裡面，於是一切變得混亂不堪——我什麼也看不到了，被迫閉上了我的眼睛，為了擺脫他的目光在我身上所產生的喜悅和恐懼之感……。」一次又一次，我們分享著《家庭的幸福》這篇小說中瑪莎這個人物的感覺。你得閉上你的眼睛，來逃避那喜悅和恐懼的感覺。占優勢的往往是那喜悅之情。這篇小說裡有兩段描寫，一段寫一位姑娘在夜晚和她的戀人在花園裡散步，另一段寫一對新婚夫婦昂首闊步走到他們的客廳裡去，這兩段描寫把那種強烈的幸福感如此成功地傳達出來，使我們把書合攏以便更好地體味這種感覺。但是，總是存在著一種恐懼之感，使我們像瑪莎一樣，想逃避托爾斯泰注視我們的目光。這是否那種在現實生活中可能會擾亂我們心境的感覺——感到他所描寫的幸福過分強烈因而不會持久，覺得我們正處於一場災難的邊緣？或者，是否感到我們強烈的喜悅不知怎麼有點兒可疑，並且迫使我們和《克羅采奏鳴曲》中的波茲涅謝夫一起問道：「但是，為什麼要生活？」生活支配著托爾斯泰，正如靈魂支配著杜思妥也夫斯基。在所有那些光華閃爍的花瓣兒的中心，總是蟄伏著這條蝎子：「為什麼要生活？」在他的著作的中心，總有一位奧列寧、皮埃爾或列文，他們已經取得了所有的人生經歷，能夠隨心所欲地對付這個世界，但他們總是不停地問，甚至在他們享受生活的樂趣之時也

要問：生活的意義是什麼，我們人生的目的又應該是什麼。能
夠最有效地驅散我們的各種慾念的，並非牧師僧侶，而是那位
自己也曾熟悉它們、熱愛它們的人。當他也來嘲弄它們，整個
世界的確就在我們的腳下化作一堆塵土、一片灰燼。就這樣，
恐懼和我們的喜悅交織在一起；而在那三位俄國作家之中，正
是托爾斯泰最強烈地吸引著我們，也最強烈地引起我們的反感。

　　然而，我們的思想從它的誕生之處就帶上了它的偏見③，
毫無疑問，當它涉及俄國文學這樣一種異己的文學，必定離開
事實真相甚遠。

---

③作者言下之意，英國人的思想誕生於英國的傳統文化，必然會帶上
　它的偏見，因此難以客觀地評價一種異己的文學。

論美國小說 *

　　到一個外國的文學領域中去漫遊與我們到國外去旅遊極其
相像。當地居民司空見慣的景象，對於我們說來，似乎是令人
驚訝的奇觀；不論我們在國內似乎多麼熟悉那種語言，當它從
自幼就講這種語言的人嘴上說出來時，就會有迥然不同的感覺；
最重要的是，當我們渴望抓住這個國家的內在實質之時，我們
尋求與我們所習以為常的事物最不相似的東西，不論它可能是
什麼，並且聲稱，這就是法國的或美國的天才之精神實質，接
著我們就輕信地加以頂禮膜拜，在它之上建立起一種理論結構，
它很有可能會逗樂或激怒或者甚至暫時地啟發那些土生土長的
法國人或美國人。

　　在美國文學領域中涉獵的英國旅遊者所最需要的東西，是
和他在本國所有的東西不相同的某種事物。為了這個緣故，英

　＊此文寫於1925年，選自伍爾夫論文集《瞬間》。

國人全心全意地仰慕的那位美國作家，就是惠特曼①。你會聽到他們說，他的作品體現了那毫無掩飾的真正美國人的特色。在整個英國文學領域之中，沒有一個形象與他的相像——在我們所有的詩歌之中，沒有一首可以稍微與《草葉集》相媲美。這種差異成了一種長處，而且，當我們沉浸在這使人耳目一新的新奇感之中，它引導著我們，使我們越來越不能欣賞愛默生②、洛厄爾③和霍桑④，因為他們在我們中間有著相應的對手，並且從我們的書籍中吸取了他們的文化素養。這種對於新奇事物的迷戀，不論它的理由是否充足，不論它的結果是否公平，在目前仍然繼續存在。要把亨利·詹姆士、赫爾吉許默先生⑤和沃頓夫人⑥這樣卓越的名家撇在一邊不予考慮，是不可能的；但是，在對於他們的讚揚之中，摻雜著某種保留——他們不算是美國人；他們並未給予我們任何我們尚未得到的東西。

　　把那位旅遊者的粗糙和片面的態度如此描述了一番之後，

---

　①惠特曼（1819-1892），美國著名詩人，其代表作為《草葉集》。
　②愛默生（1803-1882），美國散文家、詩人，先驗主義的代表人物，
　　作品有《論文集》、《代表人物》、《詩選》等。
　③阿博特·勞倫斯·洛厄爾（Abbott Lawrence Lowell, 1856-1943），
　　美國哈佛大學政治教授，著有《政府論文集》等，其妹艾米·洛厄
　　爾（Amy Lowell, 1874-1925）是意象派詩人。
　④霍桑（1804-1864），美國小說家，著有《紅字》等小說。
　⑤約瑟夫·赫爾吉許默（Joseph Hergesheimer, 1880-1954），美國小
　　說家。
　⑥沃頓夫人（Edith Wharton, 1862-1937），美國小說家。

現在讓我們問一下，哪些是我們必須瀏覽的景色，以此作為我們進入現代美國小說領域漫遊的起點。在這個問題上，我們開始感到困惑；因為，許多作家的姓名和許多書籍的標題立即湧到了嘴邊。德萊塞先生⑦、卡貝爾先生⑧、坎菲爾德小姐⑨、舍伍德・安德森先生⑩、赫斯特小姐⑪、辛克萊・劉易士先生⑫、維拉・卡瑟小姐⑬、林・拉德納先生⑭──他們所創作的作品，如果時間許可的話，我們最好還是仔細地考察一番，而且，如果我們必須把我們的注意力集中到至多不過兩、三個人身上，那是因為儘管我們是旅遊者，要為美國小說發展傾向的理論描出一幅概圖，最好還是調查研究幾本重要的作品，而不

⑦德萊塞（Theodore Herman Albert Dreiser, 1871-1945），美國小說家，作品有《嘉麗妹妹》、《珍妮姑娘》、《欲望三部曲》、《美國悲劇》等。

⑧卡貝爾（J. B. Cabell, 1879-1958），美國小說家。

⑨桃樂賽・坎菲爾德（1879-1958），美國小說家。

⑩舍伍德・安德桑（Sherwood Anderson, 1876-1941），美國小說家，作品有短篇小說集《俄亥俄州瓦恩斯堡》、自傳小說《講故事者的故事》等。

⑪芬妮・赫斯特（Fannie Hurst, 1889-1968），美國小說家。

⑫辛克萊・劉易士（Sinclair Lewis, 1885-1951），美國小說家，1930年獲諾貝爾文學獎，作品有《大街》、《巴比特》、《王孫夢》等。

⑬維拉・卡瑟（Willa Sibert Cather, 1876-1947），美國小說家，作品有《沉淪的婦人》、《教授之屋》等。

⑭林・拉德納（Ring Lardner, 1885-1933），美國體育專欄作家，短篇小說家。

是去孤立地考察每一位作家。在所有的美國小說家中，目前在
英國被討論和閱讀得最多的也許是舍伍德·安德森和辛克萊·
劉易士先生。在他們所有的小說之中，我們發現有一部叫做《
講故事者的故事》，與其說它是小說還不如說是事實，它可以
起解釋者的作用，可以幫助我們在看到美國作家處理或解決問
題之前猜測到他們的問題的本質。越過舍伍德·安德森先生的
肩膀，我們可以初步瞥見這個世界的景象，這是小說家眼中所
見到的世界，而不是後來經過他的一番化裝、安排以便被他的
人物所領會接受的那個世界。確實如此，如果我們的目光瞥過
舍伍德·安德森先生的肩膀，美國看上去是個十分奇異的地方。
我們在這兒看到的究竟是什麼？這是一片廣袤無垠的大陸，新
的鄉村星羅棋布，它們不像英國的鄉村那樣，牆上的長春藤和
青苔在夏季和冬天都融化為大自然景色的一部分，它們是人們
最近匆匆忙忙、因陋就簡地建造起來的，因此，那些鄉村就像
是城鎮的郊區。那些緩慢的英國運貨馬車，變成了福特汽車；
那些櫻草花壇，變成了一堆堆破舊的罐頭；那些穀倉茅舍，變
成了瓦楞狀的鐵皮棚屋。它是廉價的，它是嶄新的，它是醜陋
的，它是用亂七八糟的材料匆匆忙忙七拼八湊地鬆散地暫時聯
結凝聚起來的——這就是安德森先生所抱怨的沉重負擔。他接
著又追問：地上全是石塊，藝術家的想像力會在這些岩石上絆
跌，它又如何能在此地扎根？有一個解決辦法，而且只有這一
個解決辦法——那就是堅決地、明確地當一名美國人。這就是
他明顯地和含蓄地得出的結論；這就是使那不協調的聲音轉化
為和諧的那個音符。安德森先生像一位正在給自己施催眠術的

病人那樣，一遍又一遍地重複：「我就是那個美國人。」這句話帶著一種被淹沒的然而卻是基本的欲望，頑強不屈地湧上心頭。是的，他就是那個美國人，這是一種可怕的厄運；這又是一個大大的機會；但是，不論好壞，他就是那個美國人。「瞧！在我身上，那個美國人苦苦地掙扎著，要成為一位藝術家，要意識到他的自我，充滿著對於他自己和別人的驚奇之感，試圖悠然自得而不是假裝悠然自得。我可不是英國人、義大利人、猶太人、德國人、法國人、俄國人。我是什麼人？」是的，我們可以冒昧地重複：他是什麼人？有一點是肯定無疑的——不論那個美國人是什麼人，他可不是英國人，不論他將成為什麼人，他也不會成為英國人。

因為，這就是成為美國人的過程中的第一步——不當英國人。一位美國作家所接受的教育之第一步，就是把一直在已故的英國將軍們指揮之下前進的整個英國文字的大軍統統解散。他必須訓練並且強迫那「數量不多的美國文字」來為他服務；他必須忘卻他在菲爾丁和薩克雷⑮的學校中所學到的一切東西；他必須學會像他在芝加哥的酒吧和印第安納的工廠中和人們說話那樣來寫作。那就是他的第一步，但是，下一步還要困難得多。因為，已經決定了他不是什麼，他還必須進一步發現他究竟是什麼。這是一種敏銳的自我意識階段的開端，這種自我意識，表現在其他方面南轅北轍截然相反的作家們身上。的確，

---

⑮薩克雷（1811-1863），英國作家，其作品有小說《名利場》、《潘登尼斯》、《亨利‧艾斯芒德》，雜文《勢利者集》等。

再也沒有什麼別的東西，比這種自我意識和辛酸感覺的普遍流行，使那些英國旅遊者們感到更為驚異的了。伴隨著這種自我意識的辛酸之感，大部分是反對英國的。人們不斷地想起另外一個種族的態度，直到最近他們還是它的臣民，而目前他們仍舊被對於它的鎖鏈之回憶所折磨。婦女作家們不得不遇到許多與美國人所面臨的相同的問題。她們也意識到她們自己的性別的特殊性；她們很容易懷疑別人對她們傲慢無禮，動不動就心懷不滿，想圖報復，熱中於形成一種她們自己的藝術形式。在這兩種場合之下，各種各樣意識——自我意識、種族意識、性別意識、文化意識——它們與藝術無關，卻插到作家和作品之間，而其後果——至少在表面上看來——是不幸的。例如，我們可以很容易地看出，如果安德森先生忘記了他是個美國人，他將成為一位完美得多的藝術家；如果他能毫無偏見地使用新的或舊的、英國的或美國的、古典的或俚俗的詞彙，他將會寫出更好的散文。

儘管如此，當我們從他的自傳轉向他的小說之時，我們不得不承認（正如一些婦女作家使我們不得不承認）：令人耳目一新地出現在世界上，對著光線轉向一個新的角度，這是如此巨大的一種成就，為了它的緣故，我們可以諒解那不可避免地伴隨著它的辛酸感覺、自我意識和生硬態度。在《雞蛋的勝利》這本書中，作者安德森對那些陳舊的藝術要素作了一些調整，使我們刮目相看。這種感覺使我們回想起第一次閱讀契訶夫作品時的感受。在《雞蛋的勝利》中，沒有任何熟悉的東西可以讓我們來把握。那些短篇小說使我們的努力受到挫折，它們從

我們的手指縫裡溜了過去，使我們感覺到並不是安德森先生辜負了我們的期望，而是作為讀者的我們失誤了，我們必須回過頭去重新閱讀此書，就像受了責罰的小學生必須回過頭去重新拼寫熟讀課文，以便掌握它的意義。

安德森先生已經鑽探到人類本性中那個更深的、更溫暖的層次，要給它貼上新的或舊的、美國的或歐洲的標籤，那就太過瑣碎了。帶著「忠於事物本質」的決心，他摸索著前進，達到了某種真實的、持久的、具有普遍意義的境界，其證據就是他畢竟做到了很少作家做成功的事情——他創造了一個他自己的世界。在這個世界中，各種感覺極其敏銳發達；它受本能的主宰而不受概念的支配；賽馬使男孩們的心劇烈地跳動；一片片種了玉米的田地像金色的海洋一般圍繞著那些簡陋的城鎮，看上去無邊無際、深不可測；男孩和女孩們到處都在夢想著航海和冒險；而這個肉體感覺的、本能欲望的世界，被包圍在一層溫暖的雲霧一般的氣氛之中，被包裹在一個柔軟的、愛撫的封套裡，它總是顯得似乎有點兒太寬，與這個世界的外形不很合適。安德森先生的作品形態模糊混沌，他的語言撲朔迷離，他似乎總是傾向於把他的短篇小說輕輕地安置在一片沼澤之中，在指出了這些情況之後，那位英國遊客就說，這一切使他確信他自己的關於究竟可以期望一位美國作家具有何種洞見和真誠的理論。安德森先生的作品之柔軟和缺乏外殼是不可避免的，因為，這是他從美國素材的中心舀取出來的，以往它從未局限於一個外殼之中。他太過迷戀這種珍貴的原料，不願意把它壓鑄到任何陳舊的、錯綜複雜的詩歌模式中去，那些模式是歐洲

的工藝鑄造出來的。他寧可把他所發現的東西毫無外殼地裸露著，任憑他人笑罵。

　　但是，如果這個理論適用於美國小說家們的作品的話，我們如何來說明辛克萊・劉易士的小說呢？在與《巴比特》、《大街》、《我們的雷恩先生》⑯ 初次接觸之下，難道這種理論不是像肥皂泡撞在堅硬的紅木壁櫥稜角上一般粉碎了麼？因為，劉易士先生的作品正是以它的堅實、它的效率、它的緊湊取勝。然而，他又是一位美國人；他也用一部又一部作品來描述和說明美國。他的作品遠非缺乏外殼，人們往往說他的作品全部都是外殼，人們只是懷疑，他究竟有沒有給外殼中的那條蝸牛留下任何餘地。無論如何，《巴比特》完全駁斥了下述理論：一位美國作家描寫美國的情況，必然會缺乏那種潤飾、技巧以及把他的素材加以定型和控制的能力，人們可能會猜想，這些都是一種古老的文化留給它的藝術家的遺產。在所有這些方面，《巴比特》堪與本世紀在英國創作的任何一部小說相媲美。因此，那位文學領域中的旅遊者，必須在下面兩種結論中選擇其中之一；或者在英美作家之間並無深刻的區別，他們的經歷是如此相似，以至於可以用相同的形式來加以容納；或者劉易士先生是如此密切地仿效英國作家的模式——赫・喬・威爾斯就是一位明顯的師傅——以至於在模仿的過程中，他犧牲了他自己的美國特徵。但是，如果作家們能夠用綠色或藍色的布條紮

───────────────

⑯《我們的雷恩先生》是劉易士在1914年寫的一部小說。

起來分派給我們的話，閱讀的藝術就會更加簡單而缺乏冒險精神。對於劉易士先生的研究使我們越來越確信，外表上顯示出來的各種果斷的決心是靠不住的，外表上的沉著鎮靜幾乎無法把內部互相矛盾鬥爭的因素結合在一起；那些色彩就化開了。

　　因為，雖然《巴比特》看上去好像是一幅美國商人的盡可能紮實而可信的肖像畫，我們還是碰見了某些可疑之處，並且動搖了我們的信心。但是，我們可能會問：在如此高明、有把握而自信的作品之中，哪有懷疑插足之地？首先，我們懷疑劉易士先生本人；換言之，我們懷疑，他對於他自己和他的題材之確信，幾乎與他想要我們相信他的程度相同。因為，雖然他使用一種與安德森先生不同的方式，他在寫作之時，也有一隻眼睛盯著歐洲，這種注意力的分散，讀者極易覺察，並且感到不滿。他也有那種美國人的自我意識，雖然他巧妙地把它抑制住了，只有一、二次允許它以尖銳辛酸的呼聲表達出來（「巴比特覺得，那古老的鄉土觀念十分有趣，正如任何一位正經的英國人對於任何美國人感到有趣一樣」）。然而，在其中有某種不安之感。他沒有和美國結為一體；與此相反，他自命為介乎美國和英國人之間的導遊者和譯員，而當他帶領他的歐洲旅客遊覽那個典型的美國城市（他是該城的土著）並且向他們介紹那些典型的美國公民（他與他們有各種聯繫）之時，他既為他所不得不顯示出來的東西感到羞愧，又為歐洲人對它的嘲笑感到憤怒。齊尼斯市⑰是一個卑鄙庸俗的地方，但是，那些英

---

⑰齊尼斯是小說《巴比特》中的一個美國城市。

國人膽敢藐視它，就更為卑鄙庸俗。

　　在這樣一種氣氛之中，作者與讀者不可能親密無間。作為一位具有劉易士先生的能力的作家，他所能做的一切，就是毫不畏縮地精確描述，並且日益提高警惕，以免洩漏天機。因此，從來沒人為某個城市創造過如此完整的模型。我們打開水龍頭，自來水就流出來了；我們撳一下按鈕，雪茄菸就點著了，床鋪就暖和了。但是，這種對於機械的讚美，這樣貪得無厭地追求「牙膏、襪子、輪胎、照相機、快速暖水瓶……起初只是歡樂、熱情和智慧的一種跡象，後來就成了它們的代用品」，這一切，不過是推遲劉易士先生感到迫在眉睫的不幸日子到來的一種手段罷了。不論他可能多麼害怕別人會對他如何想法，他不得不把內心的祕密和盤托出。他必須證明《巴比特》具有幾分真實和美感，具有一些人物和他自己的感情，否則《巴比特》就只不過是一種駕駛汽車的改良方法，不過是顯示新穎獨特的機械設計的一種方便的外表形式罷了。要使我們讀者喜愛《巴比特》——這就是他面臨的問題。懷著這種目的，劉易士先生羞答答地向我們保證，巴比特先生也有他的夢想，雖然他強壯結實，這位上了年紀的商人夢想有一位仙女在門口等著他，「她可愛的、安靜的小手撫摸著他的臉頰。他豪俠、睿智而受人愛戴；她的手臂是令人感到溫暖的象牙色的；在那些危險的沼澤的彼岸，那勇敢的大海在遠處閃閃發光。」然而這不是夢想；這簡直是一位畢生未曾夢想而現在決心要證明夢想與剝豆莢一般容易的男子漢的抗議。夢想——那些代價極為昂貴的夢想——是由什麼構成的呢？大海、仙女、沼澤？好吧，每一樣他都要一

點，如果這還不是夢想的話，他似乎在一陣狂怒之中從床上跳起來問道：那麼它又是什麼呢？對於兩性關係和家庭溫情，他要優閒自在得多。確實不可否認，如果我們把耳朵貼近他的外殼，我們可以聽到這位齊尼斯市的顯赫公民在裡面笨拙地然而不容誤解地活動著。人們對他有一剎那間的好感和同情，甚至渴望某種奇蹟會發生，渴望那塊岩石被劈開，一分為二，而那個有能力感受歡樂、苦難和幸福的活生生的人物能夠獲得解放。但是，情況並非如此；他的行動太遲緩了；巴比特永遠不能脫身；他將死在他的牢房裡，把逃走的希望寄託在他的兒子身上。

於是，通過某種諸如此類的方法，那位英國遊客使他自己的理論擁抱了安德森先生和劉易士先生。他們倆都由於既是小說家又是美國人而感到痛苦：安德森先生是因為他必須斷然申明他的驕傲；劉易士先生是因為他必須隱藏他的辛酸。安德森先生的創作方法，對於作為藝術家的他而言，害處還比較小一點，而他的想像力，在這兩者之中，是比較活躍的。作為一個新的國家的代言人，作為一個用新的粘土來雕塑的工匠，他所得的益處大於他所蒙受的損失。大自然似乎有意要劉易士先生與威爾斯先生、貝內特先生為伍，而且毫無疑問，要是他出生於英國的話，他必定能夠證明他自己堪與這兩位名家相匹敵。儘管他否認一種古老文明的豐富多彩——那作為威爾斯先生的藝術的基礎的一大堆概念；那哺育了貝內特先生的藝術的穩固紮實的風俗習慣——他被迫去批評而不是去揭露，而他的批評的對象——齊尼斯市的文明——卻不幸太過貧乏，不能給他以支持。然而，只要稍加思索，並且把安德森先生和劉易士先生

加以比較，就會使我們的結論獲得不同的色彩。以一個美國人的眼光來看美國，把奧普爾·愛默生·墨奇夫人看作她本人，而不是把她看作為了逗樂那位謙恭有禮的英國佬而陳列出來的一種美國的類型和象徵，我們就會隱隱約約地覺得，墨奇夫人不是類型，不是稻草人，不是抽象概念。墨奇夫人是——然而，不該由一位英國作家來指出她究竟是什麼。他只能在籬柵的罅隙之間窺探一番，並且冒昧地提出他的見解，認為一般而論，墨奇夫人和其他美國人，除了別的因素之外，還是有人性的人。

當我們閱讀林·拉德納先生的《你理解我，艾爾》的開頭幾頁之時，那種隱隱約約的感覺變成了一種確鑿無疑的信念，而這種變化令人困惑不解。迄今為止，我們與他們之間保持著一段距離，他們不斷地提醒我們，給我們指出了我們的優越感和自卑感，並且指出這個事實——我們屬於異邦異種。但是，拉德納先生不僅沒有意識到我們的差異，他根本沒有意識到我們的存在。一個頂呱呱的棒球手，在一場令人興奮激動的比賽中酣戰之際，決不會停下來想一想，觀眾是否喜歡他的頭髮的顏色。他的心全部撲在那場比賽上。因此，當拉德納先生寫作之時，他決不浪費一點一滴時間來想一想，他究竟是在使用美國的俚語還是莎士比亞的英語，想一想他究竟是在回憶菲爾丁還是忘卻了菲爾丁；想一想他究竟是作為美國人而感到自豪還是因為沒有當日本人而感到羞愧；他的心全部撲在那篇短篇小說上。結果我們的注意力也就全都集中到那篇小說上去了。結果他就碰巧寫出了我們所遇到的最好的散文。結果我們就感到自己終於被我們的同胞的那個社會毫無阻礙地容納了。

　　這對於《你理解我，艾爾》來說，應該是真實的；那是一篇關於棒球———一種英國所沒有的體育活動——的短篇小說，那是一種往往不是用英語來寫的小說，這使我們躊躇不決。他究竟依靠什麼來獲得他的成功？除了他的無意識以及他因而可以無拘束地給他的藝術以額外的力量之外，拉德納先生有一種卓越的創作順序之天才。他以異乎尋常的從容和穎悟、以最敏捷的筆觸、最穩定的線條、最敏銳的洞察力來讓棒球手杰克・基夫勾勒他自己的輪廓、充實他自己的內心，直到這個魯莽的、自吹自擂的、頭腦單純的運動員栩栩如生地呈現在我們面前。當他把他的心裡話嘮嘮叨叨和盤托出，他的朋友們、情人們和那些景色、城鎮、鄉村全都躍然紙上——這一切都圍繞著他，並且使他的形象趨於完整。我們觀察到了一個社會的深處，它一心一意按照它自己的利害關係來行動。或許這就是拉德納先生的成功因素之一。不僅他自己一心一意撲在他自己的體育活動上，而且他的人物也同樣一心一意撲在他們的體育活動上。拉德納先生最好的小說都是關於體育活動的，此事決非偶然，因為人們可能會猜測，拉德納先生對於體育活動的興趣解決了美國作家最困難的問題之一；這種興趣給了他一條線索、一個中心，以及人們各色各樣活動的一個交叉點，這些人被隔絕在一片廣闊的大陸上，不受任何傳統的控制。體育活動把社會生活給予他的英國兄弟們的東西給了他。不論那確切的理由是什麼，拉德納先生無論如何為我們提供了某種無比獨特的東西，某種在本質上是土生土長的東西，旅遊者可以把它作為紀念品帶回去，向那些不肯輕信的人們證明，他確實到美洲去過，並

且發現它是一片異國的土地。但是，那位遊客必須判斷他所花的費用和所得的經驗並且試圖結算他這次旅行的整個帳目的時刻已經到來了。

　　首先讓我們承認，我們的印象是十分混雜的，我們所得到的見解比我們當初的見解更不明確、更無把握，不過如此而已。因為，當我們考慮到我們正在試圖理解的那種文學的混雜起源，考慮到它的少年時期，它的年齡，以及穿過它的自然發展流程的各種思潮之時，我們很可能會驚呼：如果要加以總結和理解的話，法國文學、英國文學和一切現代文學都要比這種新興的美國文學簡單。在美國文學的根柢，有一種不協調的特徵，那美國人的自然傾向，在一開始就被扭曲了。因為，他越是敏感，他就越發要閱讀英國文學；他越是閱讀英國文學，他就越是敏感地意識到這種偉大藝術的令人困惑難解之處；這種藝術使用他自己嘴上所說的言語，來表達一種不屬於他的經歷，反映一種他從未認識的文明。他必須作出選擇——或者讓步，或者反抗。越是敏感的，或者至少可以說，越是文筆精緻複雜的作家們，那些亨利・詹姆士們，那些赫爾吉許默們，那些艾迪絲・沃頓們，他們決定擁護英國，而其不良後果是他們誇大了英國的文化和英國傳統的優良舉止，並且過分強調或者在錯誤的地方強調了這些社會差異，它們雖然首先吸引外國人的注意，但絕不是給他們留下最深刻的印象。他們的作品在精緻優雅方面所得到的收穫，在對於價值觀念的不斷歪曲和對於表面化的區別——陳舊住宅的年齡，名門豪族的魅力——的迷戀中喪失殆盡，這使我們不得不記住，亨利・詹姆士畢竟是一位外國人，

如果我們不打算把他稱為一位附庸風雅的勢利者的話。

　　另一方面，那些比較簡單粗糙的作家們，例如華爾脫・惠特曼先生、安德森先生、馬斯特斯先生[18]，他們決定擁護美國，但是他們凶猛好鬥地、自我意識地、抗議地「炫耀賣弄」（正如保母們所常說的那樣）他們的新穎、獨立和個性。這兩種影響都是不幸的，它們阻礙了、延緩了真正的美國文學本身的發展。但是，某些評論家可能會反駁：我們是否小題大作，憑想像捏造出一些實際上不存在的差異？在霍桑、愛默生和洛厄爾的時代，「真正的美國文學」和當時的英國文學是相當一致的，而目前追求一種民族文學的運動只局限於少數熱心人和極端分子範圍之內，他們隨著年齡的增長就會變得更加聰明，並且會發現他們自己行為的愚蠢。

　　但是，那位文學旅遊者卻再也不能接受這種愜意的教條了，雖然它迎合了他為自己的出身所感到的自豪。顯然，有這樣的美國作家，他們對英國的見解或英國的文化毫不關心，但依然能夠生氣勃勃地寫作——拉德納先生可資佐證；也有這樣的美國人，他們具有一切文化藝術才能而毫無把它過分濫用之嫌——維拉・卡瑟可資佐證；還有這樣的美國人，他們的目的就是完全憑藉自己的力量而不依賴於他人來寫作——芬妮・赫斯特小姐可資佐證。但是，最短的旅程和最表面化的考察，也必定會使他意識到一個更為重要得多的事實——那片國土本身是如此

---

⑱艾德茄・李・馬斯特斯（Edgar Lee Masters, 1868-1950），美國詩人。

不同，那個社會又是如此不同，那種文學就必然需要有所不同，而隨著時間的推移，它與其他國家文學之間的差異，就必然會越來越大。

毫無疑問，美國文學會像所有其他文學一樣，受到外來的影響，而英國的影響則可能是占支配地位的。但是，英國的傳統顯然已經不能應付這片遼闊的國土，這些大草原，這些玉米田，這些相互之間距離遙遠地四散分布的男人和婦女的孤零零的小團體，這些工業大城市以及它們的摩天大樓、夜間燈火和完美的機械設備。英國的傳統無法把它們的意識提煉出來、把它們的美感表達出來。它怎能不是如此呢？英國的傳統建立在一片小小的國土之上，它的中心是一幢古老的住宅，其中有許多房間，每一個房間都塞滿了東西，擠滿了人，他們彼此之間互相熟悉、關係密切，他們的舉止、思想、言論在不知不覺之間一直被過去的精神所統治著。但是，在美國，棒球代替了社會活動；一片嶄新的土地代替了在無數的春天和夏季激動了人們情緒的古老風景，在這片土地上錫罐、大草原、玉米田無規則地四散分布著，就像是一件不合式的鑲嵌工藝品，等待著藝術家的手腕來把它整頓得井然有序；另一方面，那兒的人民同樣也是各種各樣的，他們分為許多民族。

為了把所有這些分散的部分描述出來、聯繫起來，使之有條不紊，那就需要一種新的藝術以及一種新的傳統的控制。那種語言本身，就向我們證明了，這兩者都正在誕生的過程之中。因為，那些美國人正在做著伊麗莎白時代的人們所做的事情——他們正在鑄造新詞。他們正在出於本能地使語言來適應他們的

需要。在英國，除非在戰爭的推動促進之下，詞匯鑄造能力已
經衰退了；我們的作家們變化他們的詩歌韻律，改造他們的散
文節奏，但是你要想在英國小説中尋求一個新詞，必然會徒勞
無功。此事可謂意味深長：當我們想要更新我們的語言之時，
我們就得向美國借用新詞——胡說八道、無法無天、突然轉向、
後台老闆、善於交際者——所有這些富於表現力的、不登大雅
之堂的、生氣蓬勃的俚語，悄悄地在我們中間通行起來，開始
只是口頭使用，後來就見諸文字，它們都來自大西洋彼岸。我
們不需要十分有遠見就可以預言，當詞匯被鑄造出來之時，一
種文學就會從這些詞匯中產生出來。我們已經聽到了那最初的
不協調的刺耳的聲音——它的前奏曲的被壓抑的不流暢的曲調。
當我們闔上我們的書本，重新眺望窗外的英國田野之時，一陣
刺耳的聲音在我們的耳際回盪。我們聽到了那位少年最初的喁
喁情話和笑聲，三百年前，他的父母把他毫無遮蔽地拋棄在嵦
岩的海岸上，他全靠自己的努力生存了下來，因此他有點兒心
酸、自豪、羞怯和一意孤行，現在他已經快要成年了。

論心理小說家 *

　的確，當我們拿起《梅茜所知道的》① 這本書時，我們有一種脫離了所有過去小說中的世界的奇特感覺，感到我們失去了某種支柱，縱然它在狄更斯和喬治・艾略特的作品中妨礙了我們的想像，它卻把我們支撐起來，並且控制著我們。迄今為止一貫如此活躍地、不斷地描摹田野、農舍和臉龐的視覺，現在似乎失去了功效，或者正在運用它的力量來照明那內在的心靈，而不是外在的世界。亨利・詹姆士必須找到心理活動過程的某種同義對應物，來使一種心理狀態具體化。在描繪人物心理之時，他說，她是「一個隨時準備容納痛苦的器皿，一只深深的瓷器小杯，可以在其中混和各種辛辣的酸性液體」。他總是在使用這種理智的想像。被一般作家所表達或者觀察到的那

＊本文是伍爾夫在1929年寫的《小說概論》中的第四章，收入論文集《花崗岩與彩虹》。

①《梅茜所知道的》是亨利・詹姆士於1897年寫的小說。

種通常的支持物，那種傳統習慣的支柱和枕木，被移開了。似乎一切都脫離了干擾，置於光天化日之下，任憑人們來討論，雖然沒有可見的支持物支撐著它們。對於構成這個世界的心靈來說，它們似乎奇異地擺脫了那些陳舊累贅的壓力，並且超越了環境的壓迫。

不可能用狄更斯和喬治・艾略特的那種陳舊的方式，來使作品突然發生關鍵性的轉折。謀殺、強姦、誘姦和突然死亡，對於這個高高在上的、遙遠的世界來說，並沒有什麼力量。在這兒，人們只是被各種微妙的影響所左右，這些影響包括大家幾乎閉口不談而只在心中捉摸的相互之間的看法，以及有時間、有閒暇來作出種種設想並付諸實施的人們的各種判斷。結果，這些人物似乎被放在真空中，它與狄更斯和喬治・艾略特的實質性的、外形笨拙的世界，或者與標誌出珍・奧斯丁的世界的精確的縱橫交叉的社會習俗，都相去甚遠。他們生活在一個用各種最精巧的思想意義織成的繭子裡，它是由一個完全與謀生餬口無關的社會，以充裕的時間吐出絲來把自己包裹起來而形成的。因此，我們立即意識到，作者使用了迄今為止蟄伏的各種官能、獨創性和技巧，例如用來巧妙地猜破一個謎語的那種內心的機智和靈巧；我們的快感分裂了，變得精煉了，它的實質無限地分裂了，而不是作為一個整體來供我們享用。

梅茜，那位她的離了婚的父母雙方爭奪的小姑娘——他們要求每人輪流贍養她六個月，最後卻各自重新結了婚，有了第二個丈夫和妻子——她深深地埋藏在聯想、暗示和猜測之中，結果她只能十分間接地影響我們，她的每一種感覺都被扭曲了，

並且要掠過一些其他人的心靈，才能達到我們這兒。因此，她並未在我們身上喚起什麼單純的、直接的情緒。我們總是有時間來觀察這種情緒的到來，並且推測它的路徑：一會兒向左，一會兒向右。冷靜、有趣、入迷，我們每一秒鐘都在試圖進一步琢磨推敲我們的感覺，並且調動我們全部深奧微妙的智力，使之構成我們本身的一個部分，我們懸浮在這遙遠的小小的世界之上，並且帶著理智的好奇心，來觀望等待那個結局。

　　儘管我們的快感不是那麼直接，不是那麼強烈地與某種喜悅或憂愁發生共鳴，它具有一種那些更加直截了當的作家所不能給予我們的優雅和甜蜜。這一部分是由於以下的事實：在黃昏的微明和拂曉的曙光之中，我們可以察覺到千百種情緒縱橫交叉的脈絡，在中午充足的陽光之下，它們卻消失了。

　　在這種優雅和甜蜜之外，我們還獲得了另一種快感。小說家總是要我們的感情隨著他的人物一起變化，當我們的心靈從這個永恆的要求之下解脫出來之時，這種快感就來到了。通過切斷現實生活中所引起的各種反應，小說家把我們解放出來，讓我們像在生病或旅行時那樣，自由自在地從事物的本身尋求樂趣。只有當我們不再沉浸於習慣之中，我們才能看出事物的奇特之處，我們就站在外面來觀察那些沒有力量左右我們的東西。於是，我們看到了正在活動的心靈。它設計各種模式的能力，以及它把事物之間的聯繫和不一致之處呈現出來的能力，使我們興味盎然。而這一切，當我們按習慣來行動或被普通的衝動所驅策之時，是被掩蓋起來的。它是一種與數學或者音樂所給予我們的樂趣相類似的快感。當然，因為小說家是用男人

和女人作為他的創作對象，他不斷地激起與數字、聲音的非人格化大相逕庭的各種感情；實際上，他似乎忽視並且壓抑了人物的自然的感情，迫使它們納入一種我們帶著模糊的不滿稱之為「矯揉造作」的計畫方案之中，雖然我們也許還不至於愚蠢到對於藝術中的技巧手法表示不滿的程度。或者通過一種膽怯、拘謹的感覺，或者缺乏大膽的想像，亨利・詹姆士削弱了他的創作對象的興趣和重要性，以便產生一種他所心愛的勻稱感。他的讀者們對此感到不滿。我們覺得他在那兒，像和藹可親的馬戲演出主持者一般，巧妙地操縱著他的人物；他抑制、約束他們的活動；他靈巧地躲閃逃避、裝聾作啞；而一位有更大深度或氣魄的作家，就可能會冒著他的題材所強加於他的風險，讓他的思想扯滿了帆、迎風疾駛，也許這樣他就能獲得勻稱和模式，它們本身也同樣是如此地可愛。

然而，這就是對於亨利・詹姆士偉大程度的估計：他給了我們一個如此確切的世界，一種如此清晰而奇特的美，使我們不能就此滿足，而是要帶著這些非凡的感覺進一步實驗，來理解越來越多東西，並且要從作者時刻在場的沒完沒了的指導以及他的種種安排和憂慮之中解脫出來。為了滿足這種願望，我們很自然地轉向普魯斯特的作品，在那兒，我們立即發現了一種廣泛的同情心，它是如此之偉大，幾乎戰勝了它自己的對象。如果我們打算意識到一切，我們如何來了解任何事情呢？如果，在狄更斯和喬治・艾略特的世界之後，亨利・詹姆士的世界似乎沒有物質的疆界，每一件事物都能被思想的光芒所穿透，並且允許有二十種不同的含義，在這兒進行的解釋和分析，就大

大地超過了那些界限。首先，亨利・詹姆士那位美國佬本身，儘管他優美動人溫文爾雅，他在一種陌生的文化環境中感到不自在，這是一種甚至他自己的藝術之精髓也從未加以完全同化的障礙。普魯斯特的小說，他所描繪的那種文化的產品，是如此多孔而易於滲透，如此柔韌而便於適應，如此完美地善於感受，以至於我們僅僅把它看成一個封套，它單薄而有彈性，不斷地伸展擴張，它的功用不是去加強一種觀點，而是去容納一個世界。他的整個宇宙沉浸在理智的光芒之中。諸如電話那樣最普通的物體，在那個世界裡也失去了它的單純性和堅實性，變成了生活的一部分而顯得透明了。那最普通的行為，例如乘電梯或吃糕餅，不再是一種機械的動作，而是在它們的過程中重新勾起了一連串的思想、情緒、觀念和記憶，它們原來顯然是沉睡在心靈的底壁上。

當這些戰利品在我們四周堆積如山，我們不禁要問：對於這一切，我們應如何處理？心靈決不能滿足於被動地容納一個又一個感覺，必須對它們作出某種處理，必須賦予這豐富的感覺以一定的形態。然而，這種生氣勃勃的力量似乎一開始就已經如此之豐富，甚至當我們需要最迅速地前進之時，它把一些奇特的物體動人心目地放在我們面前，阻擋了道路，並且絆倒了我們。我們不得不停下腳步，甚至違反了我們的心願，來注視它們。

因此，當他的母親叫他來到彌留之際的祖母病榻之旁，作者寫道：「我醒過來回答道：『我並沒有睡著。』」於是，甚至在此關鍵時刻，他停下來細緻入微地解釋，為什麼在醒來之

時，我們往往在一剎那間會覺得自己並未睡著過。這個停頓尤其引人注目，因為這不是人物「我」本人的反省，而是由敘述者非個人化地提出來的，因此，從一個不同的角度，它給心靈留下一種強烈的緊張感，它被那情景的緊迫性所擴展了，把它本身的焦點集中在隔壁房間裡那位臨終的老婦身上。

閱讀普魯斯特的作品所遇到的困難，大部分來自這種內涵豐富的轉彎抹角的表達方法。在普魯斯特的作品中，環繞著任何一個中心點的事物積累是如此豐富，而且它們是如此遙遠，如此難以接近和領會，以至於這個積累攏來的過程是逐步的、艱苦的，而那最終的關係是極端複雜難解的。有許多關於它們的東西要思索，大大超乎人們原來的預料。一個人物不僅要與另一個人物發生關係，還要與氣候、食物、衣服、各種氣味、藝術、宗教、科學、歷史以及千百種其他的影響發生關係。

如果你一旦開始分析意識，你就會發現，意識是被千百種微小的、不相關的意念所擾動著，這些意念中充斥著夾七雜八的信息。因此，當我們開始敘述諸如「我吻了她」這樣一件普通的事情，在我們艱苦地逐漸逼近描述一吻意味著什麼這個艱難的過程之前，我們或許不得不先加以說明，一位姑娘如何跳過一位在海灘上坐在椅子裡的男人。在任何緊要關頭，例如在祖母彌留之際，或者當公爵夫人走進馬車聽說她的老友司旺身罹絕症之時，構成這些場面的各種情緒的數量要大得多，而且與一位小說家放在我們面前的任何其他場面相比，它們本身更是大大地不協調而難以互相關聯。

不僅如此，如果我們請求別人幫助我們尋找道路，那幫助

並非來自任何通常的渠道。作者從來也不會像英國小說家經常所做的那樣來告訴我們：這條道路是對的，另一條道路是錯的。每一條道路都毫無保留、毫無偏見地敞開著。能夠感覺到的任何東西，都可以說出來。普魯斯特的心靈，帶著詩人的同情和科學家的超然姿態，向它有能力感覺到的一切事情敞開著大門。指導和強調，告訴我們這一點是正確的，提醒和囑咐我們去關注那一點，這就會像一片陰影落到這意味深長的光輝之上，並且把它的一部分從我們的視野中遮掉。這部書中的一般素材，就是由這個深深的感覺的水庫所構成。他的人物形象，正是從這些感覺的深處湧現出來，像波濤一般形成了，然後那浪花破裂了，重新又沈沒到那個誕生了它們的思想、評論和分析的流動的海洋之中。

因此，回想起來雖然與其他小說中的任何人物一樣占據支配地位，普魯斯特的人物似乎是由一種不同的實質所構成。思想、夢幻和信息就是他們的一部分。他們成長到充分的高度，他們的行動沒有遇到任何挫折。如果我們要尋求某種指導，來幫助我們把他們放到宇宙中的適當位置，我們消極地發現：並無此種指導——或許同情比干涉更有價值，理解比判斷更有意義。作為思想家與詩人相結合的後果，往往在我們入迷地進行了一些精確的觀察之後，我們遇到了一連串的意象——美麗、色彩繽紛、栩栩如生——似乎心靈已經盡可能地在分析中使用了它的能力，它突然上升到空中，從高處的某一個位置上，用隱喻來給予我們關於同一事物的一種不同的觀感。這種雙重的眼光，使得普魯斯特小說中的那些偉大的人物形象，以及他們

所從而產生的整個世界更像一個球體，它的一面總是隱蔽著，而不像一片直截了當地呈現在我們面前的景色，我們只要短暫的一瞥，即可將它的全景盡收眼底。

為了使這一點更為明確，可能最好再選另一位作家，他也是個外國人，他也有從根蒂直到表面來闡明意識的相同能力。我們直接從普魯斯特的世界走向杜思妥也夫斯基② 的世界，在一剎那間吸引我們全部注意力的那些差別，使我們大吃一驚。與那位法國人相比，這位俄國人是多麼斷然自信。他用互不溝通的、非常顯眼的對立因素，來創造人物或場面。他如此毫無節制地使用「愛」和「恨」這些極端的詞語，以至於我們必須讓我們的想像力飛奔疾馳，以彌合它們之間的距離。人們覺得，在這裡，文化之網編織得極為粗糙，那些網眼十分疏闊。與他們在巴黎所遭受的禁錮相比，男男女女芸芸眾生都可從網眼中溜過去。他們可以自由自在地左右搖擺，指手劃腳，噓嘶呼嘯，大肆咆哮，陷入一陣突然發作的憤怒和興奮之中。帶著激烈的情緒所賦予他們的自由，他們不受猶豫、顧慮、分析的約束羈絆。起初，這個世界與另一個世界相比之下的空虛和粗糙使我們驚訝。但是，當我們稍微調整一下我們的目光，我們覺得顯然仍舊在那個相同的世界之中——使我們著迷的還是人的心靈，令我們關心的仍舊是心靈的軼事。其他的世界，諸如司各特和狄福的世界，是難以令人置信的。當我們開始遇到在杜思妥也夫斯基的筆下如此豐富的那些奇特的矛盾之時，我們對此確信

---

②杜思妥也夫斯基（1821-1881），俄國小說家，擅長心理分析。

無疑。在他的激烈情緒之中，有一種我們在普魯斯特那兒找不到的單純性；然而，激烈的情緒也揭示出心靈深處充滿著矛盾的領域。斯太夫羅根③是「美的典範，然而，似乎他同時又具有某種令人反感的品質」，標誌著斯太夫羅根外表特徵的那種對比，不過是我們在同一個胸膛中遇到的罪惡與道德的粗糙的外部迹象罷了。那種簡單化不過是表面現象；作者似乎在創作過程中把人物壓鑄出來，把他們組合在一起，然後就如此精力旺盛地、迫不及待地把他們全部投入到激烈的運動中去，當這個大膽的、冷酷無情的過程完成之時，它就向我們顯示：在這粗糙的外表之下，一切都是混亂而又複雜。我們起初感到自己置身於一個野蠻的社會之中，在那兒的各種情緒，較之我們在《憶流水年華》④中所遇到的任何一種情緒，都要更為單純、強烈、深刻動人。

由於習俗的約束和障礙是如此稀少（例如，斯太夫羅根輕而易舉地從社會的底層爬到了上層），那種複雜性看上去似乎埋得更深，而使一個人同時顯出聖潔和獸性的這些奇特的矛盾和怪癖，似乎深深地植根於心靈之中，而不是從外面附加上去的。因而出現了《著魔者》⑤這本書的那種奇特的情緒效果。

---

③尼古拉・斯太夫羅根，是杜思妥也夫斯基1871年創作的小說《著魔者》中的男主人公。

④《憶流水年華》是普魯斯特創作的著名意識流小說。

⑤《著魔者》亦可譯作《魔鬼附身者》，杜思妥也夫斯基借用《聖經・新約全書・路加福音》中魔鬼附身於豬群使之紛紛投河而死的故事，認為俄羅斯須擺脫附身的魔鬼，方可獲得新生。

它看上去似乎出於一位狂熱者的手筆，他準備犧牲技巧和藝術手法，以便揭示靈魂的困惑和騷亂。杜思妥也夫斯基的小說中充滿著神秘主義；他不是作為一位作家，而是作為一位聖人來敘述，他裹在一張毯子裡，坐在路旁娓娓而談，具有無窮的知識和耐心。

　　「是的」她答道，「聖母是偉大的母親——她是濕潤的大地，在那兒蘊藏著人們的偉大的歡樂。而一切人間的災難和恐懼，對我們說來都是一種歡樂；當你的淚水流到地面上有一尺深，你將會對於一切都感到萬分欣喜，而你的憂愁就會烟消雲散，這就是我的預言。」當時，那話語一直沉到我的心底裡，當我躬身祈禱之時，我養成了親吻大地的習慣。我親吻著大地，潸然淚下。⑥

　　這是一個典型的段落。然而，在一部小說中，那位說教者的聲音無論多麼崇高，都是不夠的。我們要考慮的興趣太多了，我們面臨的問題也太多了。考慮一下這樣一個場面吧：在那個極端奇特的社交集會上，瓦爾瓦拉·彼得洛夫娜把那個跛足的白癡瑪麗亞⑦帶來了，斯太夫羅根「出於一種殉道的熱情、悔罪的渴望和合乎道義的好色」，與她結了婚。我們不可能一直

---

⑥這是小說《著魔者》中賣聖書的寡婦索菲婭用宗教思想來開導別人的一段描寫。

⑦斯太夫羅根醉後失言，娶了白癡瑪麗亞為妻，但未公諸於眾，彼得洛夫娜公開了這一祕密，遂引起軒然大波。

讀到結尾而不覺得似乎有一隻大拇指在按著我們體內的一個按
鈕，我們卻沒有剩下任何感情來回答這個召喚。這是一個出乎
意料地令人驚奇的日子，一個令人震驚的揭露真相的日子，一
個稀奇古怪地偶然巧合的日子。對於在場的人們——他們從四
面八方成群地擁入那個房間——中的有幾位而言，那個場面具
有更大的情緒上的重要性。作者不遺餘力地暗示，他們的情緒
多麼強烈。他們變得臉色蒼白；他們恐懼地顫抖；他們陷入了
歇斯底里狀態。他們就是如此，在極其輝煌的閃光中呈現在我
們眼前——那個瘋女人的帽子上插著那朵紙做的玫瑰；那位年
輕人期期艾艾，從他的嘴裡吐出來的一個一個字眼「就好像光
滑的、碩大無朋的穀粒……不知道為什麼，人們開始想像：他
必定有一條特殊形狀的舌頭，它特別長，特別薄，並且極其紅，
有一個十分尖銳的、永遠活躍的小小的舌尖」。

　　然而，雖然他們憤怒地頓足、尖聲地喊叫，我們聽到的聲
音似乎發生在隔壁房間裡。也許事實上那仇恨、驚奇、憤怒、
恐懼全都太過強烈，不可能持續不斷地加以感受。這空虛和噪
音使我們懷疑，這種將其戲劇性設計在心靈之中的心理小說，
是否不應該——像那些事實敘述者⑧向我們顯示的那樣——使
它的各種情緒五花八門、變化多端，以免我們因為精神疲勞而
變得感覺麻木了。把文化撇在一邊而投入靈魂的深處，並未使
小說豐富多彩。如果我們轉向普魯斯特的作品，在一個場面中，
我們就會獲得更多的感情，想必它不會像剛才烟霧朦朧的餐廳

---

　　⑧《事實敘述者》是伍爾夫《小說概論》的第一章。

中的那一幕那麼引人注目。在普魯斯特那兒,我們沿著一條觀察的線索生活,它總是出入於這個和那個人物的心靈之中;它從不同的社會階層把信息匯集起來,這使我們覺得一會兒與一位王子在一起,一會兒又與一位餐廳老闆在一道,並且使我們與不同的肉體上的經驗相接觸,諸如在黑暗之後感到光明,在危險之後感到安全,結果我們的想像力從四面八方受到刺激,它並未受到尖聲喊叫和激烈情緒的驅策,而是緩慢地、逐漸地、完全地把那個被觀察的對象包圍攏來。普魯斯特下定決心要把每一件證據都放到讀者的眼前,心靈的任何一種狀態都建立在這些證據之上;杜思妥也夫斯基是如此確信他眼前看到的某些真實情況,他出乎一種自發性的動作——它本身就帶有刺激作用——匆匆忙忙地貿然作出結論。

通過這種歪曲,那位心理學家揭露了他自己。他進行分析和區別的理智,總是幾乎立即被向著感情發展的衝動所征服,不論那感情是同情還是憤怒。因此,在人物身上,往往具有某種不合邏輯的、互相矛盾的因素,或許這是因為他們經受著大大超乎尋常的情緒力量的潮流衝擊的緣故。為什麼他有如此的舉動?我們一再自問,並且相當懷疑地回答自己:他之所以如此,或許是瘋子的行為。另一方面,在普魯斯特的小說中,那種探討問題的方式同樣是間接的,然而它是通過人們的思想和別人對他們的想法,通過作者本人的知識和思想來探討的,結果我們非常緩慢而艱難地理解了他們,但我們是以我們的整個心靈來理解的。

然而,儘管有這些區別,這些書在這一點上是相似的:兩

者都瀰漫滲透著不幸的氣氛。當作家未用任何直接的方式來掌
握心靈之時，這似乎是不可避免的結果。狄更斯在許多方面與
杜思妥也夫斯基相似：他令人驚奇地多產，並且有巨大的漫畫
才能。但是，密考勃⑨、大衛・考坡菲⑩和蓋普太太⑪被直接
放在我們的面前，似乎作者也從相同的角度來看他們，並且除
了感到直接的逗樂和有趣之外，別無他事可作，亦無結論可下。
作者的心靈不過是放在我們與人物之間的一片玻璃，或者至多
不過是圍繞著這些人物的一個框架。作者所有的感情力量都滲
透到他的人物中去了。喬治・艾略特在創作了她的人物之後，
剩餘下來的思想和感情遺留在她的作品中，像雲霧一般籠罩著
她的書頁，使之陰暗朦朧，而狄更斯卻在他的人物身上把他所
有的思想和感情全都消耗殆盡，再也沒有任何重要的東西遺留
下來。

　　但是，在普魯斯特和杜思妥也夫斯基的作品中，在亨利・
詹姆士的作品中，以及在所有追蹤感情和思想活動的作家的作
品中，總是有一種從作者身上洋溢氾濫的情緒，似乎只有把那
部作品的其餘部分變作一個思想情緒的深深的水庫，如此微妙、
複雜的人物才能被創造出來。因此，儘管作者本人並未出場，
像斯蒂芬・屈魯菲某維奇和查勒斯這樣的人物，只能生存於一
個與他們同樣的材料構成的世界之中，雖然尚未把它明確地表

---

⑨密考勃是狄更斯的小說《大衛・考坡菲》中的喜劇性的人物。
⑩大衛・考坡菲是狄更斯同名小說中的男主人公。
⑪蓋普太太是狄更斯的小說《馬丁・瞿述傳》中的人物。

達出來。這種沈思的、分析的心靈之效果,總是產生一種猶豫、疑問、痛苦或者絕望的氣氛。至少,這似乎是閱讀《憶流水年華》與《著魔者》所得到的結果。

對現代文學的印象[*]

　　首先，一個現代人幾乎不會不對這個事實感到震驚，那就是坐在同一張桌子兩邊的兩位評論家竟會同時對同一本書發表完全不同的意見。在右邊的那位，把它稱為英語散文的傑作；與此同時，在左邊的那位，卻把它看作一堆廢紙，如果爐火未熄的話，應該付諸丙丁。然而，對於彌爾頓和濟慈，這兩位評論家卻意見一致。他們表現出一種敏銳的感受能力，而且毫無疑問具有真正的熱情。只是當他們討論當代作家的作品之時，他們才會不可避免地發生衝突。這本發生爭議的書，大約出版於兩個月前，它既是對英國文學的一項持久貢獻，又是矯揉造作、平庸無奇的大雜燴。這就說明了他們為何意見分歧。

　　這是一種奇特的說明。就讀者而論，他希望在現代文學的

　　＊本文選自伍爾夫論文集《普通讀者》，原文的標題是：《一個現代人所感到的印象》。

一片混亂之中得到判明形勢的南針；對作家而言，他很自然地
渴望知道，他幾乎完全在黑暗之中承受了無限痛苦創作出來的
作品，究竟是永遠和英國文學中那些固定的發光體① 交相輝映
呢，還是恰好相反，只是撲滅了那火花。而這種說明，使讀者
和作家雙方同樣不知所措。但是，如果我們站在讀者這一邊，
並且首先探究他所處的困境，我們很快就會豁然開朗，不再迷
惑。同樣的情況，在已往早已經常發生。自從羅伯特・埃爾斯
米厄（或許是斯蒂芬・菲力浦斯）② 不知怎麼散播了那種氣氛
之後，我們就聽到博學之士平均每年兩次——在春季和秋季——
對新的方法爭論不休而一致同意舊的方法；成人之間對這些書
籍也有同樣的分歧意見。如果發生下述情況，就更不可思議，
更令人惶惑，那就是說，如果出乎意外，桌子兩邊的兩位先生
竟然意見一致，把子虛烏有先生的書稱為無可懷疑的傑作，這
就使我們作出決定，究竟是否應該花費十先令六便士的代價來
支持他們的評判③ 。他們兩位都是著名的評論家，他們在此不
謀而合的意見，將會一絲不苟地化為一行行嚴肅的頌詞，來提
高英美文學的尊嚴。

那麼，必定是某種天生的譏諷嘲弄，以及對當代天才的某
種胸襟狹窄的不信任感，使我們在那番評論繼續進行之時自動

---

①指已有定評的文學名著。

②斯蒂芬・菲力浦斯（Stephen Phillips,1868-1915），英國詩人，戲
　劇家。

③即花十先令六便士去買他們的書。

作出決定，即不論他們是否會意見一致──看來他們毫無此種
迹象──為了各種現代的熱情爭辯而付出半個幾尼④的代價，
實在是太浪費了，一張圖書館借書卡，在這種場合就可以很適
當地滿足我們的需要。然而那個疑問依然存在，讓我們大膽地
把它提交評論家們本人去考慮吧。一位讀者在對死者崇敬方面
決不亞於任何人，但是他被一種疑慮所折磨，認為對死者的崇
敬是必不可少地和對於生者⑤的理解緊密聯繫在一起的。對這
樣的一位讀者，現在難道沒人來充當他的指導嗎？迅速考察了
一番之後，兩位評論家一致同意：不幸得很，現在沒有這樣的
人物。因為，就新近的作品而論，他們自己的評論又有什麼價
值呢？肯定還不值十先令六便士。接下去，他們從自己經驗的
倉庫中取出了過去所犯錯誤的可怕例子；批判的失誤如果不是
針對活人而是針對死者，就會叫他們丟了飯碗，並且危及他們
的聲譽。他們所能提供的唯一忠告，是尊重個人自己的本能，
要無畏地順從本能，不要把本能屈從現在活著的評論家或書評
家，而要一再閱讀過去的傑作，來檢驗自己的本能正確與否。

　　我們一邊謙遜地感謝這些評論家，一邊不禁反省，覺得情
況並非總是如此。我們應該相信，從前曾經有一種規範、一種
準則，用我們現在所不知道的方式，控制著一個偉大的讀者共
和國。這並不是說，那些偉大的評論家──屈萊頓、約翰生、

④半個幾尼相當於十先令六便士。
⑤所謂死者和生者，這裡指的是過去的作家和現代作家。

柯立芝和阿諾德⑥——是他們當代作品的無懈可擊的評判者，他們的判斷給作品打上了不可磨滅的印記，並且免除了讀者自己來判斷估價的麻煩。這些大人物對他們同時代作家的評論之失誤，已盡人皆知，在此簡直不值再提。但是，僅僅是他們的存在這一事實，就有一種集中的影響。我們這樣假設可不是幻想說，僅僅是那種影響，就足以控制晚餐桌上的各種不同意見，並且給關於剛出版的某部作品的漫談提出我們正在尋求的權威意見。不同的學派會像過去一樣熱烈爭論，但是，每位讀者在思想背後會意識到：至少有一個人在密切注視著文學的主要準則，如果你把當前某種奇特的作品拿到他面前，他會把它和永久性聯繫起來考慮，並且利用他自己的權威，把它局限於一陣陣對立的讚揚和指責聲中⑦。但是，說到要造就一位評論家，

---

⑥屈萊頓（John Dryden,1631-1700），英國詩人、戲劇家、評論家；柯立芝（Samuel Taylor Coleridge,1772-1834），英國詩人、評論家；馬修・阿諾德（Matthew Arnold,1822-1888），英國詩人、評論家、教育家。

⑦下面兩段引文可以顯示出這種讚揚和指責是多麼強烈：「〔一位白癡告訴我們〕應該像閱讀《暴風雨》和《格列佛遊記》那樣來閱讀這本書，因為，如果麥考萊小姐的詩才不如《暴風雨》的作者卓越超群，如果她的諷刺不如《格列佛遊記》的作者驚人有力，她的公正和睿智卻與他們的同樣高貴。」（《每日新聞》）

第二天我們又讀到這樣一段文字：「此外你只能說，如果艾略特先生高興用通俗英語把《荒原》寫出來，它就不會像現在那樣，對所有的人——人類學家和文學家除外——都是這麼一大堆廢紙。」（《曼徹斯特衛報》）——作者注

大自然必須慷慨而社會必須成熟。現代世界中四處分散的餐桌，構成當代社會的各種潮流的追逐和渦流，只有一位無比雄偉的巨人，才能夠主宰它。我們有權盼望的那位高大的人物，現在又在何處？我們有書評家，但是沒有評論家；我們有一百萬工作勝任、廉潔奉公的警察，但是我們沒有一位法官。有鑑賞力、有學問、有能力的人們，一直在給年輕人講演，並且讚揚已經死去的人。但是，他們能幹而勤奮的筆墨所導致的結果，往往是把活生生的文學肌體風乾成一具小小的骨骼。屈萊頓有他那種直截了當的魄力，濟慈有他的優美自然的風格和深刻的洞察力與明智，福樓拜有他的狂熱信念的無窮力量，尤其柯立芝，他在頭腦裡醞釀完整的詩篇，並且不時發出一種深刻的概括性評述，這些評述是閱讀時心靈激發的火花，它們好像就是那作品的靈魂本身──像上述這種評論家，我們現在無處可尋。

對這一切，那些評論家們也慷慨地一致表示同意。他們說，偉大的評論家是最罕見的人物。然而，要是有一位偉大的評論家奇跡般地出現了，我們應該如何來維持他的生活，應該拿什麼來供養他呢？偉大的評論家，如果他們自己不是大詩人的話，是從時代的揮霍浪費中孵化繁殖出來的。（文學評論）要為某一位大人物辯護，要建立或者毀滅某個學派。但是，我們的時代已經瀕臨貧乏的邊緣。沒有一個姓名能夠鶴立雞群。沒有一位老師傅的工場可以使年輕人在那兒當學徒而引以為榮。哈代老先生早已退出了競技場，康拉德先生的天才之中有一些異國情調，這使他不能像一位令人欽佩的光榮偶像那樣來發揮影響，而是使他和大家疏遠隔離。至於其他人，雖然他們人數眾多、

精力充沛、正處於創作能力的高潮，但其中沒有什麼人能夠嚴
肅地影響他的同時代人，或者透過當前的現實來洞察我們樂意
稱之為不朽的那個不遠的將來。如果我們以一個世紀作為我們
的試驗期限，來問一問，英國在這些日子裡產生的作品中，有
多少到了那時還能存在，我們將不得不回答說，我們不僅不可
能一致同意某一本書會長存不朽，而且我們十分懷疑是否會有
這樣一本書。這是一個支離破碎的年代。有幾節詩，幾頁書，
這兒一章那兒一篇，這部小說的開端和那部小說的結尾，堪與
任何時代或任何作家的最佳作品媲美。但是，我們是否能夠拿
著一堆鬆散的篇頁，到我們的子孫後代那兒去，或者去要求那
時的讀者，要他們面對著整個文學遺產，把我們的小小的珍珠
從我們的一大堆垃圾中篩選出來？這就是評論家可以合法地向
他們同桌的夥伴——小說家和詩人——提出來的問題。

　　起初，悲觀主義的分量似乎足以壓倒一切反對意見。不錯，
我們重申，這是一個荒蕪的年代。有許多理由可以為它的貧乏
辯解；然而，坦率地說，如果我們以本世紀和另一個世紀比較，
那對比似乎是壓倒一切地對我們不利。《威佛萊》、《遠遊》、
《忽必烈汗》、《唐璜》、《哈斯利特散文集》、《傲慢與偏
見》、《赫坡里昂》和《解放了的普羅米修斯》都出版於1800
至1821年之間⑧。我們的世紀並不缺乏艱苦的努力；然而，如

---

⑧司各特的長篇小說《威佛萊》發表於1814年，華茲華斯的長詩《遠
　遊》發表於1814年；柯立芝的短詩《忽必烈汗》發表於1816年；拜
　倫的長詩《唐璜》發表於1818-1823年；威廉‧海斯利特（1778-1830）
　一生發表過好幾部散文集；珍‧奧斯丁的長篇小說《傲慢與偏見》
　發表於1813年；濟慈的長詩《赫坡里昂》發表於1819年；雪萊的詩
　劇《解放了的普羅米修斯》發表於1819年。

果我們要求的是文學傑作，從表面上看來，抱悲觀主義的人是
對的。似乎在一個天才時代之後，接踵而至的必然是一個竭力
掙扎的時代：人們通過純潔而艱苦的工作，來表達騷亂而越軌
的思想。當然，一切榮譽歸於那些犧牲了個人的不朽來把那幢
房屋整理得井然有序的人。但是，如果我們要的是文學傑作，
我們到何處去尋求呢？我們可能覺得，有一點兒當代詩歌將會
倖存；它們是葉慈先生⑨、台維斯先生⑩和德·拉·邁厄先生
⑪的幾首詩。當然，勞倫斯先生有時是偉大的，但是在更多場
合，他遠非如此。比厄鮑姆先生⑫在他本人創作方式的範圍內
是完美的，但這不是一種偉大的方式。《遙遠的地方和往昔的
歲月》⑬中的一些片段，毫無疑問將會永久遺留後世。《尤利
西斯》是一場令人難忘的突然劇變——無限地大膽，可怕的災
難。於是，我們挑挑揀揀，一會兒選這，一會兒選那，把選中
的作品高舉起來給人看，聽到人們為它辯護或嘲笑它，而最後
我們不得不接受這個反對意見，那就是說，即使如此，我們也
不過是同意了批評家的意見，認為這是一個不能持久努力的年

---

⑨葉慈（1865-1939），愛爾蘭戲劇家、詩人。

⑩台維斯（W. H. Davies,1871-1940），英國詩人。

⑪德·拉·邁厄（Walter dela Mare,1873-1956），英國詩人。

⑫比厄鮑姆（Sir Max Beerbohm,1872-1956），英國評論家、散文家、
漫畫家。

⑬《遙遠的地方和往昔的歲月》是英國小說家威·亨·赫德森（1841
-1922）的作品。

代，一個斷簡零篇紛然雜陳的年代，不能嚴肅地和前面一個時代相比。

但是，正當這種意見到處流行，而我們也對它的權威性表示附和的時候，我們有時會極其敏銳地意識到，我們對自己所說的話一字也不相信。我們重申，這是一個荒蕪貧瘠、筋疲力竭的年代；我們不得不懷著嫉妒之心回顧往昔。這又是初春的晴朗日子中的第一天。生活並非完全缺乏色彩。那干擾了最嚴肅的談話、打斷了最有分量的觀察的電話機，它本身就有一段傳奇。那些沒有機會永存不朽來把人們的思想表達出來的偶爾閒談，卻往往具有一種由燈光、街道、房屋和人物組成的布景，不管它是美麗的還是奇特的，都會把它自己編織到一個永存的瞬間中去。然而，這就是生活；而我們談的是文學。我們必須試圖把這兩者分離開來，不讓它們糾纏在一起，並且為樂觀主義的輕率魯莽的精神辯護，來反抗悲觀主義的看來更高級的花言巧語。

我們的樂觀主義大部分來自本能。它來自晴朗的日子、美酒和談話；它來自這個事實——當生活每天獻出這樣的珍寶，每天使人想起的東西比最善於辭令的人所能表達的還要多，雖然我們十分仰慕死去的一代，我們還是寧願有現在這樣的生活。現代生活中有某種東西，即使所有過去時代的生活都可供我們選擇，我們也不願以此作為交換。現代文學儘管有它的一切不足之處，對我們仍有同樣的支配能力和同樣的魅力。它好像是我們每天想要故意冷落、拋棄的某種親屬關係，但是，我們畢竟離不開它。它和那種我們賴以生存、由我們自己造成並在其

中生存的世界有同樣親切的品質，而不是某種儘管威武莊嚴但對我們卻是異己的、從外面看到的東西。沒有任何過去時代的人，比我們這一代更需要珍惜愛護我們的當代作家。我們被乾脆地割斷了與我們先輩的聯繫。稍微變動了一下衡量的尺度——許多世代以來被放在一定位置的一大堆東西，就突然墜落了——已經徹頭徹尾地震動了那個組織結構，使我們和過去疏遠，並且使我們或許過分鮮明地意識到現在。每天我們都會發現自己在做著、說著、想著對我們的父輩說來是不可能的事情。我們對迄今未被人注意的差異之處，要比那已經被人非常完善表達出來的相似之處，感覺敏銳得多。新的書籍所以能引得我們去閱讀它們，其部分原因，就是我們希望它們會反映出我們在態度上的這種重新調整——這些場景、思想、以及帶著如此鮮明的新穎之感向我們衝擊的那些不協調事物顯然出於偶然的組合——並且像文學經常所起的作用那樣，把它完整無缺而清楚明瞭地交還給我們儲存保管。我們在此的確有抱樂觀主義態度的一切理由。沒有一個時代比我們的時代具有更多作家，他們決心要表達把他們和過去時代相分離的差異所在，而不是去表達那些使他們與它相聯繫的相似之處。舉出作家的姓名，會令人不快，但是，凡是接觸詩歌、小說和傳記的最漫不經心的讀者，對我們時代的勇氣和真誠，總之，對我們時代作家廣泛的獨創性，幾乎不可能無動於衷。但是，我們的興奮感被奇特地截斷了。一本又一本書給我們留下了相同的感覺，即原來的允諾並未兌現；智力貧乏；從生活中擷取的光彩沒有被轉化到文學中來。現代最好的作品中，有許多看上去是在壓力之下、用一種蒼白

的縮寫體記錄下來的，它以驚人的輝煌技巧把人物經過銀幕時的動作和表情保存了下來，但是，那陣閃光迅即消逝，給我們留下深深的不滿之感。我們受到的尖銳刺激，和我們獲得的快感同樣劇烈。

我們畢竟又回到了開始的出發點，在兩個極端之間猶豫不決，一會兒滿腔熱情，過一會兒又悲觀失望，對我們的當代作家無法作成任何結論。我們曾求助於評論家，然而他們推卸責任。那麼，現在已經到了接受他們的忠告並且向過去時代的傑作請教以糾正我們的極端態度的時候了。我們覺得，我們自己被這些傑作所吸引，並非出於冷靜的判斷，而是被某種迫切的需要所驅使：我們需要把我們搖擺不定的思想固定在它們安全可靠的基礎之上。但是，老實說，過去和現在之間令人震驚的對比，起初的確使人感到不安。毫無疑問，在偉大的作品之中，往往帶有某種沉悶的因素。在華茲華斯、司各特和奧斯丁女士的一頁又一頁作品中，有一種泰然自若的平靜安寧，它平靜到快要令人昏昏欲睡的程度。各種機會紛至沓來，他們置若罔聞。色彩的濃淡和微妙的差異逐漸積累，他們也置之不顧。他們似乎故意拒絕滿足現代人如此興致勃勃地去刺激促進的那些感覺：視覺、聽覺、觸覺──而比一切都要重要的，是關於人的感覺，簡而言之，是他的心靈深處和知覺的變化，他的複雜性、他的騷亂、他的自我。這一切，在華茲華斯、司各特和珍·奧斯丁的作品之中，幾乎沒有。那麼，那種逐漸地、愉快地、完全地征服了我們的安全感，是從何而來的呢？是他們的信仰──他們確切不移的信念，在對我們施加影響。在華茲華斯這位哲理

詩人身上，這十分明顯。然而，在早餐之前構思他的空中樓閣，
潦草地寫出他的傑作的小說家⑭，和那位僅僅為了給人樂趣而
安靜地悄悄寫作的謙遜的姑娘⑮來說，也是如此。他們倆都有
相同的自然的信念，確信生活具有某種肯定的品質。他們有他
們自己的行為判斷。他們了解人與人之間和人與自然之間的關
係。這一點，他們倆誰也沒有直率地說過什麼話，但是關鍵就
在於此。我們發現我們自己在說：只要相信，其他一切都會水
到渠成。舉一個最近由於《華生一家》⑯出版而使人想起的簡
單例子：你只要相信一位好姑娘會本能地去安慰一位在舞會上
受到奚落的少年，如果你默然地、毫無疑問地相信它，你不僅
會使一百年以後的讀者有同樣的感覺，並且你會使他們把它作
為文學作品來感受。因為，那種肯定無疑的態度，就是使人可
以寫作的條件。相信你的印象對其他人同樣適用，就是擺脫了
個性的束縛和桎梏。帶著一種至今仍使我們入迷的活力，去探
索那富於冒險和傳奇的整個世界，這就是自由，像司各特一般
的自由。這也是那種神祕的創作程序的第一步，珍・奧斯丁就
是非常偉大的精於此道的名家。那段小如顆粒的人生經歷⑰一
旦被選中，被深信不疑，被放到她本身之外，它就會被安排到

---

⑭指司各特。

⑮指珍・奧斯丁。

⑯《華生一家》是珍・奧斯丁大約在1805年寫的一部未完成的小說手
　稿，於1927年在英國出版。

⑰指那位姑娘在舞會上安慰受奚落的少年。

恰如其分的地方，於是她就能自由地用一種分析家永遠無法窺破其奧祕的程序，來把它變成如此完整的陳述，它就是文學。

那麼，我們的當代作家之所以使我們苦惱，就是因為他們不再相信。他們中間最真誠的人，只會如實地告訴我們，他本人的遭遇是怎麼回事。他們不能創造一個世界，因為他們不能擺脫其他人的束縛。他們不能講故事，因為他們不相信故事是真實的。他們不能使特殊的事例一般化。他們依靠他們的感覺和情緒，因為它們的證據是確鑿可信的；他們不依靠他們的理智，因為它的信息是模糊朦朧的。他們沒有辦法，他們不使用作家的藝術技巧中某些最有力、最精緻的武器。儘管他們有英國語言文字的全部財富作為他們的後盾，他們一手一手、一本一本地傳遞的，只是些最卑賤的銅幣。被安頓在那永恆前景的一個嶄新的角度上之後，他們只是迅速地拿出他們的筆記本，愁眉苦臉地拚命記錄那飛逝的曙光（它照耀在什麼東西上面呢？）以及那些空幻的光輝（它們或許什麼也不能構成）。然而，就在這兒，評論家們插了進來，並且擺出一味公正的架式。

他們說，如果這種描述是適用的，而不是——像它很可能的那樣——完全依賴我們在餐桌就坐的位置，和對於芥末罐與花瓶的某種純粹個人的關係，那麼，在目前評判當代作品所擔的風險，要比以往任何時候都大。如果他們的批評大大地偏離了目標，他們可以有各種藉口；而且毫無疑問，最好還是接受馬修·阿諾德的忠告，從當今燃燒著的土地上退卻到安全寧靜的過去時代中去。馬修·阿諾德寫道：「我們接近與我們的時代如此相近的詩歌——像拜倫、雪萊、華茲華斯的詩歌——之

時，我們進入了一片燃燒的土地，因為，對於這種詩歌的評論，
往往不僅是個人的，而且是感情用事的個人的。」這一段話，
人們提醒我們說，是在 1880 年寫的。他們說：你們從幾英
里長的緞帶中挑出一寸放到顯微鏡下觀察，可要當心。如果你
們耐心等待，事物自己會各就其位。要保持中庸之道，要研究
古典作品。更有甚者，生命是短促的；拜倫逝世一百周年紀念
就要來臨，目前人們熱烈爭論的問題是：究竟他有沒有和他自
己的姊姊結婚？總而言之——已經到了應該結束的時刻，而各
人還在同時七嘴八舌說話，在這種情況之下，如果真的還能作
任何結論的話，咱們就來總結吧！——現代作家放棄創造文學
傑作的希望，似乎是明智的。他們的詩歌、劇本、傳記、小說
並非作品，而是一些筆記本；而時間就像一位優秀的教師，會
把它們拿在手中，指出它們的墨水汙迹、亂筆塗鴉、擦抹刪改
之處，並且把它們撕成兩片；但是，他不會把它們扔到廢紙簍
裡去。他會把它們保存起來，因為其他學生會發現它們很有用
處。正是從這些現在的筆記本中，會創造出將來的傑作。正如
評論家們所說的那樣，文學有悠久的淵源，它已經歷過許多變
化；只有目光短淺、胸懷狹窄的人，才會誇大這些小小的風暴，
儘管它們可能會使那些在大海上顛簸的小船晃動。在海面上，
狂風暴雨把人淋得濕透；在海洋深處，卻是連續而平靜的暗流。

　　至於那些以傳播當代著作的評價為職責的評論家，讓我們
承認，他們的工作是困難的、危險的，而且往往是討厭乏味的；
讓我們懇求他們慷慨大方地給人以鼓勵，但是要節約花環和桂
冠，因為它們很容易扭曲、枯萎，在六個月之內，就會使戴上

它們的人看上去有點滑稽。讓他們對現代文學採取一種更寬廣而較少個人色彩的見解，並且確實把作家看作正在從事某項宏偉建築的人，這種建築是由集體共同努力建成的，作為個體的工人就不妨沒沒無聞。讓他們對著那酒足飯飽的一夥砰的一聲關上門，至少暫時放棄討論那迷惑人的題目——拜倫是否娶了他的姊姊——並且從我們坐著閑聊的餐桌旁邊後退一個巴掌那麼寬的距離，來談論一些關於文學本身的趣事吧。他們要離去之時，讓我們挽留他們，並且使他們回想起那位憔悴的貴族海斯特・斯坦霍普女士[18]，她在馬廄裡養著一匹乳白色的駿馬，隨時準備給救世主使用，她一直在山頂上不耐煩然而有信心地仔細觀望，等待救世主降臨的各種迹象；讓我們請求他們以她為榜樣，仔細眺望遠處的地平線，為未來的傑作準備道路吧。

---

[18]海斯特・斯坦霍普（1776-1839）係第一代查坦姆伯爵威廉・匹特（William Pitt,1708-1778）之侄女，據說她盼望基督降臨，因此養著一匹駿馬，隨時準備獻給祂使用。

貝內特先生與布朗夫人*

　　這在我是很可能的，或者說稱心合意的事情：我也許是這個房間裡唯一曾經寫過，試圖要寫，或者沒有寫成一部小說的傻瓜。當我問自己——因為你們邀請我來給你們講現代小說，這就促使我向自己提出問題——是什麼精靈鬼怪在我身旁絮絮耳語，慫恿我走上了那條絕路，於是一個小小的人影兒（一個男人或女人的身影）在我面前站了起來，她對我說：「我姓布朗。如果您有本事，就來抓住我吧。」

　　大部分小說家都有同樣的經歷。某一位布朗・史密斯或瓊斯來到他們面前，以世界上最誘惑人、最富於魅力的方式說道：「有本事，就來抓住我吧。」於是，追隨這簇閃爍的鬼火，他

---

*這是伍爾夫於1924年5月18日在劍橋大學宣讀的一篇論文，當時以〈小說中的人物〉為標題，後來收入伍爾夫論文集《船長彌留之際》。（ *The Captain's Death Bed* ）。阿諾德・貝內特（ 1867-1931 ），英國小說家，以善於描寫細節著稱。代表作為《老婦譚》。

們踉踉蹌蹌地前進，寫出了一部又一部作品，在這場追逐中消磨了他們一生中最寶貴的歲月，而他們大多數幾乎沒有得到什麼報償。只有少數人抓住了這個魔影；多數人不得不滿足於扯到一片衣服或一絡頭髮。

男女作家之所以會去寫小說，是因為他們受到了誘引，要把這盤據在他們心頭的人物形象塑造出來；我的這種信念，得到了阿諾德・貝內特先生的認可。他在一篇我將要引用的文章中寫道：「優秀小說的基礎就是人物塑造，此外再也沒有什麼別的東西……。風格是有價值的；情節是有價值的；觀點的新穎獨創是有價值的，但是，它們中間沒有一項像塑造令人信服的人物那樣有價值。如果人物真實，那部小說將會有一個生存的機會；人物不真實，那部小說的命運必將是湮沒無聞……。」他進一步得出結論：目前我們沒有第一流的、舉足輕重的青年小說家，因為他們沒有能力塑造栩栩如生、真實可信的人物形象。

這些就是我要在今天晚上大膽地而不是審慎地討論的問題。我要弄清楚，當我們提起小說中的「人物」，我們是指什麼而言；我要就貝內特先生提出的真實性問題發表一些見解；而且我要為青年小說家在塑造人物方面的失敗找出一些理由，如果他們確實像貝內特先生斷言的那樣失敗了的話。我很清楚地意識到，這將會使我作一些非常概括而又十分模糊的論斷。因為，這是一個極其棘手的問題。請想一想，我們對人物懂得多麼少——對藝術我們又是多麼無知。但是，為了在我開始論述之前把情況澄清一下，我建議我們把愛德華時代① 和喬治時代② 的作家分成兩個陣營；我要把威爾斯先生、貝內特先生和高爾斯華綏

先生稱為愛德華時代的作家，把福斯特先生、勞倫斯先生、斯特雷奇先生③、喬伊斯先生和艾略特先生④ 稱為喬治時代的作家。如果我是帶著令人難以忍受的自負態度，用第一人稱來講話，我要請求你們原諒。我並不想把孤陋寡聞、誤入歧途的個人意見，當作全世界普遍的見解。

　我的第一個論斷，我想你們都會同意——那就是，這個房間裡的每一個人，都是一位人物性格的評判員。真的，要不是從事於「性格判斷」⑤並且對這門藝術有一點技巧的話，你要無災無難太太平平地活上一年，是不可能的。我們的婚姻、我們的友誼皆有賴於此；我們的事業大部分有賴於此；日常生活中發生的許多問題，只有依靠它的幫助，才能獲得解決。現在我將冒昧提出第二個論斷，也許它更可爭議，那就是在1910年12月，或者大約這個時候，人性改變了。

　我並不是說，我們走了出去，也許走到花園裡去，在那兒看到一朵玫瑰開了花，或者一隻母雞下了蛋。我所說的那種變化，並不像這樣突然而明確。但是，無論如何，總是有了一種變化；既然免不了要任意劃個界線，那就讓我們把這變化發生的日期定在1910年吧。這種變化的最初跡象，記載於塞繆爾·

---

①愛德華時代指英王愛德華七世（1841-1910）的統治年代（1901-1910）。
②喬治時代指英王喬治五世（1865-1936）的統治年代（1910-1936）。
③斯特雷奇（1880-1932），英國傳記作家、評論家。
④艾略特（1888-1965），美國詩人，評論家，於1927年加入英國籍。
⑤character-reading，可譯為對人物的理解或對人物性格的判斷。

巴特勒⑥的作品之中，特別是他的小說《眾生之路》中；蕭伯納的戲劇繼續記載了這種變化。在生活中，我們也可以看到這種變化。如果我可以用一個家常的例證來說明這個問題的話，我要說，我們可以在我們廚師的性格中看到這種變化。維多利亞時代⑦的廚師好比生活在深水中的怪獸，他是威嚴的，沉默的，形象模糊的，不可捉摸的；喬治時代的廚師是在陽光和新鮮空氣中生活的生物，他在我們的客廳裡走進走出，一會兒來借一份《每日先驅報》，一會兒來向你徵求意見，問問他該買頂什麼樣的帽子。你們還需要更嚴肅的例證來說明人類的變化能力麼？請閱讀一下《阿加曼農》⑧，並且看看，隨著時間的推移，各位的同情心是否完全跑到克莉泰門斯特拉⑨那一邊；或者考慮一下卡萊爾夫婦⑩的婚姻生活，你們不禁要嘆惜那可怕的家庭傳統使他們虛度年華，徒勞無益，那種傳統似乎要使一位天才的婦女把她的時間都用來捉捉臭蟲、擦洗鍋勺，而不是去著書立說。人與人之間的一切關係——主僕、夫婦、父子之間的關係——都已經發生了變化。而人與人之間的關係一旦發生了變化，信仰、行為、政治和文學也隨之而變。讓我們大

---

⑥塞繆爾・勃特勒（Samuel Butler, 1835-1902），英國小說家。

⑦維多利亞時代指維多利亞女王（1819-1901）統治時期（1837-1901）。

⑧《阿加曼農》是古希臘艾斯克勒斯（Aeschylus,公元前525-前456）的著名悲劇。

⑨克莉泰門斯特拉是阿加曼農之妻。

⑩卡萊爾（1795-1881），英國評論家。

家同意，把這些變化之一的發生時間，規定於1910年左右吧。

我剛才已經說過，人如果要沒災沒病地活上一年，就不得不具備判斷人物性格的技巧。然而，這是年輕一代的藝術。中年人和老年人使用這門藝術，大部分只是為了功利的目的，他們很少在判斷分析人物性格的藝術中建立友誼和進行其他的嘗試與實驗。然而，小說家和其他人不同，因為，在出於功利目的對人物已經有了足夠了解之後，他們仍然不停地對人物性格感到興趣。他們更進一步，覺得人物性格本身就具有某種永遠能引起人們興趣的東西。當所有人生實際事務都履行完畢之後，還有某種與人物有關的因素，對他們似乎仍舊極其重要，儘管它和他們的幸福、舒適或收入毫無關係。對他們說來，人物性格的分析研究已經成為一種全神貫注的追求；他們賦予人物性格一種令人擺脫不了的魔力。我覺得這一點很難解釋：小說家提到人物性格之時，他們的意思是指什麼？那個常常如此有力地促使他們在創作中體現他們觀點的動機，又是什麼？

因此，如果你們允許的話，我將用一個簡單的故事來代替分析和抽象的論述，無論這個故事多麼不得要領、毫無意義，它的優點是具有真實性。它涉及一次由李奇蒙德⑪到滑鐵盧⑫的旅行。我希望通過這個故事來向諸位表明，我說的人物性格本身是什麼意思；我希望大家會理解它可能具有的不同面貌，

---

⑪指倫敦郊外的李奇蒙德公園。

⑫滑鐵盧是倫敦一個火車站和街道的名稱。

以及當你們試圖用字來加以描述之時，你們所直接面臨的可怕危險。

幾星期前的一個晚上，我去乘火車，因為遲到了，就跳進了我遇到的第一節車廂。一坐下，我就有一種奇異的不安之感：我打斷了已經坐在那兒的兩個人之間的談話。並不是因為他們是年輕的或者幸福的一對。遠遠不是如此，他們倆年齡都不小了，那個女的六十多歲，男的也近半百。他們倆面對面坐著，那個男人，從他的態度和他臉上的血色來判斷，他剛才一直是身子向前、伸著脖子、用強調的語氣在說話，現在往後一靠，閉口不說了。顯然，我打擾了他，他感到不快。可是，那位老太太，我將稱她為布朗夫人，似乎大大鬆了一口氣。她是一位乾淨的、穿著絨毛磨光露出線紋的舊衣服的老太太，每一個衣鈕和裙襬都緊緊扣著，每一個破綻都打上補釘並用刷子刷淨，她的極端整潔比襤褸汙穢的衣衫更容易使人看出她極端貧困。她身上有一副窘困的模樣———一種苦惱、憂慮的表情，而且，她的身材極其瘦小。她的雙腳，穿著清潔的小皮靴，幾乎觸不到地板。我覺得，沒有人在贍養她；凡事都得由她自己決定；好多年以前，她被遺棄了或者成了寡婦，過著一種憂愁的、受折磨的生活，把她的獨生子扶養成人，說不定他現在也開始墮落了。當我坐下時，這一切在我的頭腦中一閃而過；同時，就像大多數人一樣，和別的旅客同行，我感到不舒服，除非我為了某種原因早就知道他們的來龍去脈。然後，我注視那個男人。我覺得他肯定不是布朗夫人的親屬；他屬於一種更強壯、結實而比較粗俗的類型。我猜想他是商人，很可能是一位體面的北

方穀物商人；他穿著質地優良的藍色嗶嘰服，口袋裡帶著小刀和絲手帕，還有一只結實的旅行皮包。然而，他顯然有一件不愉快的事情要和布朗夫人解決；這是一個祕密，也許不是一樁光明正大的交易，他們不想當著我的面討論。

「對，克洛夫一家在僱僕人方面運氣很不好，」史密斯先生（我將這樣稱呼他）一邊考慮一邊說；為了維持外表的平靜，他重新回過來談先前的話題。

「啊，可憐的人，」布朗夫人有點屈辱地說：「我祖母有一個女僕，她來的時候才十五歲，一直待到八十歲。」（她用一種感情受到傷害和挑釁的驕傲口吻說話，也許是為了給我們倆留下強烈的印象。）

「現在人可不常遇到這樣的事情了，」史密斯先生用和解的語調說道。

他們沉默下來。

「他們不在那兒搞個高爾夫俱樂部，可真怪——我本來以為那些年輕人總有一個會發起的，」史密斯先生說道，因為那沉默顯然使他感到不安。

布朗夫人幾乎不想回答他。

「他們在這一帶造成了多麼大的變化喲，」史密斯先生瞧著窗外說道；他說話的時候，偷偷打量我。

很清楚，從布朗夫人的沉默和史密斯先生說話時那種不自然的殷勤，可以看出他有某種支配影響她的能力，而現在他正在令人不快地發揮著這種力量。這可能出於她兒子的墮落，或者她過去生活中某種痛苦的插曲，或者她女兒的某種遭遇。也

許她正要到倫敦去簽署一項轉讓財產的契約。顯然違反她本人的意志，她是在史密斯先生的掌握之中。我開始對她感到十分憐憫，當她突然不連貫地說道：

「你能不能告訴我，一棵橡樹的葉子連續兩年被蟲子吃光，它會不會死？」

她用一種有教養的、好奇的聲調說話，相當明快而精確。

史密斯先生吃了一驚；但是這給他一個安全可靠的話題，他感到鬆了口氣。他很快對她說了不少有關植物遭受蟲災的情況。他告訴她，他的兄弟在肯特郡有個果園。

他告訴她，肯特郡的果農每年幹些什麼活兒，等等、等等。他說話的時候，發生了一件非常奇怪的事情。布朗夫人拿出了她小小的白色手帕，開始輕輕地抹她的眼角。她正在哭泣。但是她相當鎮定自若地聽他說下去；他把聲音稍微提高一點，有點生氣地講下去，好像他以往經常看見她哭泣，似乎這是一個令人痛苦的習慣。最後，他不耐煩了。他突然住嘴，凝視著窗外，然後像我剛才進來時那樣，向她傾斜著身子靠攏過去，用一種威脅恐嚇的方式和她說話，似乎再也不能忍受這種胡鬧。他說：

「我們剛才討論的問題，就這樣決定了吧？星期二喬治會到場，是不是？」

「我們決不遲到，」布朗夫人極其莊嚴地振作精神說道。

史密斯先生沒吭聲。他站了起來，扣好上衣的鈕扣，把他的旅行皮包從架子上取下來，火車還未在克萊漢姆車站停穩，他就跳了下去。他已經達到了他的目的，但是他感到內疚，他

很樂意離開那位老太太的視野。

留下布朗夫人和我一塊兒。她坐在對面那個角落裡，十分整潔、十分瘦小、十分奇特，忍受著強烈的痛苦。她給人的印象具有壓倒一切的力量。它就像一陣穿堂風，一股燒焦東西的烟味兒，迎面撲鼻而來。它是由什麼成分組成的——那壓倒一切的奇特印象？在這種情況下，無數互相矛盾的想法湧上了心頭，你會在各種不同場景的中心看到那個人物，看到布朗夫人。我想像她在海濱的一幢小屋子裡，身邊有許多奇特的小擺設：海膽和玻璃櫥裡的船舶模型。她丈夫的勛章掛在壁爐上方。她僻僻啪啪地在房間裡走進走出，坐在椅子邊上，從杯碟中一小口一小口地用餐，她出神地凝視著前方，沉溺於長時間的默想之中。剛才提到的蟲子和橡樹，似乎就暗示著這一切。後來，史密斯先生闖入了這幻想的、閑靜的生活。我看到他在一個狂風怒號的日子，像一股旋風般闖了進來。他啪的一聲推開門，又砰的一聲關上。他滴著水的雨傘在大廳裡留下了一個水窪。他們倆在小房間裡一起坐下來密談。

於是，那可怕的事情真相，就在布朗夫人面前揭開了。她作了英勇的決定。第二天早上，在拂曉之前，她收拾好她的旅行包，自己拿到火車站去。她不願意讓史密斯碰它一下。她的自尊心受到了傷害，她從停泊之處起錨出航了；她出身於雇用僕人的、溫文有禮的體面人家——但是，詳細情況有待於將來始見分曉。重要的是理解她的性格，把自己沉浸到她的環境氣氛中去。我沒有時間來解釋，為什麼在火車停住之前，我感到此事有點悲劇的、英雄的意味，然而又混雜著那種奇異的、幻

想的色彩。我瞧著她拿著她的旅行包，在寬敞的、燈火輝煌的車站中消失了。她看上去十分瘦小，十分頑強，同時又非常脆弱，非常英勇。我從未再見過她，也永遠不會知道她結局如何。

這個故事不得要領地結束了。但是，我把這段軼事告訴你們，並不是要表示自己聰明，或者說從李奇蒙德到滑鐵盧的旅行多麼愉快。我要諸位從這個故事中看出這一點：這兒有一個人物，她在別人心頭留下印象。布朗夫人在這裡促使別人情不自禁地寫一部關於她的小說。我相信，所有小說都是從描寫對面角落裡的一位老太太開始的。那就是說，我相信所有小說都得與人物打交道，都要去表現人物性格——小說的形式之所以發展到如此笨重、累贅而缺乏戲劇性，如此豐富、靈活而充滿生命力的地步，正是為了表現人物，而不是為了說教、謳歌或頌揚不列顛帝國。我已經說過，小說是為了表現人物性格；但是你們會馬上反響，認為我這句話可以有最廣泛的解釋。例如，布朗老太太這個人物，會按照你們不同的年齡和國籍，而給你們留下十分不同的印象。關於火車上的那一段插曲，很容易被寫成三種完全不同的文本：一份英文的、一份法文的、一份俄文的。英國作家會把那位老太太塑造成一位「人物」，他會把她的癖嗜和習慣，她的鈕扣和皺紋，她的緞帶和瘰腫都表現出來。她的個性會主宰著那部小說。法國小說家會把這些全部一筆勾銷；她會犧牲布朗夫人，來提供一種更加一般化的人性觀念，塑造一個更抽象、更合乎比例、更和諧的整體。俄國作家的目光會穿透血肉之軀，把靈魂揭示出來——只有那個靈魂，在滑鐵盧大街上徘徊遊蕩，向人生提出一些極其重大的問題，

看完這本書之後，這些疑問還在我們的耳際縈迴不已。而且，除了時代和國家之外，還得考慮作家的氣質。你從人物身上看到了這一點，我卻看到了那一點。你說它意味著這個，我卻說它意味著那個。等到寫作之時，各人又依據他們自己的原則來作出進一步的選擇。於是，根據作家的時代、國籍和氣質，布朗夫人的描寫就可以千姿百態、變化無窮。

但是，現在我必須回顧一下阿諾德‧貝內特先生的話。他說，人物真實，那部小說才有生存的機會；否則它必定夭折。但是，我問自己：什麼是真實？誰又是真實的評判者？一個人物可能對貝內特先生真實，對我又相當不真實。例如，在他那篇文章中，他說《歇洛克‧福爾摩斯探案》中的華生博士對他說來是真實的；在我看來，華生博士不過是一只塞滿了稻草的布袋、一個傀儡、一個滑稽角色罷了。一本又一本書中的一個又一個人物，都是如此。沒有什麼事情，像人們對人物真實性的看法那麼截然不同，現代作品中的人物尤其如此。但是，如果用一種更廣泛的觀點來看問題，我想貝內特先生完全正確。那就是說，各位如果想起你們認為偉大的小說——《戰爭與和平》、《名利場》、《特立斯頓‧香弟》、《包法利夫人》、《傲慢與偏見》、《卡斯特橋市長》、《維列蒂》⑬——想起這些書，你們確實馬上會想起某個人物，他對你們似乎如此真實（我的意思並不是說逼真），他有力量使你們不僅想起他本

---

⑬《維列蒂》是夏洛蒂‧勃朗特（1816-1855）的作品。

身，而且使你們通過他的眼光來認識各種事情——宗教、愛情、戰爭、和平、家庭生活、鄉村舞會、夕陽的餘暉、上升的明月、不朽的靈魂。我覺得，似乎在《戰爭與和平》這部小說中，人類經驗中的任何一個主題幾乎被囊括無遺。在這些小說中，所有偉大的小說家使我們通過某一個人物的眼光，看他們希望我們看到的一切東西。不然的話，他們就不是小說家，而是詩人、歷史家或宣傳鼓動家了。

現在讓我們考察一下貝內特先生繼續說了些什麼——他說，喬治時代的作家中沒有偉大的小說家，因為他們不能創造真實的、活生生的、令人信服的人物。這一點我可不能同意。我想，我們有各種理由、藉口和可能性，對這個問題產生不同的看法。至少我似乎如此；但是，我充分意識到，對此我可能抱有偏見，過於自信或者目光短淺。我要把我的見解公諸於各位聽眾，希望你們能使它變得不偏不倚、公正不阿、寬宏大量。那麼，當代小說家要塑造不僅在貝內特眼中、在公眾眼中也是真實的人物，為什麼如此困難呢？為什麼十月將臨、年終在望，出版家們總是無法給我們提供一部不朽傑作呢？

理由之一，是1910年左右開始寫小說的男女作家，都面臨這個巨大的困難——沒有一位現在還活著的英國小說家可以作他們的楷模，讓他們學會如何寫作。康拉德先生是一位波蘭人，這就使人把他撇在一邊，不論他如何令人欽佩，他對作家不會有多大幫助。哈代先生1895年以來沒有寫過一部小說。1910年代最突出、最成功的小說家，我想，是威爾斯先生、貝內特先生和高爾斯華綏先生。我似乎覺得，到他們那兒去請

教如何寫小說——如何塑造真實的人物——恰恰好比到製靴匠那兒去請他教你修鐘表。我希望我不會給你們錯覺，說我不欽佩他們，不欣賞他們的作品。對我說來，他們有很大的價值，而且確實有很大的必要性。在某些季節，皮靴比鐘表更重要。咱們不用隱喻，打開天窗說亮話吧。我想，在維多利亞時代⑭的創作活動之後，不僅對文學，而且對生活，都需要有人來寫威爾斯先生、貝內特先生和高爾斯華綏先生寫的那種小說。然而，它們又是多麼奇特的作品！有時我簡直拿不準，究竟是否應該把它們稱為作品。因為，它們給人留下一種至為奇特的不完整和不滿足的感覺。為了使它們完整，似乎需要做一些事情來加以補救——去參加某個社團，或者更不得已，去簽署一張支票。幹完了那件事情，那種煩躁不安的心情平靜了下來，那部作品就算看完了；可以束之高閣，永遠不必再讀。但是，其他小說家的作品就不同。《特立斯頓·香弟》或《傲慢與偏見》本身就是完整的；它們是獨立自足的；它們不會使人感到想去做什麼別的事情，除非真的把那部作品再讀一遍，並且更好地去理解。也許區別就在於此：斯特恩和珍·奧斯丁的興趣就在事物本身、人物本身、作品本身。因此，一切都包涵在作品之內，而不是在作品之外。但是，愛德華時代的作家的興趣，從來就不在人物本身或作品本身。他們的興趣在外面的某種東西。於是，他們的書作為作品而言，是不完整的，實際上需要

---

⑭見前注。這是英國文學中現實主義傳統發展成熟的時期。

讀者自己來積極主動地加以完成。

如果我們冒昧地想像一下火車車廂裡一個小小的聚會，也許可以說清楚這個問題——假定威爾斯先生、高爾斯華綏先生、貝內特先生正和布朗夫人一起乘火車到滑鐵盧去。布朗夫人，我已經說過，她衣著寒酸，身材瘦小。她看上去焦慮不安，深受驚擾。我不知道她是否就是大家稱為有教養的婦女的那種人物。威爾斯先生迅速地——這種迅速，我無法充分形容——抓住了我們的初等學校令人不滿的情況的所有這些症狀，馬上在窗玻璃上設計出一幅更美好、更輕鬆、更喜悅、更幸福、更富於冒險精神和豪俠氣概的世界圖景，在這個理想世界中，這些破舊的車廂和古板的老太太決不會存在；在那兒，神奇的彩舟每天早晨八點鐘把熱帶水果運送到倫敦的坎布威爾；那兒有公共托兒所、噴泉、圖書館、餐廳、會客室和集體婚禮；那兒每一位公民都慷慨大度、坦率正直、氣宇軒昂、品格高尚，極像威爾斯先生本人的寫照。但是，決不會有任何人有一丁點兒像布朗夫人。烏托邦裡沒有布朗夫人。真的，我想，威爾斯先生迫切地要把布朗夫人改鑄成她所應有的面貌之時，決不會對她的真實現狀花費一點兒心思。高爾斯華綏先生將會看到些什麼呢？我們難道還能懷疑，道爾頓的工廠牆壁會首先引起他的興趣嗎？那個工廠裡，女工每天要生產二十五打陶瓷罐子。住在麥爾恩特路的那些當母親的，就依賴那些女工掙的幾個小錢過活。但是，住在適爾里的老闆們，卻在夜鷹歡唱之時，抽著昂貴的雪茄，高爾斯華綏先生義憤填膺，他的頭腦裡塞滿了各種統計資料，他正在著手安排整頓文明秩序，至於在布朗夫人身

上，他不過看到一只在社會的車輪上砸碎了而被扔到角落裡的破罐子罷了。

這些愛德華時代的作家中，只有貝內特先生的目光仍舊沒有離開那車廂。他確實會極其仔細地觀察每一個細節。他會注意到那些廣告；斯旺內奇和朴茨茅斯的風景圖片；狹窄套子的欽鈕之間臃腫膨脹的椅墊；布朗夫人戴了一枚在惠特華斯集市上賣三先令十三便士的胸針；她的兩隻手套都修補過了——實際上，左面那隻手套的大拇指已經重新換過。最後，他會注意到，這是給中產階級居民提供方便的從溫沙到李奇蒙德的直達快車，這些中產階級有錢上戲院，但他們尚未達到具有自備汽車的社會地位，雖然有時他們也有機會（他會告訴我們是什麼機會）從汽車公司雇一輛出租汽車（他會告訴我們是那一家公司）。於是，他會沉著鎮靜地向布朗夫人漸漸挨近過去，並且注意到她在達契特繼承了一小塊產業，是根據官方文書註冊租用而不是終身自由享有的世襲不動產，它已經抵押給平衡法庭的律師邦蓋先生了——但是，我為什麼要想像推測貝內特先生的觀察方式呢？貝內特先生不是自己在寫小說嗎？我要打開我信手拈來的第一本書——貝內特先生寫的《希爾達·萊斯威斯》。讓我們看看他如何按照一個小說家所應有的方式，使我們感覺到希爾達是一個真實的、活生生的、令人信服的人物。他輕手輕腳關上了房門，這表明她和她母親之間的關係多麼局促拘泥。她喜歡閱讀《莫德》⑮；她有極強烈的感受天賦。迄今

---

⑮《莫德》是英國詩人丁尼生所作長詩。

為止，一切順利；在這開頭幾頁中，每一個筆觸都是重要的；貝內特先生試圖用他從容不迫、穩當紮實的方式向我們說明她是個什麼樣的姑娘。

但是，接下去他開始描寫的不是希爾達本人，而是從她臥室的窗口望出去的景色，他的藉口是收租員斯開侖先生打那兒走過來了。貝內特先生接著寫道：

> 特恩希爾管區在她後面伸展開去；它不過是五鎮在北面的前哨地帶，五鎮所有其他的陰暗區域，一直延伸到南面。在查特萊樹林的末尾，那條運河拐了幾個大彎，流向那未被汙染的契塞爾平原和大海。運河邊上，恰好面對著希爾達的窗口，是一座麵粉廠，有時候，麵粉廠冒出的烟霧和那片前景兩邊的石灰窯與烟囱冒出的烟霧一樣多。從那麵粉廠伸出一條磚砌的小徑，把幾排小屋和附屬於它們的花園隔開了，這條小徑一直通到萊斯威斯夫人屋前的萊斯威斯大街。斯開侖先生必須經過這條小徑走到這兒來，因為他住在這些小屋中最遠的一幢裡。

只要一行有深刻洞察力的文字，就可以比這幾行描寫表達出更多東西；但是，咱們不必苛求，就讓它們作為小說家難免的累贅文字通過了吧。現在我們來看一看——希爾達在哪裡呢？哎喲。希爾達還在窗前眺望。盡管她滿腔熱情而又十分失望，這位姑娘可喜歡觀察房屋啦。她經常把這位斯開侖老先生和她從臥室窗口望見的那些別墅來比較。因此，這些別墅就必須描寫一番。貝內特先生接著寫道：

　　這一排房屋被稱為「終身享有的世襲別墅」，在本地區，這是一個有意識地引以為榮的名稱，因為本區大部分土地是按官方文件註冊租用的，只有付了「稅款」，並且得到莊園地主的代理人主持的一個「法庭」的封建性的認可，才能轉讓給別人。大部分別墅屬於它們的居住者所有，他們每個人都是他那塊土地的絕對統治者，他們在被烟垢燻黑的花園裡，在隨風飄拂的晾乾的襯衣和毛巾之間，為一些雞毛蒜皮的事情消磨掉整個黃昏。終身享有的世襲別墅象徵著維多利亞時代經濟的最後勝利，是小心謹慎、勤勞刻苦的工匠們的最高理想。它符合一位建築協會會長對天國樂園的夢想。而且它確實是一項非常可觀的成就。盡管如此，希爾達毫無理性的蔑視卻不願意承認這一點。

　　我們喊道：謝天謝地！我們終於接觸到希爾達本身了。但是，千萬別得意過早。希爾達可能是這樣，那樣，或另一種樣子；希爾達不僅愛看房屋，而且還愛想房屋，希爾達本人又住在一幢房子裡。希爾達住的是一幢什麼樣的房子呢？貝內特先生接著寫道：

　　　　她祖父，茶壺製造商萊斯威斯，在一片分離的地坪上建造了四幢房屋；她住的是中間兩幢之一；它是那四幢房屋中最主要的一幢，顯然就是那片地坪的所有者本人的住宅。邊上的房子中，有一幢開了個蔬菜雜貨商店，這幢屋子按比例應該設置花園的地盤被剝奪了，為了讓那位領主的花園可以設計得比其他房子的花園稍大一點。建在這塊地坪上的可不是些小屋，而是年租二十六至三十六英鎊的樓房；工匠、保險公司職員和收租員們可住不起。不僅如此，那房子造得很

好，可謂不惜工本；它的建築雖然打了點折扣，但是多少可以看出喬治時代追求舒適的優雅款式。它被公認為鎮上的新住宅區中最好的一排房子。斯開侖先生走到了這終身享有的世襲別墅的外圍，他顯然是來到了一個更高級、更寬敞、更自由的地方。突然希爾達聽到她母親說話的聲音……

但是，我們聽不到她母親的聲音，也聽不到希爾達的聲音；我們只能聽到貝內特先生的聲音，他正在告訴我們關於房租、「終身享有」、「註冊租用」和「稅款」等等事實。貝內特先生目的究竟何在？對此，我已經形成我自己的看法——他正在試圖使我們為他施展想像力；他正在試圖讓我們著迷，使我們相信：既然他構思了一幢房子，必定會有人住在裡面。貝內特先生有驚人的觀察能力，有偉大的同情心和博愛精神，儘管如此，他一次也沒有注視過坐在角落裡的布朗夫人。她就坐在那車廂的角落裡——火車正在運行，它不是從李奇蒙德開往滑鐵盧，而是從英國文學的一個時代開往另一個時代，因為，布朗夫人是永恆的，布朗夫人就是人性，布朗夫人只是表面上有所改變，而在火車上進進出出的過客，正是那些小說家們。她就坐在那兒，愛德華時代的作家甚至沒有一位對她瞧上一眼。他們的目光使勁地、探索地、同情地向窗外望去，注視著工廠、烏托邦，甚至注視車廂裡的裝飾物和壁毯；但他們從來也不去注視布朗夫人，不注視生活，不注視人性。因此，他們形成了一種符合他們目標的小說寫作技巧；他們製造了各種工具，建立了各種傳統規範，來幹他們的事業。然而，那些工具可不是我們的工具，那些事業也不是我們的事業。對我們說來，那些

傳統意味著毀滅，那些工具意味著死亡。

你們完全可以抱怨我的語言涵義模糊。你們可以質問我：什麼是傳統規範？什麼是工具？你說貝內特先生、威爾斯先生和高爾斯華綏先生的傳統規範對喬治時代的作家不合適，這又是什麼意思呢？這問題難以解答；我想找一條捷徑。一種寫作的傳統規範和一種行為的傳統規範沒有多大差別。在生活中和文學中，都必須有某種手段，來作為溝通女主人和她不熟悉的客人，溝通作家和他不認識的讀者的一座橋樑。女主人想起了她可以談談天氣，因此世世代代的女主人已經確定了這個事實：天氣是一個普遍感到興趣的話題，這是我們全都相信的。她一開始就說，今年五月天氣可真糟，她這樣和不熟悉的客人接觸之後，接下去就談一些更有興趣的事情。在文學中，也是如此。作家要和他的讀者接觸，就必須把讀者熟悉的某種東西放在他面前，讓它來激發他的想像力，使他能在以後建立默契的更困難的事業中自願與作家合作。最重要的是：這種雙方接觸的交叉點，必須是容易達到的，幾乎是出於本能、在黑暗之中閉著眼睛也能達到。在我上面引述的那段文字中，貝內特先生就在利用這種交叉點。他面臨的問題，就是要使我們相信希爾達·萊斯威斯的真實性。因此，他這位愛德華時代的作家，就從精確地、詳細地描繪希爾達所住的那幢房子以及她從窗口看到的那些房屋來著手。愛德華時代的人發現，房產是他們很容易著手建立默契的交叉點，雖然對我們說來，它似乎太間接。這種傳統方式效果極佳，於是成千上百個希爾達·萊斯威斯就被人用這種方式投入了這個世界。對那個時代和那一代人，這種傳

統規範的確是很優良的。

　　但是，現在如果你們允許我把我自己的那段軼事支解成碎片，你們會發現，我們多麼敏銳地感覺到：我缺乏一種傳統規範，而一代人的工具對下一代毫無用處，又是一個多麼嚴重的問題。火車上的那個插曲，給我留下了強烈的印象。但是，我怎樣才能把它傳達給你們呢？我能做的，不過是盡可能精確地把他們所說的話報導出來，把他們所穿的衣服詳細描述一番，把在我的頭腦中紛至沓來的各種景象絕望地、雜亂無章地全都端出來，並且把這生動的、強烈的印象比喻為一陣穿堂風、一股燒焦東西的烟味兒。老實告訴你們，我也受到強烈的誘惑，很想寫一部三大卷小說，來描述那位老太太的兒子和他橫渡大西洋的冒險，描述她女兒以及她如何在西敏斯特經營一家女帽商店，描述史密斯本人的以往經歷和他在雪菲爾德的房屋，雖然對我說來，這樣的故事似乎是世界上最沉悶、最不恰當和最無聊的東西。

　　但是，如果我寫了那樣一部小說，我就可以不費盡九牛二虎之力把自己的意思表達出來。要表達我的意思，我必須回顧、回顧、再回顧；我必須把一樣樣東西加以實驗；我必須試試這個句子再試試那個句子，把每一個字和我頭腦中的景象相互參照斟酌，使它盡可能毫厘不爽；而且我知道，我必須找到一個我們之間的共同的立足點，一種對各位不會顯得太奇特、太不真實、太牽強附會、太遙不可及以至於你們覺得無法信賴的傳統規範。我承認，我想逃避這種艱苦的責任。我讓我的布朗夫人從手指縫裡溜走了。我並沒有告訴你們關於她本人的任何事

情。但是，這有一部分是那些偉大的愛德華時代作家的過錯。我向他們請教——他們是我的前輩，又比我高明——我應該如何著手描寫這位婦女的性格？他們說：「你開始就說，她的父親在海洛蓋特經營一個店鋪。調查一下它的租金是多少。調查一下1878年店員的工資。你得弄清楚她的母親死於什麼疾病。描述一下癌症。描述一下她穿的印花布。描述一下——」但是我喊道：「別說啦！別說啦！」我很遺憾地說，我把這個醜陋的、累贅的、不恰當的工具從窗口扔了出去，因為我知道，如果我開始描述癌症和印花布，我的布朗夫人，這個緊緊纏住我不放，而我又不知道用什麼方法才能傳達給你們的幻象，就會黯然失色、毫無光彩、永久消失了。

　　我說愛德華時代的工具對我們不適用，就是這個意思。那些作家極端強調事物的外部結構。他們給我們一幢房屋，指望我們也許能夠推論演繹屋內人物的情況。我們要給他們以應有的評價，他們已經使那幢房子大大超過了值得一住的水平。然而，如果你們認為，小說首先是關於人物，其次才是關於他們所住的房屋，這樣來著手寫作，可就錯了。因此，你們瞧，喬治時代的作家著手寫作之時，不得不拋棄當時人通用的方法。他孤零零地面對著布朗夫人，沒有任何方法可以把她的形象傳達給讀者。但是，那樣說是不精確的。一位作家永遠不會孤獨。公眾總是伴隨著他——如果不是和他坐在同一個座位上，至少是在隔壁車廂裡。公眾是個奇特的旅伴。在英國，公眾是一種非常容易接受暗示影響的、馴服的生物，一旦你與它為伴，它將會在許多年之內，毫無保留地相信你告訴它的話。如果你以

足夠的說服力對公眾說：「女人都有尾巴，男人都有駝峰，」公眾就確實會發覺女人有尾巴，男人有駝峰；如果你說：「胡說八道。猴子有尾巴。駱駝有駝峰。但是男人和女人有頭腦，有心靈；他們會思考，有感情，」它就會覺得這種說法十分革命，也許很不恰當——對它說來，這似乎是一個蹩腳的而且很不貼切的笑話。

現在讓我們言歸正傳。不列顛的公眾在這兒坐在作家身旁，用它廣泛一致的口氣說道：「老太太們有屋子。她們有父親、有收入、有僕人、有熱水袋。這樣我們才知道她是位老太太。威爾斯先生、貝內特先生和高爾斯華綏先生一貫教導我們，這才是辨認她們的方法。現在出現了你的布朗夫人——我們如何能夠相信她是真實的呢？我們甚至不知道她的別墅叫做阿爾貝特還是巴爾莫拉爾，不知道她的手套是花了多少錢買的，或者她母親死於癌症還是結核病。她怎麼會生動逼真呢？不，她只是你的想像力虛構出來的東西罷了。」

當然，老太太們應該通過終身享有的別墅和註冊居住的房屋來塑造，而不是出於想像和虛構。

因此，喬治時代的小說家們陷入尷尬的困境。布朗夫人抗議道，她和人們認識的老太太不一樣，大不一樣。對於她的魅力的迷人而短暫的一瞥，誘惑了小說家們，使他們想來拯救她，愛德華時代的作家把適於建造和拆毀房屋的工具向他們遞了過來；不列顛的公眾又斷然聲稱他們必須首先看到那只熱水袋。喬治時代的作家們面對這三者，無所適從。同時，那輛火車向著終點站飛馳，在那兒，我們必須統統下車。

我想，這就是1910年左右喬治時代的年輕作家們陷入的那種困境。他們中間有不少人——我特別想到福斯特先生和勞倫斯先生——糟蹋了他們的早期作品，因為他們沒有把那些愛德華時代的工具扔掉，而是試圖利用它們。他們企圖妥協。他們試圖把他們自己對某些人物的奇特、重要直覺，和高爾斯華綏先生關於工廠法案的知識，貝內特先生關於五鎮的知識結合起來。他們嘗試過了，但是他們關於布朗夫人和她的特點的直覺極敏銳、極強力，使他們不能再嘗試下去。必須採取某種行動。我們不惜犧牲生命和肢體，不惜毀壞貴重的財產，必須在火車到站而布朗夫人一去不返之前，把她拯救出來，表現出來，把她放在她與世界的高超關係之中公諸於世。於是，我們開始敲打、砸毀。我們在四周都聽到這種聲音；在詩歌、小說、傳記，甚至報刊文章和散文隨筆之中，我們都聽到破裂、砸碎和毀壞的響聲。這是喬治時代壓倒一切的聲音——這聲音是相當淒慘憂傷的，如果你們想起往昔歲月的旋律多麼優美，想起莎士比亞、彌爾頓和濟慈，或者甚至想起珍・奧斯丁、薩克雷和狄更斯；如果你們想起當年的語言文字和它自由地展翅飛翔之時可以達到的高度，並且看到這頭兀鷹被拴住了，羽毛脫落了，在嘶啞地悲鳴；如果你們想起這一切，喬治時代的這種聲音就顯得格外悲切。

有鑒於此——這些聲音在我耳際震響，這些想像在我頭腦中浮現——我不打算否認，貝內特先生有理由抱怨：喬治時代的作家沒有能力使我們相信他們的人物是真實的。我被迫同意：他們的確不能像維多利亞時代的作家那樣，有規律地在每年秋

季抛出三部不朽傑作。但我並不悲觀，我是樂觀的。因為我想，不論什麼時候，從乳臭未乾的少年到白髮蒼蒼的老年，只要那種傳統規範不再是作家和讀者之間傳達信息的媒介而成了一種障礙，就不可避免地會出現這種情況。目前我們正在遭受的痛苦，並非來自舊的藝術傳統崩潰，而是由於缺乏作者和讀者都能接受的一種表達方式的規範，作為更令人興奮的友好交往的前奏。當代的文學傳統規範是如此矯揉造作——整個作客訪問過程中，你不得不談論天氣，此外別無可談——因此，很自然地，弱者不免憤怒，而強者就會摧毀文學界的基礎和規範。這種跡象顯然隨處可見。語法被侵犯了；句法被肢解了；就像一個到姨媽家去度周末假期的男孩，當安息日⑯在嚴肅沉悶的氣氛中消磨過去，純粹出於絕望的反抗，他在天竺葵花壇中打滾。比較成熟的作家們當然不會如此任性發洩怒火。他們的真誠是絕望而不顧一切的，他們的勇氣是無窮無盡的；只是他們不知道應該用哪一樣工具——用一把叉子還是他們的手指。因此，閱讀喬伊斯先生和艾略特先生的作品，你們會被前者的猥褻粗俗和後者的朦朧晦澀所震驚。喬伊斯先生在《尤利西斯》中表現的粗俗猥褻，在我看來，似乎是一位絕望的男子漢有意識地、故意地安排的，他覺得，為了呼吸空氣，他必須打破窗子。在某些瞬間，窗子打破的一刹那間，他是壯麗輝煌的。但是，這多麼浪費精力！而且，當它不是過於旺盛的精力或蠻力的發洩

---

⑯正統的基督教徒把星期天稱為安息日，這一天除了上教堂做禮拜和祈禱之外，別的什麼也不做。

流露，而是一個需要新鮮空氣的男子漢下了決心的、熱心公益
的行為，粗俗猥褻又是多麼無聊沉悶！再來談談艾略特先生的
朦朧晦澀。我認為，以某一行單獨的詩句而論，艾略特先生創
作了現代詩歌中某些最可愛的東西。然而，對陳舊的用詞方法
和社會禮儀——要尊重弱者，體諒蠢才——他是多麼難以容忍！
但是，當我沐浴在他某一行詩句強烈、令人陶醉的美麗陽光之
中，卻想起我必須向下一行詩句作一次令人頭暈目眩的跳躍，
然後再一行一行跳將下去，就像一個馬戲團的小丑，不穩當地
從一根滑杆跳向另一根滑杆，我不禁失聲大叫，我坦白承認，
我要求恢復那種陳舊的禮儀，我羨慕我的先輩們的逍遙自在，
他們不必在半空中瘋狂地旋轉跳躍，而是手中捧著一本書，在
樹蔭下恬靜地夢想。再說，在斯特雷奇先生的著作《傑出的維
多利亞時代人》或《維多利亞女王傳》中，那種和時代潮流相
抗而寫作的緊張努力，也是明顯可見的。當然，它比其他同輩
作家的緊張費力要不明顯得多，因為他不僅在和事實打交道（而
事實是頑固不化的），而且他主要是從十八世紀的材料中編造
一種他自己的、非常周密的表達方式的規範，它允許他和這片
國土上最高貴的人物同桌而坐，並且在精緻外表的掩蓋之下透
露了不少事情，要是把它們赤裸裸表白出來，就會被那些男僕
從房間裡趕出去。儘管如此，如果你把《傑出的維多利亞時代
人》和麥考萊爵士[17] 的一些隨筆相比較，雖然你們會感到麥考

---

[17]麥考萊（Thomas Babington Macaulay, 1800-1859），英國歷史家，
　散文家，詩人。

萊爵士總是錯的而斯特雷奇先生總是對的,你們也會在麥考萊的隨筆中感覺到一種實體性,一股衝擊力,一種豐富多彩的內涵,這顯示他也有他的時代作他的後盾;他所有力量都直接使用到他的作品中去,沒有一分力量用在掩蓋事實或轉換語氣上。但是,斯特雷奇先生在我們看到事物之前,必須先打開我們的眼睛;他必須尋求並且炮製一種極有藝術性的語言規範;而他為此所作的努力雖然漂亮地掩蓋了起來,已經剝奪了一些應該用到作品中去的力量,並且限制了他的視野。

於是,為了這些原因,我們必須使自己適應一個創作失敗和支離破碎的季節。我們必須想到,我們在這兒花了這麼多力量尋找一種表達事實真相的方式,當這個真實本身來到我們面前之時,就必定會相當疲乏而混亂。《尤利西斯》、《維多利亞女王傳》、《普魯福克先生》[18]——我們只舉出布朗夫人最近促使他們聞名的幾個名字。當她的拯救者們來到她身旁,她有點臉色蒼白,頭髮散亂。我們聽到的是他們的斧鑿之聲(一種在我耳際震響的生氣蓬勃、激動人心的聲音),當然,除非你想睡覺,否則決不會無動於衷;老天爺寬大為懷,已經提供了一大批有能力而且急於來滿足各位需要的作家。

我已經試圖回答我開始講話時提出的一些問題,但是,恐怕我已說得太長,令人厭倦。就我的觀點看來,喬治時代的作家用任何形式來寫作都是困難重重,而我已經給你們指出其中

---

[18]《普魯福克先生》是艾略特的詩歌。

某些困難。我企圖諒解他。容我冒昧提醒各位，作為這個創作事業的一位合夥者，作為火車車廂內的同伴，作為布朗夫人的旅伴，你們的責任和義務究竟是什麼？布朗夫人這個人物，對閉口不言的你們，對我們這些講述她的故事的人，都清晰可見。過去這個星期裡，你們在你們的日常生活中經歷的事情，比我剛才試圖描述的更奇特，更有趣。你們在無意之中聽到別人談話的片段，會使你們充滿驚奇的感覺。晚上就寢之時，你們感情的複雜性會使你們覺得困惑。一日之中，成千上萬個念頭閃過你們的頭腦；成千上萬種情緒在你們心中交叉、衝突、消失，顯得驚人地雜亂無章。儘管如此，你們卻允許那些作家把一部和所有這一切毫不相干的作品硬塞給你們，它塑造了一個布朗夫人的形象，和車廂裡那幅令人驚訝的幻景毫無相似之處。你們謙遜地認為：作家和你們似乎不是屬於同一族類；他們對布朗夫人比你們了解得更多。沒有比這更嚴重的錯誤了。正是讀者和作家之間這種隔閡，正是你們的謙虛精神和我們作家的職業風度與氣派，腐蝕了、閹割了作品，它們本來應該是讀者和作家之間親密平等的同盟關係的健康產物。因此，就湧現了那些花俏圓滑的小說，那些滑稽可笑聳人聽聞的傳記，那種牛奶攪水淡而無味的評論，那些以優美的韻律歌頌玫瑰和綿羊之純潔的詩歌，目前，它們就是如此花言巧語地冒充文學作品。

各位的責任，就是堅持作家必須從他們的蓮花寶座上下來，無論如何，要真實並盡可能完美地描繪布朗夫人。你們必須堅持，她是一位具有無限可能性和無窮多樣性的老太太；她可以在任何地方出現，穿任何衣服，說任何語言，並且做天曉得什

麼事情。但是，她說的話，她做的事，她的眼睛、鼻子、語言、沈默都有一種壓倒一切的魅力，因為，她當然就是我們賴以生存的靈魂，她就是生活本身。

　　但是，各位切勿盼望目前就能把她完整、令人滿意地再現出來。暫且容忍那些即興的、晦澀的、破碎的、失敗的作品吧。你們是在給一項良好的事業提供援助合作。因為，我將作一個最後的、非常輕率的預言——我們正在英國文學一個偉大新時代的邊緣顫抖。但是，只有下定決心永遠不拋棄布朗夫人，我們才能達到那個時代。

狹窄的藝術之橋 *

　　大多數評論家對當前不屑一顧，目光堅定地盯著過去。毫無疑問，他們明智地不評論當前人們正在創作的作品；他們把這項任務留給書評家，而書評家這個名稱，似乎就暗示他們本身以及他們所觀察的對象不過是曇花一現的事物而已。然而，你有時不免自問：評論家的任務，是否必須永遠是評價過去的作品？他們的目光是否應該永遠盯著過去？他是否有時也能回過身來，像荒島上的魯濱孫那樣，用手遮在眼睛上方瞻望未來，並且在迷霧之中勾勒出我們有朝一日也許可能達到的那片土地的模糊輪廓？當然，這些想法是否正確，永遠無法證明；但是，處於一個像我們這樣的時代，的確存在著很大的誘惑，要我們去沉溺於這些思索之中。我們顯然處於這樣一個時代：我們並不是牢牢固定在我們的立足之處；事物在我們周圍運動著；我

　　＊此文於1927年8月14日發表於《紐約先驅論壇報》，後來收入伍爾
　　　夫論文集《花崗岩與彩虹》。

們本身也在運動著。而告訴我們，或者至少猜測一下，我們正在走向何方，難道不是評論家的職責嗎？

顯然，這種探索必須嚴格地縮小範圍；但是，在一個不長的篇幅內，也許可以拿一個令人不滿而又糾結難解的實例來加以研究。對此深入考察一番並且解決這個難題之後，我們也許能更好地推測我們前進的方向。

確實如此，沒有任何人能夠在閱讀了許多現代文學作品之後，不感到有某種令人不滿而又糾結難解的東西，在阻擋著道路。作家到處都在企圖做到他們不可能做到的事情，他們硬要使他們所用的形式來包涵與它格格不入的意蘊。可以提出許多原因，但我們在此僅僅選擇其中之一，那就是，詩歌已不能像它為我們的祖祖輩輩服務那樣為我們這一代服務。詩歌現在不像它過去為他們服務那樣自由地為我們效勞。這條曾經運載過如許精力和天才的表達思想感情的偉大渠道，它本身現在似乎變窄了，或者，已經偏離了原來的方向。

當然，只在一定的範圍之內，上面那種說法才是正確的；我們的時代是富於抒情詩的；這方面，也許以往沒有一個時代比我們的時代更豐富。但是，那種抒發狂喜之情和吐露絕望之感的抒情呼聲，它是如此集中強烈、如此富於個人色彩、又如此帶有局限性，對我們這一代和正在到來的下一代已經不夠了。人的心裡充滿著可怕的、混雜的、難以控制的感情。地球的歷史有三十億年之久，人類的生命不過持續短暫的一瞬而已；儘管如此，人類的思維能力卻是無限的；生活無比美麗，卻又令人厭惡；人的同胞們既值得愛慕，又叫人憎恨；對立著的科學

和宗教把夾在它們之間的信仰給毀了；人與人之間互相聯合的所有紐帶似乎都已經斷裂，然而，某種控制必定還是有的——作家現在正是不得不在這種彷徨懷疑和內心衝突的氣氛中創作，而一首抒情詩的精緻結構，已不適於包涵這樣的見解，正如一片玫瑰花瓣不足以包裹粗糙巨大的岩石。

但是，當我們自問：過去是用什麼東西來表達這樣一種觀念——一種充滿著對比和衝突的觀念；這種觀念似乎要求一個人物和另一個人物互相衝突，同時又需要彼此之間構成一個總體的某種能力，需要某種概念來賦予這個總體以和諧與力量？我們必須回答：過去確實存在過這樣一種文學形式；它並非抒情詩的形式；它是戲劇的形式，是伊麗莎白時代的詩劇。這種形式今天似乎已經死亡，完全沒有復活再生的可能。

因為，我們如果觀察一下詩劇的狀況，一定深感懷疑，世界上究竟有什麼力量可以使它復甦。具有最高天才和雄心壯志的作家，過去一直在創作、現在仍舊在創作詩劇。自從屈萊頓逝世之後，似乎每一位大詩人都曾在這個領域內一試身手。華茲華斯和柯立芝，雪萊和濟慈，丁尼生、斯文彭和勃朗寧（我們僅列舉已故的詩人）都寫過詩劇，但是誰也沒有成功。他們所寫的全部詩劇中，也許只有斯文彭的《愛塔蘭泰》和雪萊的《普羅米修斯》現在仍有人閱讀，但是和這兩位作家的其他作品相比，它們也顯得比較冷落。其他詩劇則早已被束之高閣，它們像鳥兒一般把頭埋在翅膀下面睡著了。沒人想去驚擾這些酣睡者的好夢。

試圖為這種失敗找到一些解釋，仍然是很吸引人的，說不

定會照亮我們正在考慮的未來方向。詩人不能再寫好詩劇的原因，也許就在這個方向的某處。

有一種模糊而神秘的東西，叫做對人生的看法。如果我們暫時從文學轉向生活，在生活中，我們都認識一些與生活互相衝突的人們，從來不能如願以償的不幸的人們；他們受到了挫折，正在怨天尤人；他們站在一個不舒暢的角度，因此他們看到的一切事物都是歪歪斜斜的。另外還有一些人，他們雖然顯得心滿意足，似乎已經與現實失去了一切聯繫。他們把全部感情都浪費在小狗和瓷器古玩上面。除了他們自己健康狀況的變化和社會上勢利的興衰浮沉之外，他們對一切都不感興趣。然而，還有一些人，他們給我們留下了強烈的印象；很難說究竟為了什麼確切的原因，是天性還是環境使然，他們所處的地位，使他們能對重要的事物充分發揮他們的感官本能。他們倒不一定幸福或者成功，但是他們的風度中有一種熱情，他們的行為中有一種興趣。他們似乎渾身上下生氣勃勃。這也許有一部分是環境使然——他們誕生在適宜於他們生存的環境中——但更大一部分是他們本身各種品質某種幸運的平衡之結果，因此，他們不是站在一個尷尬的角度，把一切都看成歪歪斜斜；他們也不是透過一層迷霧，把一切都看成扭曲；他們看到的一切，都是方方正正、合乎比例的；他們抓住了一些堅實的東西；當他們採取行動之時，它們是確有成效的。

一位作家同樣有一種對生活的看法，雖然這是一種不同的生活。他們也會處於一個不舒暢的角度；作為作家，他們也會受到阻礙和挫折，得不到他們所要的東西。例如，喬治·吉辛

的小說就確實如此。於是，他們也會隱退到郊區去，把他們的興趣浪費在叭兒狗和公爵夫人——那些浮華俏麗、多愁善感、諂上欺下的勢利人物身上；我們有一些獲得最高成就的小說家，就是如此。然而，也有另外一些作家，似乎出於天性或環境，他們所處的地位，使他們能自由地把他們的感官本能運用到重要的事物上去。這並不是說他們寫文章才思敏捷、流暢自如，或者一舉成名、有口皆碑。要分析在大部分偉大的文學時代中都存在，而在伊麗莎白時代的戲劇中最突出的一種品質，你可得煞費苦心。伊麗莎白時代的人似乎具有一種對生活的看法，一種允許他們自由活動其肢體的地位，一種雖然由各種不同的因素構成，卻能夠為他們的目的服務的恰當觀點。

當然，這有一部分是環境造成的結果。當時公眾的興趣不在書本而在戲劇，城市還比較小，人之間隔著那麼一段距離，甚至有教養的人士也處於一種愚昧狀態，這一切使伊麗莎白時代人的想像力中很自然充滿了獅子和獨角獸，公爵和公爵夫人，暴力和神秘。還有某種我們不能如此簡單闡明，卻能肯定地感覺到的東西，也來加強了這種趨勢。他們有一種對生活的看法，使他們能自由而充分地表達他們自己的思想感情。莎士比亞的劇本不是一個受到束縛和挫折的頭腦的產物；它們是容納他的思想的伸縮自如的封套。他通行無阻地從哲學轉向醉酒的喧鬧，從情歌轉向一場爭論，從純樸的歡樂轉向深刻的沉思。伊麗莎白時代的戲劇全都如此：雖然他們可能——而且的確——使我們厭倦，但他們從來不會使我們覺得他們心懷恐懼，或者忸怩不安，或者感覺到有任何東西在妨害、阻礙、壓抑他們的思想

感情的充分流露。

　　然而，我們打開一部現代詩劇——大多數現代詩歌亦然——之時，我們的第一個想法，是那位作者並非毫無拘束、暢所欲言。他心懷恐懼，他受到強迫，他忸怩不安。我們可能會驚嚇；而且還有多麼好的理由作為藉口！因為，我們之間，有誰和一位披了長袍、叫做辛諾克雷茲① 的男人，或者和一位裹了毯子、叫做尤杜莎② 的女人在一起，能覺得舒暢自如？然而，為了某種理由，現代詩劇總是和辛諾克雷茲而不是和魯濱遜先生有關；它描寫的是帖撒利③ 而不是查玲十字架路④。伊麗莎白時代的戲劇家把他們的場景設在異國他鄉，把王子和公主作為他們劇本的男女主人公，不過是把那個場景從一張極薄的紗幕的一邊搬到另一邊而已。這是賦予他們的人物以深度和距離的一種很自然的手段。但是，那個國家仍舊是英國式的；而那個波希米亞王子和英國貴族依然是一碼事。然而，我們的現代詩劇作家們，似乎為了一種不同的理由，去尋求那張表示過去和距離的紗幕。他們不要高高升起的紗幕，而要一幅把事物包藏起來的帷幕；他們之所以把他們的場景設在過去，是因為他們害怕現

----

①Xenocrates（公元前396-前314），希臘哲學家，柏拉圖的弟子。

②Eudoxus（公元前406-前355），希臘天文、數學家，柏拉圖的弟子。
　作者在原文中把這兩個姓名變成複數，用來泛指一般古希臘人。

③Thessaly，希臘地名。

④Charing Cross是倫敦一個地區的名稱，英王愛德華一世曾在此建立一個大十字架以紀念他的王后。

在。他們意識到，如果他們試圖把1927這個優美的年份中確實在他們的頭腦裡翻騰著的思想、景象、同情和反感都表達出來，就會有損於詩歌的體面；他們只能期期艾艾、吞吞吐吐，也許還不得不坐下來，或者離開那房間。伊麗莎白時代的人有一種觀念，它允許他們享有完全的自由；現代的戲劇家或者是毫無觀念，或者就是有一種甚為僵硬的觀念，束縛了他的手足，歪曲了他見到的景象。因此，他只能到辛諾克雷茲先生們那兒去避難，他們什麼也不說，或者只說一些能用無韻詩體面地說出來的話。

　　但是，我們是否能更充分一點表達我們的見解呢？究竟是什麼東西改變了，什麼事情發生了，是什麼因素現在把作家放在這樣一個角度，使他們不能直截了當把他們的思想感情傾注到英語詩歌的陳舊渠道中去？只要在任何一個大城鎮的街道中散步一番，我們就可以得到某種回答。那長長的磚石砌成的大街，被分割成一幢幢盒子一般的房屋，每幢屋子裡住著一位不同的人，他在門上裝了鎖、在窗上安了插銷，來獲得清靜獨處不受干擾的某種保證；他頭頂上方的天線、那穿越屋頂的音波，卻大聲告訴他全世界發生的戰爭、謀殺、罷工和革命消息，他借此和他的同胞們保持聯繫。如果我們進屋去和他攀談，我們會發現，他是一頭謹小慎微、遮遮掩掩、滿腹狐疑的動物，極端忸怩不安、小心翼翼，唯恐洩露了他自己的秘密。實際上，現代生活中並沒有什麼東西強迫他如此做。我們的私人生活中並無暴力因素；相遇之際，我們的態度是彬彬有禮、寬恕容忍、令人愉快的。甚至戰爭也是成群結夥、敵愾同仇，而不是單槍

匹馬地進行。個人之間的決鬥已經絕跡了。婚姻關係已經能夠無限期地延伸而不至於發生爭鬥攫奪，普通人都比過去更安祥、和藹、有自制能力。

但是，如果和朋友一起散步，我們就會發現。他對一切——醜惡、骯髒、美麗、逗趣的事物——都極為敏感。他隨波逐流地任憑每一個意念帶領著他到處遊蕩。他公開討論過去甚至私下也不便提起的事情。也許就是這種自由放任和好奇心，促成了他最顯著的特徵——那就是本來沒有明顯聯繫的事物在他頭腦裡聯繫在一起的那種奇特方式。過去一貫是單獨地、孤立地發生的各種感覺，現在已經不復如此了。美和醜，興趣和厭惡，喜悅和痛苦都互相滲透。過去總是完整進入心靈的各種情緒，如今在門檻上就裂成了碎片。

譬如說，一個春天的夜晚，皓月當空，夜鶯歡唱，低垂的楊柳在河面飄拂。然而，就在這時，一個殘廢的老婦，在一條鋼鐵的長凳上挑揀她油汙滑膩的破爛碎布。她和春天一起進入了他的心靈；他們互相交錯，但是不相混雜。這兩種情緒被如此不合理地結合在一起，它們口咬足踢，扭成一團。但是，當濟慈聽到夜鶯的歌聲，他感到的情緒是完整統一的，雖然它逐漸從美感所產生的喜悅過渡到人類的不幸命運所引起的憂愁。他並不進行對比。在他的詩歌中，悲哀是一個總伴隨著美的影子。在現代人的心靈中，美並不與她的影子而是與她的敵手為伴。現在詩人提到夜鶯，就說它「對著骯髒的耳朵唧唧地聒噪不休」。在我們現代之美旁邊啁啾的夜鶯，是對美感嗤之以鼻的某種嘲弄的精靈；它把鏡子翻轉來，向我們顯示美神的另外

一邊臉頰是深陷的、破了相的。現代的心靈似乎總是想驗證核實它的各種情緒，已經喪失了單純地按照事物的本來面貌來接受事物的能力。毫無疑問，這種懷疑和驗證的精神已經使靈魂更新、節奏加速。現代作品中有一種坦率、真誠的品質，如果說不是非常可愛的，卻是有益的。奧斯卡・王爾德⑤和華爾德・佩特⑥使現代文學變得帶點兒狂熱和香味，當塞繆爾・巴特勒和蕭伯納開始點燃羽毛並且把嗅鹽瓶兒放到她鼻子底下，她馬上從十九世紀的昏睡中甦醒。她醒來；她坐了起來；她打著噴嚏。那些詩人自然都嚇跑了。

當然，詩歌總是壓倒一切地站在美這一邊。她總是堅持某些權利，如節奏、韻律和詩的辭令之類。她從來不習慣為日常生活中的普通目標效勞。散文把一切髒活都扛在肩上：她答覆信件，支付帳單，撰寫文章，登台演講，為商人、店主、律師、士兵和農民服務。

詩歌掌握在她的祭師們手中，仍然處於脫離群眾的地位。她已經變得有點僵化了，這也許就是她離群索居所付出的代價。她帶著她所有的裝備——她的面紗、她的花冠、她的回憶、她的聯想——出現在我們面前，當她啟口說話，她感動了我們。當我們要求詩歌來表達現代生活中這種不一致、不協調、嘲弄、矛盾、好奇心——在彼此隔離的小房間裡培養出來的這些靈敏的、奇特的情緒，文明教導我們的這些廣泛的、一般的觀念，

---

⑤奧斯卡・王爾德（1856-1900），英國小說家、戲劇家。

⑥華爾德・佩特（Walter Pater, 1839-1894），英國散文家、批評家。

她的行動就顯得不夠敏捷迅速、直截了當或者豁達大度。她顯著突出的音調太刺耳了；她過分強調的方式太顯眼了。她給我們的不是可愛的抒情詩，而是狂熱的呼喊；她威風凜凜地把手臂一揮，囑咐我們到過去的歲月中去避難；然而，她沒有與心靈步調一致、並駕齊驅，也沒有微妙地、靈敏地、熱情地投入它的各種各樣苦難和歡樂中去。拜倫在《唐璜》中為我們指出道路；他表明了詩歌可以成為一種多麼靈活的工具；但是沒人踵其事，或者把他的工具進一步加以利用。我們依舊沒有一部像樣的詩劇。

於是，這就促使我們深思：詩歌是否能夠承擔我們現在賦予她的任務？也許，我們在這兒粗略地勾劃輪廓，並且歸之於現代人心靈的那些情緒，它們更願意把自己交給散文而不是詩歌來表達。很有可能，散文將要——實際上已經——承擔某些曾經由詩歌來履行的職責。

那麼，如果不怕別人奚落嘲笑，大膽地試圖發現我們似乎正在非常迅速地前進的方向，我們不妨推論；我們正在向著散文的方向發展，而且在十至十五年內，散文將會具有過去從未有過的用途。那饕餮的小說已經吞噬了這麼多文藝形式，到那時，它將併吞更多東西。我們將會被迫為那些冒用小說名義的不同作品發明一些新名稱[7]。而且在那些所謂小說之中，很可

---

[7]伍爾夫在《一位作家的日記》（ *A Writer's Diary* ）中給自己的小說提出了一些名稱：「挽歌」、「心理學的詩篇」、「傳記」、「戲劇詩」、「自傳」、「隨筆小說」等。

能會出現一種我們幾乎無法命名的作品。它將用散文寫成，但那是一種具有許多詩歌特徵的散文。它將具有詩歌的某種凝煉，但更多接近散文的平凡。它將帶有戲劇性，然而又不是戲劇。它將被人閱讀，而不是被人演出。我們究竟將用什麼名字來稱呼它，倒並不十分重要。重要的是，我們看到地平線上冒出來的這種新穎作品，可以用來表達目前似乎被詩歌斷然拒絕而又同樣不受戲劇歡迎的那些複雜感情。那麼，且讓我們試試和它更密切打打交道，並且想像一下，它的範圍和本質究竟如何。

你首先會猜測：它和我們目前熟悉的小說的主要區別，在於它將從生活後退一步、站得更遠一點。它將會像詩歌一樣，只提供生活的輪廓，而不是它的細節。它將很少使用小說標誌之一的那種令人驚異的寫實能力。它將很少跟我們談它的人物的住房、收入、職業等情況；它和那種社會小說和環境小說幾乎沒有什麼血緣關係。帶著這些局限性，它將密切地、生動地表達人物的思想感情，然而是從一個不同的角度來表達。它將不會像迄今為止的小說那樣，僅僅或主要是描述人與人之間的相互關係，以及他們的共同活動；它將表達個人的心靈和普通的觀念之間的關係，以及人物在沉默狀態中的內心獨白。因為，在小說⑧的統治之下，我們密切地仔細觀察了心靈的一部分，卻把另一部分忽略了。我們已漸漸忘記：生活很大而且很重要的一部分，包涵在我們對玫瑰、夜鶯、晨曦、夕陽、生命、死

---

⑧指傳統的小說。

亡和命運這一類事物的各種情緒之中；我們忘記了，我們把許多時間用於單獨睡眠、做夢、思考和閱讀；我們並未把時間完全花費在人與人之間的關係上；我們的精力也不是全都消耗於謀生餬口。心理小說家太過傾向於把心理學這個概念局限於個人交往範圍之內；心理小說家往往糾纏於某人陷入或擺脫了情網、湯姆愛上了裴迪斯而裴迪斯也愛上了他或者完全不愛他等等，而我們有時卻渴望從這些不斷的、無情的分析中解脫出來。我們渴望某些比較非個人的關係。我們渴望著理想、夢幻、想像和詩意。

伊麗莎白時代戲劇家的光輝業績之一，就在他們把這些東西提供給我們。那位詩人⑨總是能夠超越哈姆雷特和奧菲莉亞之間的關係的特殊性，他給我們提出的疑問，並非關於他自己個人的命運，而是關於全人類的生活狀況。例如，在《量罪記》中，一些極端微妙的心理分析的段落，和深刻的反省、驚人的想像混雜在一起。然而，值得注意的是，如果莎士比亞給了我們這種深刻的思想、這種心理學的見解，與此同時，他就不再企圖給我們某些其他的東西。作為「應用社會學」來看，這些劇本是毫無用處的。如果不得不依靠它們來獲得關於伊麗莎白時代的社會、經濟狀況的某種知識，我們勢必茫然失措。

那麼，就這些方面而論，小說或者未來小說的變種，會具有詩歌的某些屬性。它將表現人與自然、人與命運之間的關係，

---

⑨指莎士比亞。

表現他的想像和他的夢幻。但它也將表現生活中那種嘲弄、矛盾、疑問、封閉和複雜等特性。它將採用那個不協調因素的奇異的混合體——現代心靈——的模式。因此，它將把那作為民主的藝術形式，即散文的珍貴特性——它的自由、無畏、靈活——緊緊攫在胸前。因為，散文是如此謙遜，它可以到處通行；對它來說，沒有什麼地方低級、骯髒、卑賤到它不能涉足。它又無限忍耐，虛心渴望得到知識。它能用它有粘液的長舌，把事物最微細的碎片也舔上來，把它們攪拌成一團，形成一個最精巧的迷宮；它能在門口默然傾聽，儘管門後面只能聽到一陣喃喃自語或低聲耳語。它有一種被不斷使用的工具的那套靈活慣熟的全部性能，能夠曲盡其妙地記錄現代心靈的典型變化。這一點，有普魯斯特和杜思妥耶夫斯基作我們的後盾，我們應該贊同。

但是，雖然散文適於處理普通的和複雜的內容，我們也許要問，散文能夠表達如此大量的簡單事物嗎？它能夠表達那些如此令人驚異的情緒嗎？它能夠唱出哀怨的輓歌，哼出纏綿的情歌，發出恐怖的尖叫，讚頌玫瑰、夜鶯或夜色之美嗎？它能夠像詩人那樣，一下子就跳上它主題的心頭嗎？我想它不能。這就是它拋棄了詩歌的韻腳和音律、魔力和神祕而付出的罰款。固然，散文作家是大膽潑辣的；他們正在不斷強迫他們的工具來達到那種詩意的企圖。但是，面對著那些詞藻華麗的章句或者散文詩，你總有一種不舒服的感覺。然而，人們之所以反對詞藻華麗的章句，並非因為它詞藻華麗，而是因為它是孤零零的章句。例如，讓我們回顧一下梅瑞狄斯的小說《理查・弗浮

萊爾》中「吹六孔小錫笛消遣」這一段。它多麼矯揉造作地用
一種支離破碎的詩歌韻腳來開始:「金色躺臥在草地上;金色
奔流在溪水中;赤金在松樹的葉梗上閃爍。陽光映照到地面上,
經過了田野和河流。」或者,讓我們回想一下夏洛蒂・勃朗特
的小說《維列蒂》結尾部分關於暴風雨場面的著名描寫。這些
段落是意味深長的、抒情的、燦爛輝煌的;把它們摘錄出來、
載入選本,是琅琅可誦的;然而,把它們放在小說中,和上下
文聯起來讀,我們就感到很不舒服。因為,梅瑞狄斯和夏洛蒂
都自稱為小說家;他們的立足點緊密地接近生活;但他們又使
我們期待盼望詩歌的節奏、觀察和透視。我們感覺到那種急劇
的轉折和煞費苦心的努力;我們從那種讚賞和幻想的神思恍惚
中驚醒過來,而在剛才那種心醉神迷的狀態中,我們是徹底被
作者的想像力征服的。

　　現在讓我們來考察另一部作品,它雖然用散文寫成並且被
稱為小說,但它從開篇就採取一種不同的態度、不同的節奏,
它從生活往後退一步,而且使我們預期一種不同的透視方法。
它就是《特立斯頓・香弟》。這是一部充滿詩意的書,但我們
已往從未注意過它;此書的詞藻極其華麗,然而決不是片斷的
章句。雖然此書的感情基調一直在變換。但變化轉接天衣無縫,
絕沒有那種顛簸震動的急劇轉折,來使我們從讚賞和信賴的沉
醉狀態中驚醒過來。斯特恩在行文轉折之處歡笑、嘲諷、開一
些粗俗的玩笑,這一切都一氣呵成,然後他過渡到一段這樣的
文字。

時間消逝得太快了：從我寫的每一封信，我意識到生命
何等迅速地隨著我的筆尖流逝；生命的每一天、每一小時——
我親愛的珍妮——都比掛在您脖子上的紅寶石更珍貴，它們
如風捲殘雲一般從我們頭頂上飛過，一去不返，一切都在緊
迫地向前飛馳——當時您正用纖纖玉手捲弄著我那綹頭髮——
瞧！它已變成灰白；每一次我吻您的手向您告辭，還有隨之
而來的每一次離別，都不過是我們不久即將到來的永別的前
奏罷了，——但願老天爺憐憫我們！

第九章

現在，不論世人對那一陣不由自主的呼喊有何感想——
我將一聲不吭。

於是，斯特恩接下去就描述托比大叔、那位軍曹、香弟夫
人和其他人物。

在這兒，你看到了詩歌流暢自然地轉化為散文，散文又轉
化為詩歌。斯特恩站在稍微離開生活一點的地方，他伸手輕輕
抓住了想像、機智和幻想；他既然把手伸到了生長著這些精巧
果子的高高的樹枝上，對生長在地上的那些比較堅實的蔬菜，
他當然毫無疑問會自願放棄權利。

因為，很不幸，我們似乎不可避免地要放棄一些東西。你
不可能手裡拿著所有表達工具去走過那座狹窄的藝術之橋。有
些東西必須留下，否則你會在中途把它們扔到水中，或者更糟，
你會失去平衡，連自己也遭到滅頂之災。

因此，這種還沒有名稱的小說的變種，將由作家站在從生

活退後一步的地方來寫，因為這樣可以擴大視野，抓住生活的某些重要特徵；它將用散文來寫，因為如果你把散文從許多小說家把它當作馱畜一般加在它背上的沈重負擔之下解放出來，把那些細節和事實的包袱都卸掉——如果散文得到這樣的待遇，它就會顯出它有能力拔地而起、向上飛升，但不是一飛沖天、直上霄漢，而是像掃過的旋風一般，螺旋形地上升，同時又和日常生活中人性的各種興趣和癖嗜保持著聯繫。

然而，還有一個進一步的問題。散文能夠具有戲劇性嗎？固然，蕭伯納和易卜生顯然曾經戲劇性地使用散文而獲得最高度的成功，但是，他們依然忠於戲劇形式。而這種形式，你可以預言，決非未來詩劇的那種形式。要達到作者的各種目的，散文劇顯得太生硬、太局限、語氣太強。它把作者想要表達的東西，在它的網眼篩孔中漏掉了一半。他沒法把他要表達的豐富內容都壓縮到對話中去。然而，他渴望得到戲劇那種爆發性的情緒效應；他要使他的讀者血液沸騰，而不僅僅是擊中他們智力上的敏感之處，或者說搔到他們的癢處。《特立斯頓·香弟》鬆散而自由的文字，浮載著托比大叔和屈立姆軍曹這樣的人物，盤旋飄泊而去，但是它並不企圖在戲劇性的衝突中把他們調動安排在一起。因此，這部十分苛求的未來小說的作者，很有必要把一種嚴格、合乎邏輯的想像的一般、單純力量置於他各種騷亂而矛盾的情緒之上，起監督駕馭的作用。騷動是可惡的；混亂是可恨的；在一件藝術品中，一切都應該嚴密控制，井然有序。他將致力於把這些激情一般化，並且把它們分散轉移。他將不是把各種細節一一列出，而是鑄成大塊文章。這樣，

他的人物就會有一種戲劇性的力量，而這種力量，在現代小說⑩ 那些具有細節真實的人物身上，卻經常犧牲於心理學的興趣之中。於是，雖然這種作品還處於如此遙遠的地平線邊緣，幾乎才剛看得出來──你可以想像，作者會擴大他的興趣範圍，以便把那些在生活中起了巨大作用的某些影響加以戲劇化，而迄今為止，小說家尚未注意到這些影響：它們是音樂的力量、景物的刺激、樹影和色調的變化在我們身上的效應，成堆地在我們身上滋長起來的各種情緒，某些地方或人物在我們心中非理性地引起的朦朧恐懼和憎惡，行動的歡樂和美酒給我們的陶醉之感。每一個瞬間，都是一大批尚未預料的感覺薈萃的中心。生活總是不可避免地比我們──試圖表現它的人們──豐富得多。

不需要什麼偉大的預言天賦，你就可以斷定：誰要企圖做到上述各項，他必須拿出他的全部勇氣。散文決不會遇到第一位來到它面前的作家，就俯首聽命，準備學習跨出新的一步。然而，要是時代的印記還有任何價值的話，人們正在感覺到新發展的必要性。肯定無疑，有一批分散在英國、法國和美國各地的作家，正在試圖從那個已經使他們感到厭倦的老框框中解放出來；他們正在試圖調整他們的觀念，以便重新站在一個從容而自然的位置，可以使他們的力量充分發揮到重要的事物上去。當一部書作為那種觀念的結果，而不是以它的美或光彩來給我們留下深刻的印象，我們就知道：它身上含著能夠持久生存的種子。

---

⑩指二十世紀初的現實主義小說或自然主義小說。

評《小說解剖學》*

　　有時候，在農村集市上，你也許看見過一位教授站在講台上，鼓動那些農民上前來購買他的靈丹妙藥。不論他們患什麼病症，不論是軀體的還是精神的疾病，他都能說出一個名堂，提出一種療法；如果他們心中懷疑，猶豫不前，他會突然抖出一幅圖表，用一支棍棒指點著人體的不同解剖部位，上氣不接下氣地說出一串長長的拉丁文術語，於是，第一個農民怯生生地、躊躇不決地走上前來，接著又是另外一個，他們買下了他的大藥丸，走開去悄悄地剝開包裝，滿懷希望把它吞下肚去。「認為自己是小說藝術初露頭角的青年候補作家們」漢米爾頓先生在講台上大聲吆喝，於是，那些初露頭角的現實主義者們走上前來接受——因為這位教授慷慨大方——五顆藥丸和回家治療的九條醫囑。換言之，給了他們五個「複習思考題」，要

　　＊本文是針對克萊頓‧漢米爾頓所著《小說的資料與方法》一書而寫的書評，選自伍爾夫論文集《花崗岩與彩虹》。

他們解答，並且奉勸他們讀九本書或者它們的部分章節。「1.
界說現實主義與浪漫主義之區別。2.現實主義創作方法之優越
性與局限性何在？3.浪漫主義創作方法的優越性和局限性何
在？」——他們回家去解答的思考題就是這類貨色，而這種療
法居然如此成功，初版十周年紀念之際，還出版了一部「增補
修訂本」。在美國，漢米爾頓先生顯然被認為是一位很好的教
授，而且肯定無疑，還有一大把關於他的靈丹妙藥神奇療效的
鑒定證明書。但是，讓我們仔細考慮一下：漢米爾頓先生並非
教授；我們亦非輕信的莊稼漢；小說也不是一種疾病。

在英國，我們一直習慣把小說稱為一種藝術。沒有人教我
們寫小說；討論問題是我們最通常的動機；而且，雖然評論家
也許已經「推論並且規定了小說藝術的普遍準則」，他們不過
是像一個很好的女僕那樣完成了他們的任務，無非是在宴會結
束之後，把房間收拾打掃一番罷了。評論很少或從未應用於當
前的各種問題。另一方面，任何優秀的小說家，不論他是死了
還是活著，對這些問題總有一些話要說，雖然話說得十分迂迴
曲折，不同的人可以有不同的理解，同一個人在不同的發展階
段也會有不同的理解。因此，如果說有什麼事情是必要的話，
那就是用你自己的眼睛去閱讀作品。但是，老實說，漢米爾頓
先生已經使我們對那種說教的風格感到惡心。也許除了ABC那
樣的基礎知識之外，沒有什麼東西是必要的，而想到亨利‧詹
姆士開始口授他的著作之時甚至這種基礎知識也免除了，這可
令人高興。儘管如此，如果你對作品有一種自然的鑒賞力，很
可能在閱讀了《愛瑪》之後，舉個例子來說吧，你頭腦裡會出

現對珍·奧斯丁的藝術的一些反省——一段插曲多麼精巧美妙
地取代了另外一段；她不用說話，就多麼明確地把她要表達的
東西表達了出來；因此，當她的富於表現力的語句湧現出來，
它是多麼令人驚異。在那故事之外，在字裡行間，某種小巧玲
瓏的形態自己浮現了出來。但是，從書本來學習，充其量不過
是一件捉摸不定的事情，而那些書本上的教條，是如此含糊曖
昧、變化多端，結果你並未把作品劃分為「浪漫主義的」或「現
實主義的」，遠遠不是如此，你更傾向於好像想起活人一樣來
想起那些作品：十分複雜，十分獨特，彼此之間十分不同。但
是，對漢米爾頓先生來說，這樣永遠不行。按照他的說法，每
一件藝術品都可以分解開來，每一個部分都可以給它一個名稱
和號碼，可以分解、再分解，並且標出它們的先後次序，就像
我們解剖一隻青蛙的內臟一樣。這時，我們就學會了如何把它
們裝配攏來——按照漢米爾頓的說法，我們就學會了如何寫作。
錯綜複雜的情節，主要的關鍵，詳細的分析；歸納和演繹的方
法；動態和靜止的描繪；直接和間接的敘述附帶同樣的再分解；
內涵，注釋，個人的平衡，外延；邏輯的連續和年月的順序——
這些就是那隻青蛙所有的肢體內臟，並且每一部分都能夠進一
步加以分解剖析。就以「強調手法」為例。共有十一種強調手
法。有結尾部位強調法，開端部位強調法，停頓法，直接比例
法，反比例法，重述法，驚奇法，懸念法——你厭倦了麼？但
是請你想一想那些美國人吧。他們已經把一個故事寫了十一遍，
每一次使用一種不同的強調手法。真的，漢米爾頓先生可給了
我們不少關於美國人的知識。

　　儘管如此，漢米爾頓先生常常不安地發覺：你可以解剖你
的青蛙，但是你沒法使牠跳躍；不幸得很，還存在著一種叫做
生命的東西。有把生命賦予小說的各種指示，例如「嚴格地訓
練你自己永勿厭倦」，並且要培養一種「活潑的好奇心和靈敏
的同情心」。然而，漢米爾頓先生顯然並不喜愛生命；但是他
有一個像他那樣井然有序的博物館，誰又能指責他呢？他已經
發現生命十分討厭，而且，如果仔細想來，它是相當不必要的；
因為，歸根結柢，還有書本嘛。漢米爾頓先生對生命的種種觀
點，是如此具有啟發性，必須用他自己的語言才能表達出來：

　　　　在現實世界中，我們也許永遠不必自找麻煩去和沒有文
　　化的外省鄉巴佬交談；然而，我們在小說《米德爾馬奇》的
　　書頁中遇見他們，卻並不覺得浪費了時間和精力。就我個人
　　而論，在現實生活中，我一直避免與薩克雷的小說《名利場
　　》中那種人物結識；然而，我發現，在一部長篇小說的範圍
　　之內和他們交往，不僅有趣而且有益。

　　「沒有文化的外省鄉巴佬」──「不僅有趣而且有益」──
「浪費時間和精力」──彷徨徘徊和辛苦摸索了很久之後，我
們現在終於走上了正確的軌道。因為，美國人寫了關於十一種
強調手法的十一個論題，似乎好久以來沒有任何東西可以報答
他們。但是，現在我們隱隱約約發覺，每天鞭策那個疲勞不堪
的腦袋，確實會有某種收穫。它並非一個頭銜；它和享樂或文
學無關；但是，看來漢米爾頓先生和他那勤奮的一夥，在地平
線上遙遠之處望見了一個給人更高啟示的光環，只要他們繼續

不斷閱讀足夠長的時間，他們就能到達那個地方。每一部被肢解的小說是一個里程碑。用外文寫的作品不能解剖兩次。而一部像這樣具有專題論述性質的著作，將被送到最高審查官那兒去，據我們所知，他說不定就是馬修·阿諾德的鬼魂。漢米爾頓先生的大作會得到他的認可嗎？他們能忍心拒絕一個如此滿腔熱誠，風塵僕僕，高尚可敬，上氣不接下氣的人物嗎？哎喲！瞧瞧他的語錄，端詳一下他對那些文學問題的論述吧：

> 「無數蜜蜂的嗡嗡叫聲。」⋯⋯「無數」這個詞兒對知識界而言，僅僅意味著「不可勝數」，在這兒，它被用來暗示蜜蜂嗡嗡叫的各種感覺。

那些輕信的莊稼漢能告訴他的，也遠遠不止這些呢。不必再引述他關於「魔術之窗」和「忘卻的罪惡」的高論了。在那部大作的二百零八頁上，不是有一條關於風格的定義嗎？

不，漢米爾頓先生的大作永遠不會得到認可；他和他的弟子們必須永遠在那片沙漠中跋涉，而那個大徹大悟的光環，恐怕在他們的地平線上變得越來越渺茫了。寫完上面這一句之後，我很驚奇地發現，在涉及文學問題之時，竟然會有人如此恬不知恥地充當一個十十足足的冒牌行家。

小說的藝術 *

　　小說是一位女士，而且是一位由於某種原因已經陷入困境的女士，她的仰慕者們必定常常有這樣的想法。許多豪俠的紳士曾騎著馬兒來拯救她，其中的首要人物是沃爾特·雷利爵士① 與珀西·盧鮑克先生②。然而，他們倆採用的方法都有點兒太注重繁文縟節，使人覺得他們對那位女士的情況雖然了解得不少，卻和她不很親暱。現在來了一位福斯特先生，他並不認為自己很了解她的情況，然而不可否認，他和那位女士相當熟悉。如果說他缺乏別人那種權威性的知識，他卻享有只有情人才有的特權。他敲敲寢室的門，而那位女士穿著睡衣和拖鞋就

＊本文是對英國作家福斯特所作《小說面面觀》（*Aspects of the Novel*, 1927）的評論，選自伍爾夫論文集《瞬間》。

①沃爾特·雷利（Sir Walter Alexander Raleigh, 1861-1922），牛津大學英國文學教授。

②珀西·盧鮑克（Percy Lubbock, 1879-1965），英國作家，他的專著《小說的技巧》（*The Craft of Fiction*, 1921）在當時頗有影響。

接見了他。他們把椅子拉到火爐前面，從容自如、機智巧妙、諧趣橫溢地娓娓而談，就像兩位已經沒有幻想錯覺的老朋友一樣，雖然事實上那臥室原來是一間教室，而地點則是萬分嚴肅的高等學府——劍橋。

福斯特先生採取這種不拘禮節的態度，當然是經過深思熟慮的。他不是學者，他也拒絕充當偽學者。這給那位主講者留下了一個雖然謙遜但是方便有用的觀察角度。按照福斯特先生的說法，他可以「把英國小說家們想像為並非浮載於時間之流中、如不多加小心就會被它席捲而去的人，而是一群坐在一個類似大英博物館閱覽室那樣的圓形房間裡面，同時進行小說創作的人」。實際上，他們是如此強調同時性，於是堅持不必依照他們的時間次序來寫作。理查森堅持認為他是亨利·詹姆士的同時代人。威爾斯可以寫出一段完全可能出自狄更斯手筆的文字。由於他本人也是小說家，福斯特先生對這種發現並不感到煩惱。經驗使他懂得，作家的頭腦是一架多麼混亂而無邏輯的機器。他知道，對於創作方式，他們考慮得多麼少；對於他們的先輩，他們遺忘得多麼徹底；對於一些他們自己的觀感，他們又往往多麼全神貫注。因此，雖然那些學者深受他敬仰，他卻對正在奮筆疾書、進行創作的那些不修邊幅、煩惱不安的人寄予同情。他並不是從什麼偉大的高度來俯瞰他們，而是像他所說的那樣，當他經過之時，他從他們肩膀後面望過去，辨認出往往在他們頭腦中反覆出現的某些形態和思想，不論他們是屬於什麼時代。自從有人講故事以來，故事總是由十分相似的因素構成；這些因素，他稱之為故事、人物、情節、幻想、

預言、模式和節奏，現在他就對這些因素著手加以考察。

當福斯特先生輕快地一路溜達過去，他的不少判斷我們很樂意爭論一番，有許多觀點我們很高興反覆討論。司各特不過是一個故事講述者，別無長處；故事是文學有機體中最低級的一種；小說家對愛情的不自然的偏見，大部分是他進行創作時本人思想狀態的反映——在每一頁上，都有某種諸如此類的暗示或意見，使我們停下來思索一番，或者想提出異議。福斯特先生從來不把他的嗓音提高到超出平常談話的水平，他掌握了說話的藝術，他說出來的話輕快地潛入聽眾的心靈，逗留在那兒，並且像那些在深水中開放的日本花兒一般綻開。但是，雖然這些話引起了我們濃厚的興趣，在某些停頓之處，我們要求暫且止步；我們要福斯特先生站住並發表意見。因為，如果小說的確像我們所說的那樣陷入了困境，也許有可能是由於沒有人緊緊地抓住她，給她立下嚴格的界限。沒有給她定出過任何準則，為她考慮得非常之少。雖然規則可能是錯誤的，並且必須打破，但是它們有這些優點——它們賦予它們所隸屬的主體以尊嚴和秩序；它們允許她在文明社會中占有一席之地；它們證明她是值得考慮的。然而，對他的這一部分職責——如果這是他的職責的話——福斯特先生明確地否認了。除非出於偶然，他並不打算涉及小說理論；他甚至懷疑她是否可以被批評家所接近，如果可以的話，也不知道他該使用什麼樣的批評武器。我們所能做到的，不過是把他安插在一個我們可以明確地看到他的立足點的位置。也許，要做到這一點的最好辦法，就是極其濃縮地摘要引述他對三位偉大人物——梅瑞狄斯、哈代和亨

利・詹姆士──的估價。梅瑞狄斯是一位被戳穿了的哲學家。
他對大自然的觀感,是「鬆散而豐富的」。當他變得嚴肅高尚
之時,他就盛氣凌人。「在他的小說中,大部分社會價值是虛
構的。裁縫不像裁縫,板球比賽不像板球比賽。」哈代是一位
偉大得多的作家。然而作為一位小說家,他卻不那麼成功,因
為他的人物「過分地遷就情節;除了他們的鄉村性格之外,他
們的活力已喪失殆盡,他們變得單薄而乾枯──他對因果關係
的強調,已超過了他的表現形式所能負荷的程度」。亨利・詹
姆士沿著小說的美學職能這條狹窄的道路追求探索,並且成功。
然而,以什麼犧牲作為代價呢?「人類生活的大部分都不得不
隱退消失,他才能給我們創造出一部小說。只有殘廢的生物,
才能在他的小說中呼吸。他的人物不僅數量稀少,而且線條貧
乏。」

　　如果我們現在來看看這些論斷,並且把福斯特先生首肯和
忽略的某些東西放在它們旁邊來一起考察,我們將會發現,即
使我們不能用一種教條來把福斯特先生束縛住,我們也能指出
他局限於某種觀察角度。有某種東西──我們暫且避免說得更
加明確──他稱之為「生活」的某種東西。他正是拿這種東西
來和梅瑞狄斯、哈代或詹姆士的作品比較。他們的失敗之處,
總是與生活有某種關係。與小說的美學觀念相對立的,是人性
的觀念。它堅持要「在小說中浸透了人性」,堅持「人在小說
中應有極大的表現機會」;犧牲了生活而獲得的勝利,實際上
是一種失敗。於是,我們就看到了那個關於亨利・詹姆士的顯
然極其苛刻的結論。因為,亨利・詹姆士把某種與人無關的東

西帶進了小說。他創造了一些模式，雖然它們本身很美，卻與人性背道而馳。福斯特先生說，由於亨利・詹姆士忽視了生活，他將會滅亡。

然而，那些孜孜不倦的學生們也許會要求解釋：「這個如此神祕莫測、自鳴得意地不斷在關於小說的專著中冒出來的『生活』，究竟是什麼東西？為什麼在一種模式中沒有生活，而它又會出現在一個茶話會上？為什麼我們在《金碗》③這部書的模式中所得到的樂趣，不如特羅洛普④描寫一位女士在牧師邸宅中喝茶在我們身上激起的感情來得有價值？顯然，對生活的這種界說太武斷，有必要擴充。」所有這些詰問，也許福斯特先生會回答說，他並未定下任何準則：對他說來，小說似乎是一種太柔軟的物質，不能像其他藝術形式那樣剖割；他不過是在告訴我們，什麼東西感動了他，什麼東西他不感興趣。實際上，此外別無其他標準。於是我們又回到了原先的困境，沒有人對小說的準則有任何了解，也沒有人明白小說與生活的關係究竟如何，或者知道它會給自己帶來什麼影響。我們只能信賴我們的本能。如果本能使一位讀者把可各脫稱為故事講述者而使另一位讀者把他稱為傳奇小說大師，如果一位讀者被藝術而另一位讀者被生活所感動，他們都是正確的，他們可以各自在自己的觀點上堆砌幢理論的紙屋⑤，他能砌多高就砌多高。

---

③《金碗》是亨利・詹姆士1904年寫的長篇小說。

④安東尼・特羅洛普（Anthony Trollope, 1815-1882），英國小說家。

⑤原文是a card-house of theory；用硬紙板砌成的理論之屋。

但是，假設小說比其他藝術形式更親密、恭順地隸屬於為人服務這個目標，導致了在福斯特先生的專著中又重新加以闡述的一種更進一步的見解。沒有必要詳細討論小說的各種美學功能，因為它們是如此薄弱，可以不冒風險地把它們忽略過去。因此，雖然在一部論述繪畫的專著中，無一字論及畫家進行創作的表達工具是不可想像的，把小說家進行創作的表達工具簡略地一筆帶過，還是能夠寫出一部像福斯特先生所撰寫的那樣明智而輝煌的小說專著。在這部著作中，關於小說所使用的文字，幾乎沒有提及。除非一位讀者已經閱讀過那些小說，否則他可能會猜想：一個句子對斯特恩或威爾斯說來是同一回事，並且被用來達到同樣的目的。他可能會得出結論說，用來撰寫《特立斯頓・香弟》一書的語言，並未為這部小說增添什麼光彩。小說的其他美學素質，情況也是如此。小說的模式，正像我們所看到的那樣，是被認識到了，但它受到嚴厲的譴責，因為它往往掩蓋了人性的特徵。美是顯現出來了，然而受到懷疑。她呈現出一副詭祕的容貌——「一位小說家永遠不應以美感作為他的目標，雖然要是他不能獲得美感就意味著失敗。」——而在這部專著末尾饒有興味的幾頁篇幅中，作者簡略地討論了美感以節奏的形式重新呈現出來的可能性。但是，除此以外，小說被當作一種寄生動物，她從生活吸取養料，並且必須維妙維肖地描摹生活來作為報答，否則它就會滅亡。在詩歌和戲劇中，文字本身可以脫離這種對於生活的忠誠而引起興奮和刺激，並深化審美效果；在小說中則不然，文字必須局限於為生活服務，去描繪那茶壺和哈巴狗，而一旦被發現缺乏生活，就會被認為

內容貧乏。

雖然這種非美學的態度在任何其他門類的藝術評論中都是令人驚異的，在小說評論中，我們卻不以為奇。首先，這是一個極端複雜困難的問題。在閱讀過程中，一本書在我們眼前逐漸消失，宛若一縷輕烟、一枕黃粱。我們又如何能夠像羅杰・弗賴伊先生⑥用他的魔杖點出展現在他面前圖畫中的線條和色彩那樣，也拿起一根棍棒，指出那些正在消失的書頁中的音調和關係？而且，特別是一部小說在它的展開過程中，已經喚起了千百種普通的人的感情。把藝術硬扯到這樣一種關係中來，似乎有點一本正經、冷酷無情。這很可能會有損於作為一個有感情的、有各種家庭關係的人這樣一位評論家的形象。因此，當畫家、音樂家和詩人接受對他們的批評之時，小說家卻未受指責。他的人物會被議論；他的道德，或者也許是他的血統，會被考察；然而他的文字卻可以免受評判。現在還沒有一位活著的評論家，會認為小說是藝術品，並且將把她當作一件藝術品來判斷。

也許，就像福斯特先生所暗示，那些評論家是正確的。至少在英國，小說不是一種藝術品。沒有什麼可與《戰爭與和平》、《卡拉瑪卓夫兄弟》或《憶流水年華》並肩媲美的作品。然而，當我們接受這一事實之時，我們卻不能抑制一種最後的推測。在法國和俄國，人們嚴肅認真地看待小說。福樓拜⑦為

⑥羅杰・弗賴伊（1866-1934），英國著名美術評論家，推崇後印象派藝術。

⑦福樓拜用詞極為講究，以「一語說」著稱於世。

了尋找一個恰當的短語來形容一棵洋白菜，花了一個月的時間。托爾斯泰曾把《戰爭與和平》改寫了七次。他們的卓越成就，也許有一部分是得之於他們所下的苦功，也有一部分是他們所受到的嚴格評判所促成的。如果英國的批評家的家庭觀念不是如此濃厚，如果他們不是如此孜孜不倦地維護他們喜歡稱之為生活的那種東西的權利，英國的小說家們或許也會變得更勇敢些。他就會離開那張永恆的茶桌和那些貌似有理而荒唐無稽的日常程式（這些東西歷來被認為代表了我們人類的全部冒險生涯）。要是那樣的話，故事可能會搖晃抖動；情節可能會皺成一團；人物可能被摧毀無遺。總之，小說就有可能會變成一件藝術品。

這就是福斯特先生帶領我們去憧憬的夢想。因為他的專著是一部鼓勵夢想的書。關於那位可憐的女士——我們帶著或許是錯誤的騎士精神，仍舊堅持這樣來稱呼小說的藝術——沒有比這部書更有啟發性的論述了。

維吉尼亞・伍爾夫的小說理論

　　英國女作家維吉尼亞・伍爾夫是「意識流」小說的代表作家，又是一位非常重要的西方文學評論家。她是《泰晤士報文學副刊》和《大西洋月刊》等英美重要報刊的特約撰稿者，她一生中共發表過三百五十餘篇書評和論文。她的評論範圍極其廣闊，包括散文、小說、傳記、書信、詩歌和論著。她的評論所涉及的作家，從古希臘的埃斯庫羅斯直到二十世紀的辛克萊・劉易斯，包括英、美、法、俄等國各種流派的重要作家。要在有限的篇幅之中，把如此廣博的一位評論家的理論概貌勾勒出來，是相當困難的。伍爾夫的評論以小說為主要對象，因此，本文僅涉及她的小說理論。本文採用述評的方法，首先引述伍爾夫的原文，讓讀者直接了解她的主要觀點和批評方法，然後再加以分析、評價。

一、伍爾夫的主要論點

一、時代變遷論

伍爾夫的文學評論活動的主要階段,是在第一次世界大戰之後。戰爭不僅消滅了千百萬人的軀體,而且戕害了億萬人的心靈。傳統的道德觀念和理性哲學也被炮火轟得粉碎,它們已不復是人們的精神支柱。大戰之後,隨之而來的是十月革命的勝利,1918至1923年各國工人運動的高潮,以及1929至1933年空前嚴重的經濟危機,使整個資本主義世界處於風雨飄搖之中。因此,伍爾夫說:「我們顯然處於這樣一個時代:我們不是牢牢地固定在我們的立足之處;事物在我們的周圍變遷;我們本身也在變動。」

時代在變化,人的生活也在變化。往昔那種田園詩一般的生活方式,早已消失了。另一方面,人在這物質文明的囚籠中,過著動蕩不安的生活:「那長長的磚石砌成的大街,被分割成一幢幢盒子一般的房屋,每幢屋子裡住著一位不同的人,他在門上裝了鎖、在窗上安了插銷,來獲得清靜獨處不受干擾的某種保證;然而,他頭頂上方的天線、那穿越屋頂的音波,卻大聲告訴他關於在全世界發生的戰爭、謀殺、罷工和革命的消息,……。」(《狹窄的藝術之橋》)

伍爾夫認為,時代變化了,生活變化了,人的感覺自然也相應地發生了變化,產生了一種深刻的危機感、厭惡感、隔絕

感和懷疑感。

伍爾夫在她的日記中寫道：「為什麼生活如此像萬丈深淵之上的一條小徑？（《一位作家的日記》頁27）」她感覺到她的世界是在一個無底深淵之上危險地維持著平衡。在第一次世界大戰之後，這種對變化無常的人生毫無把握的危機感，幾乎成了西方社會中人們帶有普遍性的感受。

在西方的現代化城市中，到處是高樓大廈，五花八門的商品廣告和家用電器。人們貪得無饜地追求物質享受，並且以這種追求來取代高尚的精神生活。伍爾夫在《論美國小說》這篇文章中，流露出她對於這種「物質主義」的厭惡。

西方人一般認為，兩代人之間總是存在著某種隔閡，他們稱之為「代溝」（generation gap）。但是，在伍爾夫看來，現代人所面臨的，不是一般意義的「代溝」，而是與先輩割斷聯繫的一種「隔絕感」。伍爾夫寫道：「我們被乾脆地割斷了與我們先輩的聯繫。稍微變動了一下衡量的尺度——許多世代以來被放在一定位置的一大堆東西，就突然墜落了——已經徹頭徹尾地震動了那個組織結構，使我們和過去疏遠了，……每天我們都會發現自己在做著、說著、想著對我們的父輩說來是不可能的事情。」（《對現代文學的印象》）

因此，伍爾夫認為，現代人對過去的一切都表示懷疑：「似乎現代人的心靈總是想要驗證核實它的各種情緒，它已經喪失了單純地按照事物的本來面貌來接受事物的能力。毫無疑問，這種懷疑和驗證的精神已經使靈魂更新、節奏加速。現代作品中有一種坦率真誠的品質，如果說它不是非常可愛的，它卻是

有益的。」（《對現代文學的印象》）

國內外不少評論家都引述過這句話：「大約在1910年12月左右，人性改變了。」他們往往把伍爾夫所說的人性的改變與後印象派的畫展聯繫起來。但是，與其說伍爾夫所說的人性改變是指後印象派藝術的影響，還不如說她是指一種更為一般化的傾向，指人與人之間的關係和其他關係的變化，因為她的論文中說得很清楚：「人與人之間的一切關係——主僕、夫婦、父子之間的關係——都已經發生了變化。而人與人之間的關係一旦發生了變化，信仰、行為、政治和文學也隨之而發生變化。」（《貝內特先生與布朗夫人》）

伍爾夫為什麼要把變化發生的時間規定為1910年左右呢？我們可以從這篇論文的草稿中找到線索。在未曾發表過的「僧舍手稿」[1]中，伍爾夫明確地把這種人與人之間關係的變化歸諸於弗洛伊德的觀念：「如果你閱讀弗洛伊德的著作，在十分鐘之內，你就會了解到一些事實……或者至少是一些可能性……而我們的父母沒有可能自己猜測到這些〔關於他們的同胞之各種雄心和動機的情況〕。」

弗洛伊德用人性惡的觀點來觀察人類社會，認為「黑暗、冷酷和醜惡的力量決定著人的命運」。殘酷的戰爭揭示了人性中的醜惡成分，使伍爾夫接受了弗洛伊德的影響，認為這世界不復是美麗的花園。她說：「羅曼史被扼殺了，」「人們看上

---

①伍爾夫于1919年夏天在蘇塞克斯租下的鄉村別墅名曰"僧舍"，"僧舍手稿"指她在這所別墅裡寫下的許多原稿。

去是如此醜惡——德國人、英國人、法國人——如此愚蠢。」
（《一間自己的房間》）

在弗洛伊德影響之下，現代西方人對人性的認識複雜化了。
弗洛伊德把人的意識結構分為三個層次，處於最上層的清醒的
意識，不過是浮現於水面之上的冰山頂端，而淹沒於水面之下
的絕大部分，是屬於潛意識本能欲望的黑暗王國。伍爾夫驚呼
道：「大自然讓與人的主要本質迥然相異的本能欲望偷偷地爬
了進來，結果我們成了變化多端、雜色斑駁的大雜燴……」

人性複雜化了，自我當然也就複雜化了。伍爾夫認為，我
們在任何特定場合所顯示的那唯一的身分，可能「並非真實的
自我」，它不過是我們「為了方便起見」，把「我們的多樣化
的自我雜亂無章的各個平面」湊合到一起罷了（《文選》[2]第
四卷，頁161），她顯然是把生活和自我都看作變化不已、流動
不居、互相矛盾的複雜現象。

伍爾夫在《論婦女與小說》和《斜塔》等論文中，都指出
了藝術家需要安靜舒適的環境與紮實的教育。1914年之後，藝
術家的處境也發生了變化，中上階層及其教育機構的象牙之塔，
「不再是穩固的塔」，而成了「傾斜的塔」。作家們在動盪的
生活和戰爭的威脅中掙扎著寫作，他們顧影自憐，並且把他們
的怒火轉向這不合理的社會。（《文選》第二卷，頁116-117）

伍爾夫認為，現代人的審美感覺也和以前不同了。她對此
作了形象化的描述：「在一個春天的夜晚，皓月當空，夜鶯歡

---

②《文選》指伍爾夫的丈夫為她編纂的四卷本《伍爾夫論文選》，下同。

唱，低垂的楊柳在河面上飄拂。然而，就在這時，一個殘廢的老婦，在一條鋼鐵的長凳上挑揀她油污滑膩的破爛碎布。她和春天一起進入了他的心靈；他們互相交錯，……。但是，當濟慈聽到夜鶯的歌聲之時，他所感到的情緒是完整統一的……。現在詩人提到夜鶯，就說它『對著骯髒的耳朵唧唧地聒噪不休』。在我們現代之美旁邊啁啾的夜鶯，是對於美感嗤之以鼻的某種嘲弄的精靈；它把鏡子翻轉來，向我們顯示美神的另外一邊臉頰是深陷的、破了相的。」（《狹窄的藝術之橋》）

在伍爾夫看來，上述各種變化必然導致人們去考慮：在現代西方社會中，原封不動地使用傳統的藝術形式是否恰當。她認為，過去的藝術形式不能包涵當前的現實，「正如一片玫瑰花瓣不足以包裹粗糙巨大的岩石。」（《狹窄的藝術之橋》）。因此，伍爾夫說：「要是時代的印記還有任何價值的話，人們正在感覺到作出新的發展的必要性。肯定無疑，有一批分散在英國、法國和美國各地的作家，他們正在試圖從那個已經使他們感到厭倦的老框框中解放出來。」而伍爾夫所指的這批作家，正是西方現代主義的先驅。

二、主觀真實論

伍爾夫還認為，真實是客觀的。但是，不同的人對同樣的客觀真實的感受和看法，卻又各不相同。換言之，人的真實感隨著時代環境的變遷和立場觀點的差異而有所不同。伍爾夫十分強調人對真實性的不同看法：「一個人物可能對貝內特先生說來是真實的，而對我說來是相當不真實的。……再也沒有什

麼事情，像人對人物的真實性的看法那麼截然不同的了，對現代作品中的人物，則尤其如此。」（《貝內特先生與布朗夫人》）

所有作家都受到他們環境的影響，他們在構成他們世界的各種推測和價值的範圍之內工作，並且據此決定他們的創作態度。伍爾夫在她的特定環境中所主張的真實，是二十世紀初期一位西方現代作家心目中的真實，是在硝烟瀰漫的氣氛中感受到的真實，是在炸彈的火光照明之下所看到的真實。這種真實帶有鮮明強烈的時代烙印，它的具體表現，就是一種追求人物的內心真實的傾向。

伍爾夫是一位極度敏感而神經脆弱的知識分子。第一次世界大戰和戰後的現實生活，給了她強烈的刺激和震動。對她說來，這種刺激和震動的感覺和印象，比造成這種刺激震動的客觀現實本身更為鮮明強烈。對伍爾夫以及與她相類似的現代西方知識分子而言，現實也許沒有他們對現實的觀感（vision）來得重要。因此，她重視人物內在的心理真實（即對客觀世界的主觀感受），她希望作家能把現代西方人內心所感受到的刺激和震動表現出來。於是，她讚揚那些與「更深入更潛伏的感情」發生關係的作家（《文選》第四卷，頁4），並且貶低那些未能「深入」內心的「表面化」作家。（《一位作家的日記》，頁2）

資產階級的人道主義和理性主義這兩根精神支柱，被戰爭的炮火摧毀了。因此，在西方的知識分子中，掀起了一股非理性主義的思潮，佛洛伊德的精神分析學說和柏格森的直覺主義，就是這股社會思潮的反映。這股社會思潮，自然也反映到文學中來，使一些作家不再相信他們過去學到的傳統文學規範，以

及他們的先輩所寫的作品。對他們說來，他們似乎只能依據他們的直接經驗來寫作，似乎他們的直覺、印象、情緒、感受比他們的理智更為可靠，而且他們都熱中於挖掘人物內在的心理結構。

正因為一部分與伍爾夫同時代的作家沒有重視這種內在的主觀真實，伍爾夫把他們貶為「物質主義者」，並且指責道：「他們之所以令我們失望，正是因為他們關心的是軀體而不是心靈。」伍爾夫指出，他們所使用的傳統創作方法，忽略了現代生活中的一個重要方面，因而「往往使我們錯過，而不是得到我們所尋求的東西。不論我們把這個最基本的東西稱為生命還是心靈，真理還是現實」。（《論現代小說》）

十九世紀的傳統方法，究竟能否包含和反映二十世紀的現實生活之一切方面，是數十年來始終在伍爾夫的心頭盤旋的一個疑問。「生活難道是這樣的嗎？小說非得如此不可嗎？」這是1919年伍爾夫在《論現代小說》中提出的問題。十年之後，伍爾夫在《小說概論》[③]中，仍然提出這樣的問題：「這是否就是一切？如果這就是一切的話，這難道就足夠了嗎？我們是否就必須相信這個？」

伍爾夫不斷地追問真實的真正含義。她認為，真實就是瞬間的印象以及對於往昔歲月之飄忽而永恆的回憶。她說：「『真實』，是什麼意思？它好像變化無常，捉摸不定；它忽而存在

---

③這篇論文原來的標題是《小說面面觀》，與福斯特的那部專著同名。為了避免混淆，筆者特譯成《小說概論》。

於塵土飛揚的道路上，忽而存在於路旁的一張報紙上，忽而存在於陽光下的一朵水仙裡。它能使屋裡的一群人欣然喜悅，又能使人記住很隨便的一句話。一個人在星光下步行回家時感到它的壓力，它使靜默的世界比說話的世界似乎更真實些——可是它又存在於皮卡底利大街人聲嘈雜的公共汽車裡。有時它又在離我們太遠的形體中，使我們不能把握其性質。可是，不論它接觸到什麼，它都使之固定化、永恆化。真實就是把一天的日子剝去外皮之後剩下的東西，就是往昔的歲月和我們的愛憎所留下的東西。」（《一間自己的房間》）

伍爾夫認為，真實就是積累在我們的內心深處而又不斷地湧現到我們的意識表層的各種印象。她說：「把一個普普通通的人物在普通的一天中的內心活動考察一下吧。心靈接納了成千上萬個印象——瑣屑的、奇異的、倏忽即逝的或者用鋒利的鋼刀深深地銘刻在心頭的印象。它們來自四面八方，就像不計其數的原子在不停地簇射；當這些原子墜落下來，構成了星期一或星期二的生活。其側重點就和以往有所不同：重要的瞬間不在於此，而在於彼。因此，如果作家是個自由人而不是奴隸，如果他能隨心所欲而不是墨守成規，如果他能夠以個人的感受而不是以因襲的傳統作為他工作的依據，那麼，就不會有約定俗成的那種情節、喜劇、悲劇、愛情的歡樂或災難。」（《論現代小說》）

伍爾夫又把生活說成一個包圍著我們的半透明的封套（envelope）。她說：「生活是與我們的意識相始終的、包圍著我們的一個半透明的封套。把這種變化多端、不可名狀、難以

界說的內在精神——不論它可能顯得多麼反常和複雜——用文字表達出來，並且盡可能少羼入一些外部的雜質，難道不是小說家的任務嗎？」（《論現代小說》）

我們不禁要問：「封套」究竟是什麼意思？為什麼伍爾夫一再使用這個別出心裁的術語？為了解答這個問題，讓我們來觀察比較以下幾個段落：

「莎士比亞的劇本不是一個受到束縛和挫折的頭腦的產物；它們是容納他的思想的伸縮自如的封套。他通行無阻地從哲學轉向醉漢的喧鬧，從情歌轉向一場爭論，從淳樸的歡樂轉向深刻的沉思。」（《狹窄的藝術之橋》）

「普魯斯特的小說，他所描繪的那種文化的產品，是如此多孔而易於滲透，如此柔韌而便於適應，如此完美地善於感受，以至於我們僅僅把它看成一只封套，它單薄而有彈性，不斷地伸展擴張，它的功用不是去加強一種觀點，而是去容納一個世界。」（《小說概論》）

「安德森先生已經鑽探到人類本性中那個更深的、更溫暖的層次，……他創造了一個他自己的世界。在這個世界中，各種感覺極其敏銳發達；它受本能的主宰而不受概念的支配……這個肉體感覺的、本能欲望的世界，被包圍在一層溫暖的雲霧一般的氣氛之中，被包裹在一個柔軟的、愛撫的封套裡。」（《論美國小說》）

顯然，伍爾夫所說的「封套」並非一種束縛限制的框框，而是透明柔軟、容易滲透、富於彈性、伸縮自如、可以擴展延伸的一層雲霧一般的氣氛，它的功能不是去加強某一個觀點，

而是包羅萬象地容納了各種主觀印象，容納了變化多端、不可名狀、不受限制的內在精神，容納了整個世界。

因此，伍爾夫主張在文學中採用一種伸縮自如的模式，來記錄人們內心的意識流動：「讓我們按照那些原子墜落到人們心靈上的順序把它們記錄下來，讓我們來追踪這種模式，不論從表面上看來它是多麼不連貫，多麼不協調。」

而能夠採用這種模式的，正是以喬伊斯為代表的年輕的現代主義作家。伍爾夫把喬伊斯稱為「精神主義者」，認為他「不惜任何代價來揭示內心火焰的閃光，那種內心的火焰所傳遞的信息在頭腦中一閃而過，為了把它記載保存下來，喬伊斯先生鼓足勇氣，把似乎是外來的偶然因素統統揚棄」。（《論現代小說》）

三、人物中心論

內在真實論和人物中心論是一對孿生姐妹，她們是伍爾夫小說理論的核心成分。脫離了人物，就無從表現內心的真實感受。因此，伍爾夫把人物置於歷史事實、文學風格和故事情節之上，給予極大的關注。伍爾夫讚揚英國歷史學家吉朋，因為他不僅展現了歷史事件，並且表現了歷史事件中人物內心的思想感情，所以她把吉朋譽為「思想的評論家和史學家」。（《文選》第一卷，頁118）。儘管米爾頓的風格「難以形容地優美」，伍爾夫對他不了解人物深表遺憾：「我幾乎感覺不到米爾頓是有生命的或者他了解男人和女人」（《一位作家的日記》，頁5）。曲折的情節固然能吸引一部分讀者，但是，情節的首要目

的是去提高人物的真實性（《文選》第一卷，頁77）。在一篇
書評中，伍爾夫指出，女主人公的冒險事迹「比那位女主人公
本身要有趣得多」。她知道，她這樣寫，「是在向一半讀者推
薦此書，同時又在另一半讀者面前譴責它」。（《論現代作家
》，頁82）。因為，那另外一半真正有文學修養的嚴肅讀者，
決不會滿足於故弄玄虛的情節，他們需要有內心深度的人物。
在他們眼中，把人物淹沒於情節之中，無異於本末倒置、喧賓
奪主，決不是可取的。

　　人物不僅是評論家所關注的中心課題，它在作家心目中，
亦處於中心地位。首先，人物乃是驅策作家去創作的一種原動
力。作家「被誘惑著要去創造一些已經……纏住他們不放的人
物」；「人物的分析研究，已經成為一種全神貫注的追求」。
其次，人物是作家借以表達他們思想的重要手段。「所有偉大
的小說家，都使我們通過某一個人物的眼光，來看到他們所希
望我們看到的一切東西。」

　　人物不僅是評論家和作家所關心的中心問題，也是小說的
中心內容。伍爾夫指出：「所有小說都得與人物打交道。」「小
說的形式之所以發展到如此笨重、累贅而缺乏戲劇性……如此
豐富、靈活而充滿生命力的地步，正是為了表現人物，而不是
為了說教、謳歌或頌揚不列顛帝國。」（《貝內特先生與布朗
夫人》）

　　既然每部小說都得與人物打交道，我們就很有必要來探討
一下作家與人物打交道的方式。為了把幾種不同的方式進行分
析對比，伍爾夫在她的論文中敘述了一個虛構的故事：在火車

裡，有一位布朗夫人，她同時成為貝內特、威爾斯、高爾斯華綏和伍爾夫本人這四位小說家觀察的對象。伍爾夫注視著布朗夫人，開始編造一個關於她的故事，想像她的內心活動以及她與她的旅伴之間的關係，考慮如何在不同的場景中對她加以描繪。另一方面，如果那位烏托邦的社會改革家威爾斯看到了布朗夫人，他馬上會想像出一個更加美好的新世界；高爾斯華綏會設法確定她所屬的社會階層和生活環境；貝內特由於他對於外部細節的癖嗜，就會去描繪她所乘坐的車廂。

顯然，伍爾夫所使用的方法是一種類型，而那三位作家所使用的方法屬於另一種類型。對一位第一次世界大戰之後的西方作家，兩種類型孰優孰劣？這就是伍爾夫需要進一步加以思考的問題。

伍爾夫認為，小說的中心是人物，而人物的核心是他的「人性」；而布朗夫人實際上就是「人性」的象徵：「火車正在運行，它不是從李奇蒙德開往滑鐵盧，而是從英國文學的一個時代開往另一個時代，因為，布朗夫人是永恆的，布朗夫人就是人性，布朗夫人只是在表面上有所改變，而在火車上進進出出的過客，正是那些小說家們。」

伍爾夫所使用的「人性」這個術語，並非我們通常所指的與階級性相對而言的人性。她所說的人性，就是指人物的「生命」，人物「賴以生存的靈魂」，它「就是生活本身」。如果分析比較一下散見於伍爾夫各篇論文中對人物的具體要求，我們就可以進一步理解伍爾夫的「人性」這個術語的確切涵義。伍爾夫對小說人物大致上提出了以下幾點具體要求：

　　第一，人物除了動作之外，還必須有思想和感覺，否則我們就不能說真正認識了他們。（《文選》第一卷，頁141-143）

　　第二，人物看上去必須是真實的「活生生的男人和女人」；他們必須是個性化的，而不僅僅是各種類型。（《文選》第一卷，頁227，236；《論現代作家》，頁35）

　　第三，人物必須是個性與共性的統一體，他既有個人的熱情和癖性，又有某種我們都共有的象徵性的東西。（《文選》第一卷，頁261）

　　第四，人物必須是多方面、多層次的。伍爾夫一再強調要洞察「那些心理學的曖昧領域」。現代心理學認為，人物的意識結構和心理活動是複雜的、多層次的。因此，要捕捉內在的真實，是相當困難的。但這是作家所樂意面臨而讀者也必須鼓勵他們去承擔的風險。（《論現代作家》，頁115-116）

　　顯然，伍爾夫心目中的人物是有思想感情的，他既有個性又有共性，他是多方面、多層次的，活生生的，有內在真實感的人。只有把這樣的人物表現出來，才是抓住了「生命」，抓住了「靈魂」，抓住了「人性」。從伍爾夫使用這個術語的具體內容來看，似乎還是把它譯為「人物性格」比較妥當。

　　但是，貝內特、威爾斯、高爾斯華綏三位作家卻與伍爾夫所提出的目標背道而馳。「他們的目光……注視著工廠，烏托邦，甚至還注視車廂裡的裝飾物和壁毯；他們從來也不去注視布朗夫人，不注視生活，不注視人性。」這些物質主義者們「無比重視事物的外部結構。他們給我們看一幢房子，希望我們有可能借此演繹推斷出居住在房子裡的人物的情況。」然而，「如

果你們確信，小說首先是描繪人物，其次才是描繪他們所居住的房屋的，那麼，從描繪房屋著手，乃是一種錯誤的方法。」

伍爾夫強調指出，這種關心「軀體」忽視「靈魂」、重視外部結構忽視內心世界的觀察角度和創作方法，是不恰當的，他們的藝術工具是沒有生命力的。「那些傳統規範意味著毀滅，那些工具意味著死亡。」

伍爾夫的評論一向極為溫和婉轉，在這裡她為什麼一反常態，作出如此嚴厲的判決呢？因為那些「物質主義者」雖然善於駕馭文字、構思情節，然而「生命」和「人性」卻從他們的手指縫裡溜走了，她所特別關切的人物內在的「真實」丟失了。總之，他們沒有能夠充分表現出現代西方人的內心感受。

四、突破傳統框子論

伍爾夫把比她長一輩的威爾斯、貝內特和高爾斯華綏稱為愛德華時代④的作家，把與她同輩的喬伊斯、勞倫斯、福斯特和艾略特稱為喬治時代⑤的作家。伍爾夫覺得，喬治時代的作家們深深地陷入了困境。他們的內心受到了莫大的刺激和震動，他們想要把這刺激和震動的複雜感受表現出來。但是，他們沒有適當的楷模可以效仿。因為愛德華時代的作家因襲了維多利亞時代⑥的傳統，他們所關心的是外部結構的細節真實，無法

---

④指英王愛德華七世的統治時期（1901-1910）。
⑤指英王喬治五世的統治時期（1910-1936）。
⑥指維多利亞女王統治時期（1837-1901）。

表達複雜微妙的內心世界。

傳統的束縛使喬治時代的作家們感到絕望，而絕望又轉化為憤怒的反抗和破壞：「這種迹象顯然隨處可見。語法被侵犯了；句法被肢解了；就像一個到姨媽家去度周末假期的男孩，當安息日在嚴肅沉悶的氣氛中消磨過去，純粹出於絕望的反抗，他就在天竺葵花壇中打滾。」（《貝內特先生與布朗夫人》）

既然人物是小說的中心，小說的生命，現在眼看著活生生的人物被傳統所壓抑、所窒息，作家們當然應該義不容辭地不惜一切代價去搶救人物，但在倉促之中又找不到適當的工具，於是就不得不打破窗子。伍爾夫正是從這個角度來判斷喬伊斯的破壞行動的：「喬伊斯先生在《尤利西斯》中所表現出來的粗俗猥褻，在我看來，似乎是一位絕望的男子漢有意識地、故意安排的，他覺得為了要呼吸空氣，他必須打破窗子。」

喬伊斯並非匹馬單槍，他是喬治時代一批青年作家的代表人物。這批現代主義作家人數不多，能量卻不小。他們破壞文化傳統所造成的噪音，一時之間甚囂塵上，竟然成了一個時代的特徵：「我們在四周都聽到這種聲音；在詩歌、小說、傳記，甚至報刊文章和散文隨筆之中，我們都聽到破裂、砸碎和毀壞的響聲。這是喬治時代壓倒一切的聲音。」

儘管伍爾夫認為現代主義者的破壞性反抗事出有因，但她並未過高地評價他們的獨創性。她認為，這些作家在讀者心中引起了一線希望，但又迅速地使他們失望：「原來的允諾並未兌現；智力貧乏；從生活中擷取的光彩沒有被轉化到文學中來。現代最好的作品中，有許多看上去是在壓力之下、用一種蒼白

的縮寫體記錄下來的，它以驚人的輝煌技巧把人物經過銀幕之時的動作和表情保存了下來。但是，那陣閃光迅即消逝，給我們留下了深深的不滿之感。」（《對於現代文學的印象》）

伍爾夫把喬治時代稱為支離破碎的年代，同時她又從一片荒蕪之中嗅到了一絲春天的氣息：「這是一個支離破碎的年代。有幾節詩，幾頁書，這兒一章那兒一篇，這部小說的開端和那部小說的結尾，堪與任何時代或任何作家的最佳作品相媲美。但是，我們能拿著一堆鬆散的篇頁，到我們的子孫後代那兒去，或者去要求那時的讀者，要他們面對著整個文學遺產，來把我們的小小的珍珠從我們的一大堆垃圾中篩選出來嗎？」「我們重申，這是一個荒蕪貧瘠、筋疲力竭的年代；……這是初春的晴朗日子中的第一天，生活並非完全缺乏色彩。」

「小小的珍珠」，「一大堆垃圾」！作為現代主義者的伍爾夫，她對現代主義的批評又何等嚴厲！伍爾夫是否把現代主義一棍子打死了呢？否！她在《對現代文學的印象》這篇論文中指出：現代主義的小說僅僅是一些「筆記本」，還算不上是什麼「作品」，「而時間就像一位優秀的教師」，她還指出現代主義的缺陷。現代主義的探索提供了經驗教訓，他們的「筆記本」會給「將來的傑作」提供一定的基礎。因此，伍爾夫要求作家「仔細眺望遠處的地平線，為未來的傑作準備道路」。

顯然，伍爾夫是站在歷史的高度，用一種宏觀的眼光來看待現代主義這個文學現象的。她認為，現代主義者雖未建立文學的豐碑，但是他們對傳統進行了爆破，掃除了路障，廓清了地基，為建立新的西方文學傳統做了一點準備工作。從這個意

義上看，人們只能暫時忍受現代主義者對十九世紀傳統的衝擊和破壞。因此她說：「忍受那種痙攣的、朦朧的、破碎的、失敗的作品吧。……我們正在英國文學的一個偉大的新時代的邊緣顫抖。」

五、論實驗主義

然而，新的文學傳統絕不可能突然自天而降。因此，作家必須不斷地實驗探索。伍爾夫本人就是一位實驗主義者，她歡迎一切實驗和探索。她極為欣賞帶有詩意的嶄新的散文。甚至對追求新穎形式之美的相當拙劣的嘗試，她也發出歡呼。現代世界中一切興奮激動、分崩離析、發明創造、新穎別致的因素，都給她帶來了希望。伍爾夫一再反覆強調，現代主義文學的特徵就是靈活多變：「沒有任何時代的文學，像我們的文學這樣幾乎不屈服於權威，像我們的文學這樣不受偉大人物的支配；似乎沒有任何時代的文學，帶著它的令人敬畏的天賦如此倔強任性，或者在它的實驗探索方面如此反覆無常。」（《文選》第二卷，頁38-39）

為了塑造活生生的人物和把握內在真實，伍爾夫主張藝術家可以自由地實驗探索，不拘一格地尋找合適的藝術形式、表現技巧和創作題材。她認為，沒有任何一種實驗，甚至最想入非非的實驗，是禁忌的。（《論現代小說》）

基於這種認識，伍爾夫對於古往今來不同時代不同流派作家的獨創性，都給予充分的重視。她曾讚揚過十八、十九、二十世紀風格十分不同的作家如斯特恩、勃朗特姊妹和亨利・詹

姆士（《文選》第一卷，頁95，187-188，283）同時她也明白，過分的獨創性可能會有矯揉造作之嫌。她認為：「第一流作家對寫作的尊重，足以使他避免玩弄技巧，或者去耍一些令人目瞪口呆的花招。」（《一位作家的日記》，頁48）

　　但是，有必要承擔一些風險。例如，雖然她承認桃樂賽‧理查森⑦的實驗小說的不足之處，她仍然讚賞她通過一種樸實無華的方式來造成某種嶄新效果的大膽嘗試。理查森的表現方式本身就引人注目，但其吸引力並非僅僅出於新穎獨特。「它代表一種真正的信念——確信她所要敘述的內容與文學傳統所提供給她的敘述形式之間，確實是相互脫節了。」（《論當代作家》，頁120）

　　伍爾夫關於理查森的評論表明，她相信在形式和內容兩方面都必須表現獨創性。現代的思想內容，要用現代的藝術結構來表現，方能絲絲入扣，處處妥帖。正是對應該如何表達她想要表達的思想內容這種信念，使伍爾夫成為一位「意識流」小說家，一位現代主義者。從理論上說，形式和內容是緊密結合不可分離的。「一首詩歌、一齣戲劇、一部小說的字句結構、藝術效果與思想意義，同樣是結合在一起的：只要前面一個因素發生了變化，後面一個因素也隨之而發生相應的變化」（《文選》第一卷，頁7）。總之，時代的變遷提供了不同的思想內容，新穎的思想內容又需要獨特的藝術形式來表現，這就是伍爾夫這位現代主義者在實驗探索之時理論上的立足點。

---

⑦桃樂賽‧理查森（Dorothy Miller Richardson, 1873-1957），英國女作家，意識流小說的先驅人物之一。

　　伍爾夫從這一點出發，將文學的語言和形式諸方面的問題
一一探索，把各種傳統的文學形式作了分析比較。她不僅在理
論上強調實驗革新，而且在她本人的創作活動中一再嘗試，探
索各種文學形式之間相互滲透的可能性。通過一番摸索，她認
為，傳統的文學形式和體裁的範圍已經被現代作家擴大了。她
給她的「小說」提出了一些新穎別致的名稱：諸如「挽歌」、
「心理學的詩篇」、「傳記」、「戲劇詩」、「自傳」、「隨
筆小說」等等。她覺得，在她寫作之時，「點點滴滴的韻文穿
插了進來」（《一位作家的日記》，頁122）。她「嘗試」發明
一種新的戲劇：它是自由的，又是集中的；它是散文，又有詩
意；它是小說，又是戲劇（《一位作家的日記》，頁103）。伍
爾夫寫她最後第二本小說之時，聲稱她已學會「把各種形式」
融合到一部書中（《一位作家的日記》，頁215）。她要把「諷
刺、喜劇、詩歌、敘事」各種因素綜合起來，撚成一股繩，以
便創造為現代思想內容服務的新的文學形式（《一位作家的日
記》，頁191）。她為此目標奮鬥終身，並且樂此不疲。

六、論未來小說

　　伍爾夫把小說看作進行實驗的合乎理想的工具。因為小說
相對而言是一種比較靈活自由的文學形式，它具有吸收融化其
他文學形式之優點的比較大的可能性。根據伍爾夫本人以及其
他現代主義作家的實驗探索，她預言未來的小說有可能向綜合
化、詩化、非個人化和戲劇化的方向發展。

　　伍爾夫認為，未來的小說將成為一種更加綜合化的文學形

式。「它將用散文寫成，但那是一種有許多詩歌特徵的散文。它將具有詩歌的某種凝煉，但更多地接近散文的平凡。它將帶有戲劇性，然而它又不是戲劇。它將被人閱讀，而不是被人演出。」（《狹窄的藝術之橋》）

未來的小說將會成為一種詩化的小說。它將會「具有詩歌的某些屬性。它將表現人與自然、人與命運之間的關係，表現他的想像和他的夢幻。……它將採用那個不協調因素的奇異的混合體——現代心靈——的模式。」（《狹窄的藝術之橋》）

未來的小說近乎抽象的概括而非具體的分析。它「將由作家站在從生活退後一步的地方來寫，因為這樣可以擴大視野」。「它將會像詩歌一樣，只提供生活的輪廓，而不是它的細節。它將很少使用作為小說的標誌之一的那種令人驚異的寫實能力。它將很少告訴我們關於它的人物的住房、收入、職業等情況；它和那種社會小說和環境小說幾乎沒有什麼血緣關係。」（《狹窄的藝術之橋》）

伍爾夫指出：「那種詩的（創作）態度，當然大部分是建立於物質基礎之上。它有賴於閒暇的時間和少量的金錢，以及金錢和閒暇給予我們的非個人地、冷靜地觀察世界的機會。」（《婦女與小說》）

未來的小說將會向非個人化的方向發展。作家的目光不局限於人物個人的悲歡離合，而是注視整個宇宙、命運和人類所渴望的夢想和詩意。

伍爾夫列舉了「個人化」創作方法的各種缺陷：

第一，「個人化」會使一部作品的主題和人物都狹隘化。

文學會被「那個該死的利己主義的自我」[⑧] 徹底毀壞，這個自我「把一部書的趣味、主題、情景、人物都狹隘化了，來反映作者個人」。（《一位作家的日記》，頁22）。另一方面，「那些心理小說家，過分傾向於把心理學這個概念局限於個人交往範圍之內；心理小說家往往糾纏於某人陷入或擺脫了情網、湯姆愛上了裘迪斯而裘迪斯也愛上了他或者完全不愛他等等。而我們有時卻渴望從這些不斷的、無情的分析中解脫出來。我們渴望某些比較非個人的關係。我們渴望著理想、夢幻、想像和詩意。」（《狹窄的藝術之橋》）

第二，「個人化」使讀者注意力集中的焦點雙重化。「在《密德馬奇》和《簡‧愛》中，我們不僅意識到作者的性格，……我們還意識到有一位女性在場——有人在譴責她的性別所帶來的不公正待遇，並且為她應有的權利而呼籲。……那種為了個人的原因而發出的呼籲，或者使一個書中人物成為某種個人的不滿或牢騷之傳聲筒的願望，總是會產生一種災難性的後果：似乎讀者注意力集中的焦點，在突然之間由單一變為雙重。」（《婦女與小說》）

第三，「個人化」會破壞作品的整體性。伍爾夫認為，女作家的女性意識「引起了對現實的歪曲」，使作品「喪失了完美的整體性」，「喪失了作為一件藝術品最基本的要素」（《婦女與小說》）。她又認為，美國作家的民族意識也成了藝術

---

⑧指作家的自我。

創作中的障礙物:「各種各樣意識——自我意識、種族意識、性別意識、文化意識——它們與藝術無關,卻插到作家和作品之間,而其後果——至少在表面上看來——是不幸的。」(《論美國小說》)

伍爾夫認為,「非個人化」的創作態度將有助於擴大作家的視野。她說:「婦女生活更大程度的非個人化,將會鼓勵詩人氣質的發展……。這會導致她們較少沉湎於事實,而且不再滿足於驚人敏銳地記錄展現在她們目光之下的細節。她們將會超越個人的、政治的關係,看到詩人試圖解決的更廣泛問題——關於我們的命運以及人生之意義的各種問題。」(《婦女與小說》)

伍爾夫認為,未來的小說發展可能趨向於戲劇化。從伍爾夫的論文中所表達的思想內容來判斷,她所使用的「戲劇化」這個術語,具有以下幾方面的涵義:

第一,未來的小說將會把在社會中起重大作用的某些影響加以「戲劇化」,把現代西方人心靈中的各種「刺激」、「效應」、「情緒」、「感覺」表達出來,捕捉生活中豐富的色彩變化。

第二,「戲劇化」意味著獲得戲劇所具有的那種爆發性的情緒效應,使「讀者血液沸騰,而不僅僅是擊中他們智力上的敏感之處」。

第三,「戲劇化」這個術語也包括了獲得這種爆發性情緒效應之途徑。那就是把個人的情緒非個人化,一般化,鑄成嚴密有序的藝術整體,從而使人物具有戲劇性的力量。換言之,

這種情緒效應是一種整體化的藝術效應。

七、伍爾夫的文學理想

伍爾夫對未來小說所作的預言，是以她對現代西方文學的觀察分析為依據的，其中包涵著她本人的文學理想。

伍爾夫注意到，西方現代文學中發生了深刻的變化，用她的話來講，就是文學的側重點與過去不同了。

側重點轉移的第一個表現，是人的興趣由外在的客觀世界轉向內在的主觀世界：「對現代人來說，『那一點』——即興趣的集中點——很可能就在心理學曖昧不明的領域之中。因此，側重點馬上和以往稍有不同，而強調了迄今為止被人忽視的一些東西。」（《論現代小說》）

側重點轉移的第二層意思，是人把注意力轉向心理領域中非理性、非個人、非功利的方面。伍爾夫說：「在小說（按：指傳統小說）的統治之下，我們密切地仔細觀察了心靈的一部分，卻把另一部分忽略了。我們已漸漸忘記：生活很大而且很重要的一部分，包涵在我們對玫瑰、夜鶯、晨曦、夕陽、生命、死亡和命運這一類事物的各種情緒之中；我們忘記了：我們把許多時間用於單獨地睡眠、做夢、思考和閱讀；我們並未把時間完全花費在個人之間的關係上；我們所有的精力也並不是全部消耗於謀生餬口。……我們渴望著理想、夢幻、想像和詩意。」（《狹窄的藝術之橋》）

伍爾夫認為，過去的文學傳統忽視了、忘記了很重要的一個方面，因此不能適應今天西方世界的現實生活。於是，現代

西方作家只能採取「矯枉過正」的辦法,割捨傳統所側重的那個方面,集中精力來突出過去被忽略的另一方面。因為,「似乎不可避免地要放棄一些東西。你不可能手裡拿著所有的表達工具,去穿越那座狹窄的藝術之橋。」

然而,這種放棄傳統的做法,對伍爾夫而言,恐怕只是一種適應時代變化的權宜之計。她的最高的文學理想,也許是兩個方面的平衡、結合、凝聚、集中,構成一個互相滲透的藝術整體。對這種假設,我們可以提供不少有力的證據。

第一個證據,是伍爾夫對愛德華時代的作家表示不滿,因為他們重視「軀體」忽視「靈魂」。

第二個證據,是伍爾夫把現代主義作品看作支離破碎的「筆記本」而不是完整的作品,因為它雖抓住了「靈魂」,卻又丟棄了傳統的表達工具。

第三個證據,是伍爾夫對伊麗莎白時代戲劇的評價。一方面她讚揚它的想像和詩意;另一方面她又批評它過分脫離現實,「使我們厭倦」。

第四個證據,是伍爾夫對傳記文學的論述。伍爾夫認為,理想的傳記應該是一部由兩種事實——即確鑿的歷史事實(按:即客觀真實)和作者眼中所見的事實(按:即主觀真實)互相交織而成的著作。(《文選》第四卷,頁221—235)

前面三個證據,證明伍爾夫不贊成偏於某一個側面的辦法(這是指從根本上來說,而不是指一時的權宜之計);後面一個證據,證明伍爾夫贊成兩個側面有機地結合在一起。

伍爾夫是主張現實與幻想結合的。她說:「沒有任何東西

比作家使現實和幻想相結合的能力更迅速地顯示出作家的天才。」

伍爾夫指出,在伊麗莎白時代的戲劇中,「他們的斯密斯都變成了公爵,他們的利物浦都變成了神話傳說中的島嶼和熱那亞的某個地點。」然而,文學「不知怎地,總是必須以斯密斯為基礎」。換言之,文學必須以普通人的現實生活為基礎。

伍爾夫認為,文學應高於現實生活,但又與現實生活保持著一種若即若離的聯繫。她說:「小說就像一只蜘蛛網,也許只是極輕微地黏附著,然而它還是四隻角都黏附在生活上。」(《一間自己的房間》)。她又指出,未來小說「有能力拔地而起、向上飛升,但它不是一飛沖天、直上霄漢,而是像掃過的旋風一般,螺旋形地上升,同時又和日常生活中人性的各種興趣和癖嗜保持著聯繫。」(《狹窄的藝術之橋》)

能夠達到伍爾夫這幾項要求的作品,似乎是不多的。但是,在她的論文和書評中,我們還是可以找到幾個罕見的例子。

伍爾夫認為,在福斯特的長篇小說《印度之旅》中,現實與幻想水乳交融,作者「用一種精神的光芒使觀察力的濃密而堅實的軀體獲得了蓬勃的生機」。她又說:「在這種現實主義和神祕主義的結合方面,和他(按:指福斯特)最密切相似的,也許就是易卜生。易卜生也有同樣的現實主義力量。對他說來,一個房間就是一個房間,一張書桌就是一張書桌,一只字紙簍就是一只字紙簍。同時,現實的那些隨身道具,在某些時刻變成了一張帷幕,我們透過它看到了無窮的境界。……我們正在觀看的東西被照亮了,它的深處被揭示出來了。」(《論福斯特的小說》)

　　易卜生是十九世紀的現實主義戲劇家，福斯特是二十世紀
的現代主義小說家。伍爾夫對他們作品中主觀和客觀互相滲透、
現實與幻想互相融合的傾向表示讚賞，難道這不是十分耐人尋
味的嗎？在這裡不是透露了有關伍爾夫的文學理想的信息嗎？

　　也許，伍爾夫認為：最優秀的文學作品之感染力，在於它
使用了一種新穎的透視方法，把新的情景、新的人物、新的世
界介紹給我們；或者，它以一種嶄新的洞察力，把陳舊的觀念
或場景呈現出來，使我們也隨之而用一種新的方式來觀看我們
原來所熟悉的東西。這樣的文學，超越於現實之上，又與現實
保持著一種基本的聯繫。它從現實生活後退一步或上升一步，
但是並未完全脫離現實生活。它呈現出一幅完整集中的圖景，
在其中，靈魂與軀體、主觀與客觀、精神與物質、現實與幻想、
散文與詩歌交織在一起，構成一個不可分割的整體。偏向一邊
的傳統文學與偏向另一邊的現代主義文學，與這個目標相去甚
遠。在伍爾夫的心目中，只有未來時代的文學傑作，方可完全
實現這個理想。

二、伍爾夫的批評方法

一、印象式的批評方法

　　伍爾夫在她的評論集《普通讀者》的序言中，借用了約翰
生博士的話：「我很高興與普通讀者意見一致；因為，在所有
那些微妙的高論和鴻博的教條之後，詩壇的榮譽桂冠，最終還
得取決於未經文學偏見污染的讀者們的常識。」

伍爾夫接下去說：「普通讀者不同於批評家和學者。……他是為了個人的興趣而閱讀，不是為了傳授知識或糾正他人的見解。最重要的是：他在一種本能的指引之下……。」

在這兩段文字中，伍爾夫概括地闡明了她的基本態度：

第一，她寧願做一名毫無偏見的普通讀者，而不願當一位大發高論的學者；

第二，她的評論以滿足個人興趣的閱讀為基礎，不是為了傳授知識和糾正錯誤。她引導讀者去鑒賞藝術品。她是一位「導遊」，而不是一位「導師」。

第三，她的評論依據是「常識」和「本能」，而不是某種理論體系。

許多伍爾夫的研究者都注意到她這種基本態度。瓊·貝內特說：「伍爾夫評論的基調是鑒賞而非評判。」安東尼·福斯吉爾指出：「對她說來，閱讀和評論是獨特的創造活動……而不是一種『客觀的分析』。」桃樂賽·布魯斯特認為：「她誘導我們閱讀作品，並且反覆閱讀，而不是要求我們接受對一部作品的判決，或者給它貼上某種標籤。」

伍爾夫的評論屬於屈萊頓，哈茲列特和蘭姆的傳統。他們的文學評論是平易近人、循循善誘、饒有興味的。這是一種印象式的而非分析性的批評。這種評論以批評家個人的本能感受為依據，不以任何固定的規範作標準。這種評論是給人以愉快享受的藝術，而不是嚴格的科學。

二、掌握作家的透視方法

　　如何才能更好地鑒賞一部作品？伍爾夫認為，關鍵在於掌握不同的作家所使用的不同的透視方法。

　　伍爾夫在她的日記（1925年12月7日）中寫道：「我想，我將會發現一些關於小說的理論……我正在考慮中的一個問題，就是關於透視方法的問題。」

　　伍爾夫把透視方法看作一個舉足輕重的問題；她說：「那些文學傑作的成功，並非在於它們沒有缺陷……而是在於一個完全掌握了透視法的頭腦的無限說服力。」（《論福斯特的小說》）

　　伍爾夫發現，作家們可以從不同的角度來觀察生活。她在《狹窄的藝術之橋》這篇論文中，就敘述了三種不同的觀察角度。既然作家可以從各種不同的角度來觀察生活，那麼讀者想要真正欣賞他的作品，就必須站在他的角度，用他的透視方法來閱讀。因此，伍爾夫說：「不要對你的作家發號施令，要試圖與他化為一體。你要做他創作活動中的夥伴與助手。」（《應該如何閱讀一部作品》）

　　伍爾夫在《論魯濱孫飄流記》這篇論文中，進一步闡明了她的觀點：「我們必須獨自爬上小說家的肩膀，注視著他的雙眸，直到我們也能充分理解他使用何種程序來安排那些小說家們命中注定必須觀察的、廣泛的、普通的客觀對象——個人、人類和大自然……。」「我們首要的任務，而且非常艱鉅的任務，就是掌握他的透視方法。」

　　為什麼這是個艱鉅的任務？因為每個讀者都受到不同的文學傳統觀念的影響，這些先入之見會遮蔽他的視線，使他難以

體驗作者所用的方法。讀者只有把各種偏見丟在一旁，才有可能站在作者的角度，來領會他的方法（《文選》第一卷，頁34，70-71）。因此，閱讀一部作品之時，我們必須把一首詩歌、一齣戲劇、一部小說「應該是什麼樣兒」這種傳統觀念棄而不顧，集中精力去關注那部作品本身。（《文選》第一卷，第1-2頁）

在《應該如何閱讀一部作品》這篇論文中，伍爾夫闡述了不同作家的透視方法之顯著差異，指出狄福筆下的曠野、奧斯丁筆下的客廳和哈代筆下的威塞克斯，是三個不同的世界。「這些作品所展現的世界雖然千差萬別截然不同，其中每一個世界本身，卻是首尾一貫渾然一體的。每一個世界的創造者都謹慎小心地遵守他自己透視方法的各種規律。」

在《小說概論》中，伍爾夫進一步發展了這種關於不同透視方法的觀點。她把一批重要的小說家按照他們所用的不同透視方法加以分類論述。

伍爾夫提醒我們注意，生活於同一個時代的作家——諸如司各特，珍·奧斯丁和皮科克——如何按照他們各自的透視方法，來安排他們自己作品中的那塊天地。同時她又指出，他們扎根於相同的時代土壤之中。他們的透視方法既有個性又有共性，總能反映出一定的時代特徵。

伍爾夫又提醒我們注意，即使是同一位作家，在他的不同的創作時期，他的透視方法也可能有所不同。例如，在《論約瑟夫·康拉德》這篇論文中，她就指出了康拉德早期、中期、晚期透視方法上的差異。

馬克思說過：「對不懂音樂的耳朵，最美的音樂也沒有意

義，就不是它的對象。」

伍爾夫也表達了類似的看法。她認為，沒有文學修養的讀者好比聾子，他們聽不到美的聲音，他們不可能領會作家所使用的透視方法，捕捉他的作品所傳遞的信息。「既然美的教誨和她的聲音是不可分離的，那麼，對那些聽不到她聲音的人，我們又如何能使他們信服呢？」

至於伍爾夫本人，她的耳朵對音樂極為敏感，她善於捕捉音樂的旋律背後所深藏的意蘊和信息。對她說來，一部小說好比一部交響樂的總譜，而她就像一位優秀的指揮。她善於理解作曲家所使用的創作方法並領會其創作意圖，在她指揮樂隊演奏之時，她把作曲家原來的構思恰當地向聽眾表達出來。而且她是一位曲目極其廣闊的指揮。她廣泛地閱讀十八、十九、二十世紀不同流派的作品。她並不向作家們發號施令評頭品足，她力圖不抱成見，去努力發現每一位作家在每一部作品中使用的觀察角度和透視方法。

三、開放的理論體系

在西方，的確有不少文學批評體系。有的批評家從歷史角度，有的批評家從心理學角度，有的批評家從社會學角度，有的批評家從各種現代文學流派的角度來提出他們的批評標準和理論，建立起一整套學院式的封閉體系，列出許多條條框框，再拿它們去套文學作品，合乎他那一套理論的就讚揚，不合乎的就痛加貶斥。

伍爾夫對各種封閉式的、排他性的理論體系，始終抱懷疑

態度。她在對勞倫斯的批評中，尖銳地表達了她對封閉體系的反感：

「在那些書信中，他不能傾聽弦外之音；他一定要提出忠告，並且把你也納入那個體系。因此，他對那些想納入某種體系的人具有吸引力。我可沒有這種要求……。他的尺度自上而下來衡量〔人們〕。為什麼要這樣對別人橫加指責？為什麼沒有某種體系來把那些好人也包含進去？如果能有一種不封閉的體系——那將是個多麼驚人的發現。」（《一位作家的日記》，頁187）

讀者閱讀了本文第一部分伍爾夫關於小說改革的論點之後，很可能會有這樣的想法：伍爾夫是一位現代主義者，她否定了別人的理論體系，卻提出了她自己的現代主義理論體系；她用一種新的條條框框來代替過去的條條框框。其實這是一種誤解。

首先，伍爾夫的文學評論大部分是表達一種鑑賞的印象，她本人的美學觀點，並未留下有條不紊的紀錄。我們要理解伍爾夫的理論，必須從她的論文、日記、書信、小說中搜集她的美學信念之證據。本文第一部分中的資料，是筆者把分散於伍爾夫各篇論文與日記中的材料加以集中、整理並使之系統化的結果。這些觀點原來分散出現之時，它們並非如此結構嚴整、線索分明的。

其次，伍爾夫自己的理論是發展變化的，她的各篇論文中的觀點，有時不免前後矛盾。例如，她經常表現出一種對「物質主義」的厭惡，但是，她論及小說家必須發展其詩人氣質之時，又強調必須有一定的物質基礎作為保證。

　　再次，本文第一部分中整理出來的伍爾夫關於小說改革的理論，雖然相當重要，但是以篇幅而論，在她的全部評論文章中，只占很小的比例。伍爾夫的論文中有大量材料可以證明：伍爾夫對十八、十九世紀的現實主義文學十分推崇，她本人也從傳統的文學中繼承了不少東西。

　　國內外不少評論家都傾向於把伍爾夫的《論現代小說》視為現代主義的美學宣言，認為伍爾夫是在為「意識流」小說搖旗吶喊。筆者本人過去也有這種看法。現在我們把伍爾夫的大量論文、日記和《論現代小說》對照比較，就可以看出：這篇文章，不過是伍爾夫在對現代小說觀察分析的基礎之上，談談她的看法和設想，指出了某種可能的發展傾向而已。況且，這些看法和設想，又和她的其他論文中的觀點頗有不同之處。這篇論文暗示小說是一種自發的靈感之爆發，並且認為作家的任務就是記錄心靈對於各種印象的被動的感受，而不必修改剪輯或操縱這些印象。她在《論重新閱讀小說》這篇論文中，卻強烈地駁斥了這種觀點。她一再在她的論文中強調承認以下事實之重要性：小說和其他藝術品一樣，是人工產品，它通過對題材結構的選擇安排而製造出來，它從屬於小說家所作的選擇和他所採用的表現技巧。在她的小說《海浪》中，她又指出，意識本身並非對外界刺激的被動感受，而是有創造性的；知覺本身是有意識的，它包含著辨別意義、構成現實映象的活動，它包含著結構的形成。

　　我們必須強調指出，《論現代小說》這篇論文的最後結論，是開放性的。伍爾夫把英俄兩國的小說作了比較之後說道：這

些小說像潮水一般向我們湧來，帶來了「一種藝術具有無限可
能性的觀點，並且提醒我們，世界是廣袤無垠的，除了虛偽和
做作之外，沒有任何東西——沒有一種『方式』，沒有一種實
驗，甚至最想入非非的實驗——是禁忌的」。

伍爾夫曾經說：「最能接受印象的頭腦，往往最不善於作
結論」（《論托馬斯‧哈代的小說》）。伍爾夫的理論不過是
她觀察小說發展傾向時所得到的印象，她並未作權威性的結論。
與此相反，她用強調的語氣指出小說這種藝術形式的開放性，
指出小說吸取其他藝術形式之各種特徵的可能性，指出通過小
說來探索迄今為止未被人考察過的各種領域的可能性。她認為，
應該把現代小說家從傳統的故事情節、按年代順序編排的線索、
傳統的人物塑造觀念這些桎梏中解放出來，使他們有可能更充
分地表現出現代人複雜多變的內心世界。伍爾夫歡迎實驗探索，
但她並未把現代主義小說視為不朽傑作，而是把它們看作一項
重大實驗的中間過渡產品。因此，她並未企圖制定現代主義唯
我獨尊的派性體系或幫規教條。

伍爾夫對文學隊伍本身也抱一種開放的態度。她不僅為婦
女作家登上文壇歡呼喝彩，而且為她們所受到的種種限制發出
不平之鳴，為她們未來的發展出謀獻策。

伍爾夫歡迎工人階級參加到作家行列中來。在她1930年所
寫的一封書信中，她盼望「打破」中產階級和無產階級之間的
隔閡。她說，有一陣「可怕的火焰在燃燒，在穿透隔閡，並且
把我們熔化在一起，這樣，生活就會變得更為豐富，作品就會
變得更加複雜，整個社會就會把它的各種財富⑨聚集在一起，

---

⑨指精神財富。

而不是使它們彼此分離隔絕」。

伍爾夫深信，文學是一種雙方合作的事業，在這項事業中，作者和讀者雙方皆可作出貢獻。換言之，文學事業對讀者來說，也是開放的。讀者在閱讀之時，可以通過他的理解和欣賞，進行一種再創作活動，掌握作者的透視角度，領會作者的構思，看到作者曾經看過的種種景象。

因此，伍爾夫要求文學批評家「對現代文學採取一種更加開闊而較少個人色彩的見解」。如果一定要說伍爾夫建立了什麼體系的話，那就是一個開放的體系。

三、如何評價伍爾夫的理論和方法

一、伍爾夫的理論之缺陷

在伍爾夫的小說理論中，存在著一些不足之處。首先，在伍爾夫的理論中包含著一種誇大性。

伍爾夫誇大了時代的差異，誇大了十九世紀與二十世紀之間的差距，並且在愛德華時代和喬治時代之間劃下了一道不可逾越的鴻溝。她認為愛德華時代作家寫的小說是十九世紀現實主義文學的翻版，完全忽視了二十世紀西方人所感受到的那種強烈的危機感和異化感。難道事實真的是如此嗎？

我們就以被伍爾夫斥為「物質主義者」的威爾斯為例吧。威爾斯是現實主義作家，但是，在他的成名作《時間機器》中，卻有著異常豐富的想像，他以極度誇張諷刺的手法，來表現資本主義社會中人的異化現象。在威爾斯的筆下，不僅無產者「其

洛克」被異化了，甚至有產者「艾洛依」也被異化而「完全喪失了合乎人性的外觀」。威爾斯把二十世紀西方社會中的那種異化感、危機感、恐懼感大加渲染，並且暗示：西方社會所面臨的局勢，不僅是人類的畸形和退化，而且會因為互相殘殺而同歸於盡。這種思想情緒，完全是屬於二十世紀的，而他所採用的科幻小說這種藝術形式，也是二十世紀的。貝內特和高爾斯華綏雖然恪守現實主義的傳統，但是，他們的作品，在字裡行間也瀰漫著現代西方社會的危機感。總之，二十世紀的現實主義決非十九世紀的現實主義，它也深深地打上了時代的烙印，不過這烙印是以不同的方式，打在不同的部位而已。

此外，威爾斯雖然是現實主義作家，他在創作中也曾走過曲折的道路。第一次世界大戰給整個資本主義世界帶來了極大的震動，也粉碎了威爾斯烏托邦的美夢。他和許多西方知識分子一樣，對傳統的理性哲學和自然科學的信仰發生了動搖，在精神上發生了危機。因此，在這個時期，他寫了《主教的靈魂》（1917），《上帝乃無形的君王》（1917），《瓊與彼得》（1918），《不滅之火》（1919）等神秘主義色彩極為濃厚的作品，甚至企圖從宗教中尋求擺脫危機的出路。當然，這些並非他的主要著作。但是，像他這樣一位現實主義作家，這樣一位精通自然科學的唯物主義者，居然也一度捲入了瀰漫於整個西方社會的非理性主義思潮，這也是時代烙印的一種表現。

反過來說，在現代主義作品中，又往往能看到十九世紀傳統的影響。在喬伊斯的《都柏林人》和《尤利西斯》以及勞倫斯的《兒子與情人》中，都可以看到十九世紀批判現實主義小

說和社會問題小說的影響。勞倫斯的長篇小說《虹》，就是因為具有反對帝國主義戰爭的社會歷史內容，而被英國政府借「淫穢」的罪名查禁的。

事實證明，西方現代主義作品並未完全脫離十九世紀的傳統，二十世紀的西方現實主義作品也在不同程度上反映出時代的烙印。它們之間，既有不同的個性（創作方法不同），又有一定的共性（共同的時代烙印）。

我們也許會感到奇怪：伍爾夫在評論十八、十九世紀作品之時態度比較客觀，評價也相當公允。為什麼她在評論二十世紀作品之時一反常態，對愛德華時代作家的態度異常偏激呢？伍爾夫在評論十九世紀初期的英國小說家皮科克和司各特之時，指出了他們紮根於相同的時代土壤之中，他們的作品既有不同的個性，又有一定的共性。為什麼她在評論二十世紀不同流派的作家之時，只看到他們的差異而看不到他們的共同之處呢？

其中的道理或許並不十分複雜。伍爾夫不是一再強調，要從生活後退一步方能看清事實的真相嗎？的確如此，觀察者必須與被觀察的對象保持一段距離。距離過近，就會只見一斑，難窺全豹，「不識廬山真面目，只緣身在此山中。」伍爾夫生活於二十世紀，她的目光集中於二十世紀西方人內心的危機感這個焦點，並且把它無限誇大，認為它就是二十世紀西方文學所必須強調突出的最重要的、甚至是唯一的思想內容。知識分子本來就很敏感，伍爾夫又是西方知識分子中的神經過敏者，她的危機感和時代差異感，顯然是有所誇大的。而她的整個理論的出發點，便是時代變遷論。既然那出發點本身就是一種被

誇大了的東西，那麼建築在這個基礎之上的整個理論，當然就難免誇大和偏激。

其次，伍爾夫的理論帶有一定的片面性。

伍爾夫認為，傳統的現實主義小說忽視了人的心靈，特別是忽視了人們內心非理性、非邏輯的潛意識活動，以及這種心理活動中所包含的想像和詩意。因此，為了適應時代的變化，她強調現代西方作家必須把側重點移到過去所忽視的一邊，把過去所重視的那一邊統統揚棄。側重點的偏移，有助於擴大心理描寫的廣度和深度，可以更好地表現出現代西方人紛繁複雜的內心世界，從這個意義上說，亦無可厚非。但是，伍爾夫似乎把這個問題強調過分了，要把傳統所側重的那一邊完全拋棄，這就未免矯枉過正。伍爾夫要求現代西方小說去穿越那條「狹窄的藝術之橋」，為了避免失足落水，它所拋棄的傳統藝術遺產，未免太多了一點。

必須指出，伍爾夫的理論帶有濃厚的非理性主義色彩。

十九世紀後期，資本主義社會中各種矛盾日益尖銳，出現了以叔本華、尼采等為代表的非理性主義哲學思潮。他們認為，人越是運用理性去發展科學，創造的物質財富越多，人就越是受到物質的壓迫而被異化。因此，他們否定古典的資產階級理性哲學，鄙棄科學文明與物質幸福，要求撇開人所面對的對象，來考察人的本身，探索其內心世界。第一次世界大戰之後，非理性主義思潮更加氾濫，幾乎席捲了整個西方的知識界。柏格森主張拋棄理性而強調直覺，要揭開外殼去表現「更深刻的真實」。弗洛伊德認為文藝是潛意識的象徵，它好比是一種「白

日夢」，而自我就是「白日夢」的主角。伍爾夫提出「主觀真實」論，認為作家的任務就是要把「變化多端的、不可名狀的、不受限制的內在精神」表現出來，而這種「內在精神」恐怕大部分是非理性、非邏輯的。這種理論，實際上可以說是非理性主義社會思潮的一個組成部分。

這種非理性主義思潮具有兩方面的意義。

一方面，資本主義社會發展到壟斷階段，社會危機的深化和世界大戰的爆發帶來了西方世界的信仰危機，人們對資產階級傳統的價值觀念失去了信心。過去西方人相信資產階級的民主、自由，現在他們看穿了這種東西的虛偽性。從這個意義上說，非理性主義也可以說是對資本主義社會的某種批判。但這是一種歪曲的批判。它把資本主義社會的矛盾和危機歸結為理性和科學的過錯，這就掩蓋了矛盾的真正根源。

另一方面，非理性主義不相信人在實踐中通過感性認識和理性認識可以認識客觀世界，認為一切合乎邏輯的理性思維都是虛假的，只有非理性的潛意識和直覺才有意義。這就必然會陷入神祕主義、不可知論的泥坑。

最後，伍爾夫的理論提倡一種藝術至上的唯美主義。

伍爾夫的理論與亨利‧詹姆士的有機整體論相呼應，認為一件藝術品本身就是一個獨立自主的整體，藝術品本身便是創作的唯一目的，此外不允許再有別的目的。伍爾夫認為，階級意識、民族意識、性別意識不屬於藝術的範圍，讓這些內容滲透到作品中來，就會形成兩個中心，造成雙重景象，破壞了藝術品的整體效果。實際上，伍爾夫是把文學的藝術性和文學的

思想性錯誤地對立起來。伍爾夫在《論美國小說》中,反對美國作家把他們的民族意識引進到作品中去。我們認為,這種主張也是謬誤的。

二、伍爾夫的批評方法給我們的啟發

以批評方法而論,我們和伍爾夫之間存在著本質上的分歧:

第一,我們的文學批評以馬克思主義的辯證唯物論和歷史唯物論為指導原則;伍爾夫的印象式批評拒絕任何理論規範,以批評家本身的常識、直覺、感觸、印象為唯一依據。

第二,我們把文學當作一種社會歷史現象來考察,我們的批評包含「美學批評」和「社會批評」兩方面的因素[⑩],我們除了分析文學作品的藝術特徵之外,還通過對於文學現象的分析而評價社會生活;伍爾夫的印象式批評把文學作為一種孤立的現象來考察,把注意力集中於獨立自主的作品本身,不帶有社會批評的性質。

第三,我們認為文藝批評是一種科學分析,要求科學性和黨性的統一;伍爾夫的批評不是科學的分析,而是一種鑒賞印象的記錄和發揮。

這種印象式的批評和非理性主義有密切的關係。既然非理性主義否認理性思維的認識作用,文學就成了一種神祕的、不

---

⑩參閱盧那察爾斯基(Anatoly Vasilyevich Lunarcharsky):《批評家普希金》。

可知的現象，只有憑直覺去感受，無法用理智來分析。這種印象式的批評方法，不可能不影響其科學性和理論深度。

　　儘管如此，在伍爾夫的批評方法中，還是有一些值得我們思考的東西。

　　伍爾夫認為批評家必須站在作者的角度，用作者的透視方法來觀察作品，才能把握其真諦。這話不無道理。如果批評家以浪漫主義的標準來觀察現實主義的作品，可能會覺得它枯燥乏味。如果批評家以現實主義的標準來評價浪漫主義的作品，又會覺得它浮誇失實。其實，現實主義文學中有傑作也有糟粕，浪漫主義文學亦然。批評家使用單一的批評尺度，去衡量千差萬別的文學作品，恐怕很難作出鞭辟入裡的評論。因此，我們認為，也許批評家最好先站在作者的角度，仔細地體會他的透視方法，然後從作者的角度跳出來，依據科學的理論來思考分析，指出作者的透視方法之利弊得失。如果批評家不下功夫去體驗一下作者的透視方法，恐怕很難作出貼切中肯的評論。

　　伍爾夫認為觀察者與被觀察的對象之間應該保持一定的距離。這也不是沒有道理的。如果研究者置身於現代主義的潮流之中，他可能會覺得這似乎是一股洶湧澎湃、勢不可擋的浪潮。但是，如果他和這股潮流保持一定的距離，站在歷史的高度來看問題，他就會覺得西方現代主義不過是文學發展的長河中一朵小小的浪花、一個小小的漣漪而已。它充其量不過是為我們提供了一些斷簡零篇，一些支離破碎的「筆記本」。

　　伍爾夫的文學批評，認為文學的傳統是開放的，向前發展的。這種態度是正確的。事物總是不斷地發展變化的，只要人

類的現實生活還在不斷地變化，社會歷史還在不停地發展，文學的傳統也就必然隨之而發展變化，而且這種發展變化是無止境的。以西方文學而論，在古典主義之後有浪漫主義，在浪漫主義之後有現實主義。而現實主義文學自身又在不斷地發展變化。十九世紀的批判現實主義不同於十八世紀的啟蒙現實主義；二十世紀的魔幻現實主義又不同於十九世紀的批判現實主義。因此，我們的文學一方面要繼承傳統，一方面又要推陳出新，突破傳統。我們的現實生活在發展，為我們提供了新的思想內容。為了表現這新的思想內容，我們在藝術形式方面，也需要進行實驗和改革。但是，我們嶄新的思想內容，決不是西方社會中那種危機感，而是我們奮發圖強建設四化的自豪感和戰鬥精神。這種思想內容所需要的文學形式，恐怕不會和西方現代主義的藝術形式相雷同。

我們應該注意到，伍爾夫認為西方現代主義文學不過是一場實驗改革的過渡階段，它並不代表伍爾夫最高的美學理想。她的理想是主觀真實與客觀真實的結合，現實與幻想的結合，神秘主義與現實主義的結合。她的這種設想，也是值得我們加以分析研究的。

對於客觀世界的認識，我們是主張辯證唯物主義的反映論的。「物、世界、環境是不依賴於我們而存在的。我們的感覺、我們的意識只是外部世界的映象；不言而喻，沒有被反映者，就不能有反映，被反映者是不依賴於反映者而存在的」（列寧：《唯物主義與經驗批判主義》）。我們承認，被反映的客體是第一性的。

　　然而，我們又不是機械唯物主義的反映論者，他們把人的意識看成對於客觀世界的被動的反映。我們認為，反映是反映者（主觀意識）和被反映者（客觀世界）相互作用的結果。「觀念的東西不外是移入人的頭腦並在人的頭腦中改造過的物質的東西而已」（馬克思：《資本論》第一卷第二版跋）。意識是外部世界的映象，但是，這個映象是經過反映者的頭腦加工改造的。它既依賴於被反映者，又受反映者本身特性的制約。它再現的是被反映者的部分屬性，而且是以反映者本身的獨特方式來再現這些屬性的。

　　「事實上，世界體系的每一個思想映象，總是在客觀上被歷史狀況所限制，在主觀上被得出該思想映象的人的肉體狀況和精神狀況所限制」（恩格斯：《反杜林論》）。意識發生在人的身上，依賴於人的感官、神經系統和大腦（肉體狀況）以及他反映客觀世界時的立場、觀點、方法（精神狀況）。人不是孤立的存在，具體的人總是在一定的社會歷史條件中生活，他的意識又不能不受到這個社會歷史條件的限制。各人的性格、經歷、社會歷史條件不同，其立場、觀點、方法也就不同。於是，對於同樣一個客觀事物，各人的反映和感受不會相同。但是，這不同的反映和感受，又都來自客觀現實。人的意識，就其內容來看是客觀的，就其形式而言是主觀的。它是客觀世界的主觀映象，是主觀和客觀的對立統一。

　　文學是人類現實的社會生活的反映。在這個反映過程中，應該體現出這種主客觀對立統一的辯證關係。在伍爾夫所提出的小說革新理論中，以及和這種理論相合拍的西方現代主義、

後現代主義小說中，都沒有充分體現出這種辯證的關係。與此相反，它們表現出一種主客觀相互游離的傾向。但是，我們是否有可能在我們的文學創作中，體現出這種主觀和客觀對立統一的辯證關係呢？我們是否有可能在文學作品中既生動真實地描述了客觀世界，又充分地表現出不同人物對於客觀世界不同的映象和感受呢？這樣做是否能夠使我們的文學作品更加豐富多彩呢？

伍爾夫的小說理論，的確帶有非理性主義、主觀唯心主義色彩。但是，馬克思曾經說過：「從前的一切唯物主義──包括費爾巴哈的唯物主義──的主要缺點是：對事物、現實、感性，只是從客體的或者直觀的形式去理解，而不是把它們當作人的感性活動，當作實踐去理解，不是從主觀方面去理解。所以，結果竟是這樣，和唯物主義相反，唯心主義卻發展了能動的方面，但只是抽象地發展了，因為唯心主義當然是不知道真正現實的、感性的活動本身的」（馬克思：《關於費爾巴哈的提綱》）。那麼，我們不妨思考一下：伍爾夫的小說理論，是否也抽象地或者片面地發展了能動的方面呢？

我認為，回答應當是肯定的。伍爾夫努力去發展能動的方面，把人物內心的感受，把「靈魂」和「人性」置於非常突出的地位。但是，伍爾夫片面地、抽象地發展了文學的主觀能動方面。伍爾夫的理論強調人物的主觀方面，使現代西方小說的心理描寫有了更大的深度、更多的層次，能夠更加細緻入微地反映現代西方人特殊的內心感受。但是，她把人物主觀的東西絕對化了，忽視了外在的、客觀的因素，破壞了主客觀之間的

動態平衡。

伍爾夫的文學理想，似乎是一種神秘主義與現實主義的結合。我們不贊成神秘主義。但是，現實與理想的結合，仍然是我們必須認真加以思考的一個問題。

三、伍爾夫小說理論的歷史地位

伍爾夫的小說理論在現代西方小說的發展過程中究竟處於什麼地位？如果我們把伍爾夫的小說理論看作一個點，那麼，要確定這個點在西方小說發展的歷史座標軸上的位置，就不能僅僅依靠對於這個點的微觀分析，還必須有一種宏觀的視野，必須把這個點放在歷史發展的過程中來加以考察，放在歷史的框架中來分析比較。

從小說美學的角度來說，西方近代和現代小說的發展大致上經歷了五個階段。

第一個階段是十八世紀的啟蒙主義小說，這是一種以情節為中心的寓言故事，它的美學準則是直接臨摹自然。亨利‧菲爾丁的作品可以作為這種小說的標本。

第二個階段是十九世紀的批判現實主義小說，它的審美中心是典型環境中的典型人物。巴爾扎克、狄更斯、托爾斯泰是第二代小說的里程碑，他們在思想上尚未逸出理性主義的軌道，在美學上亦未偏離「摹仿」的傳統。

第三個階段是二十世紀的現代主義小說，它用多角度、多層次的敘述方法來展現人物的內心世界。第三代小說的代表作家是喬伊斯、伍爾夫、福克納。他們的美學準則是強調小說藝

術的獨立性、小說敘事的非個人化和小說人物的主觀真實。

第四個階段是後現代主義小說，這是一種以哲理為中心的抽象寓言。最重要的第四代小說家是沙特、卡繆和貝克特。他們的美學準則是不確定性、虛無、抽象和荒誕。

第五個階段是新現實主義小說，這是現實與虛幻相結合、傳統精神和現代手法相結合的作品。拉丁美洲的魔幻現實主義和結構現實主義等流派，可以作為新現實主義的代表，重要的作家有阿斯圖里亞斯、博爾赫斯、馬爾克斯等。他們的美學準則是現實的再創造、現實與虛幻並存的二元觀、群體意識的反映和對於各種傳統的兼收並蓄。

我們必須抓住西方小說發展的這些基本線索，在這歷史背景的襯托之下，就更容易看清伍爾夫小說理論的重要意義。

伍爾夫在《小說的藝術》這篇論文中，強調了小說藝術的獨立性。她批評福斯特把小說當作一種寄生動物。它從現實生活吸取養料，並且以臨摹現實生活作為報答。她認為，小說只有擺脫了對客觀世界的從屬地位，打破了日常生活的固定程式，才能成為真正的藝術品。伍爾夫繼承和發展了亨利‧詹姆士的有機整體論，認為小說不是對人生的模仿，而是作家所創造的獨立的藝術世界。因此，小說家可以進行各種實驗，各人去創造他自己獨特的世界。她在《論現代小說》這篇論文中，論述了這種實驗的必要性、合法性和它的發展趨向。小說藝術的獨立性和實驗主義，是第三代小說美學中最重要的原則。

既然小說藝術是獨立自主的有機整體，它有它自己的生命、自己的發展規律，小說家就不應該以他的主觀意圖和空洞說教

來破壞這種規律。因此，伍爾夫認為，小說創作應該是一種非個人化的過程，小說應按其本身的內在邏輯來發展，小說家的主觀人格應避免介入，因為作家的自我意識會使小說狹隘化，來反映作家個人的觀念，這就損害了小說藝術。敘事的非個人化，是第三代小說美學的第二條重要原則，它為作家退出小說而採用書中人物來擔任敘述者提供了理論基礎，促使西方小說由單維視野的單調敘述發展為多維視野的複調敘述。

伍爾夫在她的許多論文中，一再討論了小說的真實性問題。她所強調的不是客觀真實，而是書中人物對於客觀真實的感受和印象。由於人類的感性是無限豐富的，各人對於相同的客觀事實的觀感截然不同，因此人物對現實生活的主觀感受就顯得變化無常，而作家的任務，就是要把這種變化多端的內在的精神活動用文字表達出來。強調人物的主觀真實，是第三代小說美學的又一條重要原則，它為作家通過人物的意識屏幕來反映客觀世界提供了理論上的依據。

伍爾夫不僅是第三代小說美學原則的闡述者，她還在她的論文中預測了未來小說的發展趨向。她從另一個層次論述了小說的非個人化，認為不僅作家本人的個性不應介入，小說還應該超越作品中人物個人的命運和關係，去探討有關人類的命運和人生的意義等更為廣泛的問題。這就接近於第四代小說以抽象的哲理為中心的美學準則了。

伍爾夫是一位具有歷史意識的作家。她認為，十八、十九世紀小說偏於外部事件，這是一種疏忽、一種缺陷，為了矯枉過正，二十世紀小說家必須作一番由外部事件轉向人物內心的

實驗。但是，她又認為，真正的小說大師是第二代的托爾斯泰而不是第三代的喬伊斯。她把喬伊斯和她本人的作品都看作是「筆記本」，而不是真正的著作。然而，小說藝術必須向前發展，這些「筆記本」對將來的大師們很有參考價值。將來的小說大師，必須有能力在外部和內部、現實和想像之間維持一種巧妙而適當的平衡。伍爾夫的這種觀點，不僅客觀地評定了現代主義小說的歷史地位，而且相當準確地預示了第五代小說的美學準則。

如果我們把伍爾夫的小說理論看作一個點，那麼這個點在西方小說發展的歷史座標軸上的位置，決不是固定不變而是向前移動的。伍爾夫是第三代小說的代表作家之一，然而，她的思想的觸角卻已伸向第四代和第五代。誠然，伍爾夫也有她的局限和缺陷。但是，她非常坦率地承認了包括她本人在內的現代主義小說家的偏頗和不足。她認為，現代主義小說實驗所提供的斷簡零篇，不過是一種過渡時期的作品，不過是兩個藝術高峰之間的峽谷而已。這樣一位有自知之明的作家，這樣一位掌握了西方小說發展趨勢的理論家，是值得認真研究的。

瞿世鏡　一九八二年十二月
於上海社會科學院文學研究所

現代名著譯叢
論小說與小說家

2020年12月二版　　　　　　　　　　　定價：新臺幣360元
有著作權・翻印必究
Printed in Taiwan.

著　　者	Virginia Woolf
譯　　者	瞿　世　鏡

出　版　者	聯經出版事業股份有限公司	副總編輯	陳　逸　華
地　　　址	新北市汐止區大同路一段369號1樓	總　編　輯	涂　豐　恩
叢書主編電話	(0 2) 8 6 9 2 5 5 8 8 轉 5 3 0 5	總　經　理	陳　芝　宇
台北聯經書房	台 北 市 新 生 南 路 三 段 9 4 號	社　　長	羅　國　俊
電　　　話	(0 2) 2 3 6 2 0 3 0 8	發　行　人	林　載　爵
台中分公司	台 中 市 北 區 崇 德 路 一 段 1 9 8 號
暨門市電話	(0 4) 2 2 3 1 2 0 2 3
台中電子信箱	e - m a i l：l i n k i n g 2 @ m s 4 2 . h i n e t . n e t
郵 政 劃 撥 帳 戶	第 0 1 0 0 5 5 9 - 3 號
郵 撥 電 話	(0 2) 2 3 6 2 0 3 0 8
印　刷　者	世 和 印 製 企 業 有 限 公 司
總　經　銷	聯 合 發 行 股 份 有 限 公 司
發　行　所	新北市新店區寶橋路235巷6弄6號2F
電　　　話	(0 2) 2 9 1 7 8 0 2 2

行政院新聞局出版事業登記證局版版臺業字第0130號

國家圖書館出版品預行編目資料

論小說與小說家 / Virginia Woolf著 . 瞿世鏡譯 .
二版 . 新北市 . 聯經 . 2020.12
328面；14.8×21公分 . (現代名著譯叢)
ISBN 957-08-5654-5 (平裝)
[2020年2月二版]

1.小說 2.文學評論

812.7   109018122